曼陀罗悬疑馆

给您最好看的原创悬疑小说

生死金

尹剑翔／著

贵州出版集团
贵州人民出版社

图书在版编目（CIP）数据

生死金 / 尹剑翔著．--贵阳：贵州人民出版社，2020.6

ISBN 978-7-221-15257-2

Ⅰ．①生… Ⅱ．①尹… Ⅲ．①长篇小说－中国－当代 Ⅳ．① I247.5

中国版本图书馆 CIP 数据核字（2020）第 056887 号

生死金

SHENGSIJIN

尹剑翔 / 著

总 策 划　陈继光
责任编辑　陈继光　陈丽梅
特约编辑　陈胤凡
装帧设计　陈　晨
封面设计　源画设计
出版发行　贵州人民出版社有限公司（贵阳市观山湖区会展东路 SOHO 办公区 A 座）
印　　刷　长沙鸿发印务实业有限公司（长沙市黄花工业园3号）
版　　次　2020 年 6 月第 1 版
印　　次　2020 年 6 月第 1 次
印　　张　18
字　　数　225 千字
开　　本　710mm × 1000mm　1/16
书　　号　ISBN 978-7-221-15257-2
定　　价　40.00 元

序章　暗黑程序

时间：不详

地点：不详

一双手飞快地敲击着键盘，键位不断发出“哒哒哒”的声响，轻快而富有节奏。

电脑屏幕上呈现着一个黑色的对话框，一行行的源代码正在疯狂地拼写成一段未知的程序。

那双手在每一轮苍劲的敲击后，都会有那么几秒钟的停顿，然后便又飞快地敲击起来，让人不禁怀疑他是在害怕自己的思维赶不上手指的动作而不得不停下来。

那双灵动双手的拥有者坐在椅子上，屁股深陷在柔软的皮质椅套里，传遍全身的力量都集中在了他那几根手指上，他很快也很仓促，似乎要赶在灵感崩塌之前完成所有的代码编写。

人终身充满了恶意的联想，对陌生人抱有与生俱来的排斥。一个黑暗中的人拼命地敲打着键盘，让人不自觉地会惶恐、害怕，但从他手指短暂的停滞能让人体会到一种惊恐和心烦意乱，而随后激进的敲击，又让人感觉到了他的痛苦、恐怖或是什么样的深仇大恨。

源代码一行行地输入，屋子里响起了深沉的爵士乐，同这有节奏的敲击声，在黑暗中融合成了一股神秘的韵味，这代码的深处仿佛飘来了犹如地狱恶鬼般的召唤声，让人不寒而栗。

那只手终于停了下来，他伸出食指，重重地敲击了一下回车键。

黑色对话框中的程序开始了疯狂的验证，一排排代码刷着屏，手指的主人注视着屏幕，似乎在等待着最后的结果。

突然，屏幕上的对话框显示“OK”，手的主人嘴角露出了笑容，这笑容深沉且恐怖，似乎预示着一个巨大的阴谋万事俱备，只欠东风。

接着电脑屏幕弹出一个网页，黑色的页面稍稍带有一些蓝色的基调，几滴血从高处流淌下来，慢慢地，红色染红了整个页面。

从这浓郁的血浆中，慢慢地凸出了三个大字——生死金。

◆第一章　死的价格

1. 上线

时间：2016 年 9 月 6 日 9：30AM

地点：T 市某网吧

网吧里弥漫着一股股令人昏厥的辛辣腥臊的味道，像是有人特意把臭脚丫子、烟屁股和方便面料之类的东西混合成了一股特殊的气体。这股独特的味道刺激着刚进入网吧的人的鼻腔，而常年混迹在这里的人却觉得这味道别有一番风味，至少闻起来可以减轻饥饿感，这对于一个网瘾严重的人来说，是一剂“良药”，能减少除了网络外的其他欲望。

刚刚熬了一宿的青年骨瘦如柴，他有些沮丧，玩了一晚上的网游一无所获，只打出了几把臭遍街的武器来，自己像是一个被掏空的民工一样想要睡一会儿。当他趴在桌上，才觉得脑袋嗡嗡直响，根本睡不着。

他旁边有个胖乎乎的青年似乎在 QQ 上聊得兴起。

瘦子努力睁开双眼凑过来：“怎么？钓上妞了？”

“钓你大爷，这上面能钓上来什么好货色？图片一个比一个漂亮，连男的女的都不知道！都是骗子！”

“那你还跟人家聊得这么嗨？”

胖子一笑：“跟骗子斗其乐无穷嘛！”

“骗子？”瘦子闲来无聊，盯着旁边的屏幕，看胖子跟骗子的聊天不住发笑。

骗子：“黄总啊，你好啊！”

胖子：“你是谁呀？”

骗子：“你的老朋友啊！”

胖子：“谁呀？”

骗子：“连我都忘了，这不够朋友！”

胖子：“你是？”

骗子：“哎呀，黄总你贵人多忘事啊！”

胖子：“哦，想起来了，你是老张吧！”

骗子：“对呀对呀对呀，看看，我说你贵人多忘事嘛！”

胖子：“对不起啊，老张，我还以为谁和我开玩笑呢！”

骗子：“黄总啊，我要过去，请你，我做东……”

胖子：“老张，你母亲的癌症怎么样了？”

骗子的打字速度瞬间慢了下来，但过了一会儿还是回复了一句：“哎……还是老样子！”

胖子：“哎，得了这病也没办法。你爸车祸的案子结了吗？”

骗子：“哦……差不多了！”

胖子：“行啊，人都去了，赔不赔的也别太在意了。”

骗子：“嗯！”

胖子：“强暴你老婆的流氓逮到了没啊？”

过了好半天，对方终于回复了一句：“逮到了！逮到了！”

在一旁的瘦子刚喝了一口饮料，瞬间喷了出来，乐得差点没背过气去，睡意顿时全消。

胖子："你儿子没屁眼的手术做了没啊？"

瘦子憋着笑，看骗子如何回答，但是无论胖子再怎么打字，屏幕那头的QQ头像却不再亮起来了。

"这就完了？真没劲！"瘦子似乎感觉意犹未尽，像是这半生都靠这点低级趣味活着呢。

"一定是被拉黑了，骗子，现在也挺难骗的，都不容易。"

瘦子在电脑前坐正，打开了新浪的网页，浏览一下网上的八卦新闻，算是他每天都要做的一件正经事，没想到在新浪打开的同时，另外一个网站却弹了出来。过去上一些网站，经常会蹦出来一些奇奇怪怪的弹窗，不过在门户网站上遇到这种事还是第一次。

瘦子刚要按关闭的按钮，却被这个网站上血腥的内容吸引了。

"生死金！"

网页上黑色的基调，一团红色黏稠的血液从上面流淌下来，由于画面太过逼真和血腥，所以瘦子不禁打了个寒战。

但很快，网站的实质让他开始躁动起来，渐渐地这股躁动变成了一股热血砰张的激情。

就在生死金的下面，出现了刷屏的文字。

瘦子仔细看了又看，然后拉了拉旁边的胖子的胳膊："哎，这个有意思哈，现在什么骗子都有！快看，胖子，这个比你刚才聊的那个厉害多了。"

胖子不屑一顾地凑了过来："怎么了？还有骗子能让你胖爷我兴奋的？"

"这次不一样，你看啊！"

"生死金！这什么新骗术啊？"

"我给你念念啊！"

"别叨叨了，我这儿也有弹窗！"胖子说着点开了弹窗，"本网站代理杀人业务”。

瘦子又笑了出来：“哎哎，胖子，你看你看，这儿写着呢，只要支付一百万元，而且填写你所要杀的人的姓名和具体信息，我们就将让您的仇家下地狱！这年头，真是什么骗子都有。”

胖子呵呵笑了起来：“哎，你说有傻缺上当吗？”

“说实话，要是天天网上跟你聊天的那种骗子，兴许能碰上一两个傻缺。但是这个空口白牙就要一百万，就算是受骗也得有这钱啊！”

胖子摇摇头：“也对！行了，接着再玩一局吧！”

瘦子突然全身一震，指着屏幕说道：“你看又有消息刷新了，本网站正处于试运行阶段，可以先杀人再付款，确认仇家死亡后，再支付余款，机不可失，时不再来，本优惠只有三天！”

“还挺邪乎，哎，要不我把你名字写上试试咋样？”胖子一阵坏笑。

“哎哎哎，胖子你看啊，真有人买凶杀人。”

电脑上显示被杀人信息——邱蓉，市立大学生物系学生，名字后边标注着已执行。

胖子赶紧打开了电脑链接：“你看看。”打开已执行后的链接，电脑上显示出一个女孩，趴在地上的样子，满地都是鲜血。

瘦子额头上的汗刷刷掉了下来：“真的假的？”

“现在骗子都这么下本？”胖子也有点摸不着头脑。

此时，网吧外响起一串刺耳的警笛声。

2. 故地

时间：2016 年 9 月 6 日 9：40AM

地点：市立大学老教学楼前广场

胡玉言嘴里叼着烟，在林荫甬道上来回地溜达，眼神却丝毫没有离开眼前这座破旧的实验楼。

十年前，他刚当上刑警队长不久，就在这座实验楼中发生了三名大学生连续自杀事件，案件扑朔迷离。那起案件并非是他破获的第一起案件，却是他封神之路的开始。

时过境迁，那座萦绕着诅咒的地狱实验楼又出现在了他的面前，没想到这片校园仅仅享受了十年的平静，厄运便再次降临。

整个校区被拉上了警戒线，法医和刑警们正在尸体旁拍照取证，几个便衣外勤则站在警戒线外询问着目击者信息。更多的师生则站在外围议论纷纷。

刑警队副队长王勇此时急匆匆地跑了过来，“老胡，你来了？”

“什么情况？”胡玉言的眼睛仍旧没有瞟向尸体，而是朝着四周继续观望。

“跟十年前一样，大学生自杀！”

“你怎么知道是自杀？”

王勇一愣，然后笑呵呵地摸了摸脑袋，“通过经验判断呗！”

“切！”胡玉言鄙视地望了望王勇，“死亡时间？”

“法医初步判断是昨天夜里。”

“怎么今天早上才发现尸体？”

“老胡同志，你又不是第一次来这个地方，自从十年前那起案件后，这个老校区就荒废了，现在正准备拆迁呢，刚才法医初步判定，死者的死亡时间是在后半夜，所以这院里根本没有人。”

胡玉言点了点头：“死者身份确认了吗？”

“死者外衣口袋里装着身份证，叫邱蓉！其他身份信息还得进一步核实。”说着，王勇把一个装有身份证的塑料袋交给胡玉言，里边装着一张身份证。

胡玉言把身份证拿过来，看了一眼：“姑娘长得还挺清秀，可惜啦。”

和王勇初步了解案情后，胡玉言终于走到了案件的核心区域，此时法医和技侦人员的监测已经接近了尾声，他们开始陆续撤出尸体周边，几名刑警站在外围，等待着队长最后的命令，是把尸体抬到法医解剖室，还是医院的太平间？

胡玉言蹲在尸体前，仔细看着这具尸体，她穿着一件非常宽大的外套，罩住了全身，“奇怪啊……”

“怎么奇怪了？”王勇不知所谓，瞪大了眼睛问道。

胡玉言抬起头，指了指太阳：“入伏好几天了，这大热天的，死者为什么要穿这么宽厚的一件外套呢？”

王勇一阵坏笑：“谁知道呢？现在大学生怪癖特多，自杀都得穿戴整齐，恨不得咱给她直接推火葬场炉子里才好呢。”

胡玉言一瞪眼：“死者为大，人还没敛呢，别胡说八道。”

王勇突然觉得有些不对劲：“对了，老胡，怎么说你也是刑警队的一哥，一起自杀案，犯得着咱们正、副队长同时出面吗？”

“你当我愿意来啊，我是接到群众报案，这不，一大早就给我打电话了。”说着，胡玉言把手机在王勇的眼前晃了晃。

“现在群众报案都不打110了？”王勇刚想凑过去看看，结果身后响起了一个清亮的女声。

“是我打的电话！”此时，一位颇有气质的美女，拉开警戒线走了进来，周围的警员显然认识她，谁也不拦阻。

“哟！我说是哪个群众这么神通广大呢，原来是林记者，又来找我们队长要第一手资料啊？”王勇想嬉皮笑脸地调侃一句。

没想到林玲面如冰霜，一把推开王勇，把手机放在了胡玉言眼前：“这个学生根本不是自杀，而是被谋杀的。”

胡玉言听见声音便知道谁来了，故意提高了嗓门儿：“这又是谁放不相干的人进来的？还有没有规矩？”

林玲怒目而视，王勇冲着胡玉言努着嘴，想打圆场，但始终也没敢搭话。

胡玉言一脸怒容：“这是案发现场，不是你们家，说闯就闯！你能不能多少尊重一下我们的职业。想要资料，去警队！”

林玲知道胡玉言在故意打官腔，脸上运着气，没好气地说道：“哎哟，胡大队长，跟我还摆起官威来了？我今天不是找你要资料的，而是给你们提供线索的！”

王勇一见势头不对，赶紧摆着手：“我们队长哪敢跟您这位大记者摆威风啊？林记者，你们聊啊，我去那边再找找线索。”王勇很知趣，转身离开尸体旁边。

胡玉言见王勇离开，刚刚还黑着的脸，顿时烟消云散，小声说道：“王勇在跟前，不能显得太亲密啊，要不我这队长以后都指挥不动这些猴崽子了。”

林玲冷笑一声：“哎哟，大队长同志，您这脸真跟天气一样，一会儿阴一会儿晴啊。”

胡玉言站了起来，拍了拍手：“行了，说说，你怎么知道死者不是自杀的？”

林玲冷笑一声：“不光我知道，地球人现在都知道了！知道生死金吗？”说着，林玲拿出手机，滑动了几下，给胡玉言看，“就这个！”

胡玉言眉毛皱在了一起：“什么玩意儿？”

林玲笑道：“outman，现在特火的一个网站。手机上现在也有APP了。”

“要是涉及黄色暴力的，我一会儿直接给网络部打个电话，直接端了丫的服务器。”

林玲见胡玉言还是这么不正经的神情，有点恼：“你别胡扯了，仔细看看，这个网站特邪门，可以买凶杀人，而且是先杀人再付款。”

胡玉言不屑地一笑：“杀手现在都开网店了？”

林玲没搭理他，继续点开了一个链接：“一天前这网站上面就发布了这名死者的死亡讯息，今天网站在凌晨时就晒出了被害人死亡时的照片。”

胡玉言脸上那股不屑的表情慢慢消失了，他夺过林玲的手机，看了又看，表情凝重。

围观的人群中有个女孩突然脸色大变，她眼神迷离，快速离开现场。

胡玉言的余光注意到了那个匆匆而去的女孩，但是再向周围望去，早已找寻不到了，他心里盘算了片刻，回过头冲着等待命令的刑警们说道：“尸体送回刑警队，做进一步解剖。”

3. 威胁

时间：2016 年 9 月 6 日 10：05AM

地点：T 市金湾花园公寓 B 座 201

金玲玲打开门走进屋子，将 LV 的提包往沙发上一甩，她咳嗽了两声，用手扇了扇围在她身边的烟气。

一个青年光着膀子，正在电脑前打着游戏，他一头的黄毛随着键盘抖动着，熟练的微操看得出他绝对是个高手。

青年对金玲玲的到来没有任何回应，金玲玲顿时气不打一处来："景伦，你怎么又不去上课啊？"

景伦头都没回，他冷冷地回了一句："老师讲的那些东西，我自学一周基本上就都会了，干吗还听他们唠唠叨叨地讲啊。"

"你说你整天除了玩游戏、飙车，还会干什么？"

"会那么多干什么？又用不上！想要多少钱，随时都可以找我老爸要！我现在除了你说的这些，对什么都没兴趣。"

金玲玲坐在床边点燃了一根烟，深吸了一口，吐出来一口优美的烟雾。

景伦终于将最大的 boss 打死，兴奋地拍了一下键盘："昨天花了三千多买的这套黄金装备果然厉害！"

金玲玲冷冷地说道：“你知道吗？出事了！”

景伦这才看了一眼金玲玲：“你被人干了？”

金玲玲怒道：“你才被人干了呢！”

“你只要不跟别的男人上床，其他的在我这儿都不能叫出事了！”景伦突然把金玲玲按在床上，并开始强行解开金玲玲上衣的扣子，金玲玲并没有反抗，直到景伦撩开她的内衣。

正当景伦把手伸进了金玲玲最私密的深处时，金玲玲突然说道：“你知道吗？邱蓉真的死了！”

景伦的身子突然一震，手停在了原地，没有继续深入。

“怎么？害怕了？”金玲玲躺在床上，喘着粗气，两只眼睛直愣愣地看着天花板。

景伦脸上没有多少表情，坐直了身子：“你是怎么知道的？”

“尸体在老校区被发现了，来了好多警察！我听有个围观的同学说她是自杀的！”金玲玲一边说着，一边把自己的内衣整理好。

景伦松了口气：“也许邱蓉真就是自杀的呢，放心吧，这就是个巧合，没什么可怕的。”

“巧合？”金玲玲打开手机，“你看看这个！那个生死金 APP 上已经公布金玲玲被杀害的照片了。”

景伦看了一眼，没有回应，但他脸上丝毫捕捉不到任何惊慌失措的表情。

金玲玲使劲儿摇晃着景伦：“你说警察会不会查到是我们买凶杀人的？”

“买凶？谁说我们买凶了，钱可还没付呢！”

“可是是咱们填的邱蓉的信息啊。”

景伦摇了摇头：“别紧张！咱们也没用手机号或身份证绑定什么账号，对方连咱们是谁都不一定知道。”

“你确定？”金玲玲瞪大了眼睛，像是希望从景伦那儿得到一个肯定的回答。

景伦嘿嘿一笑：“退一万步讲，要是真是个杀人网站也没什么可怕的，你想啊，做这种生意的人都得讲究个信誉，为客户保密是最基本的原则，否则还怎么招揽生意？”

“也对！”金玲玲突然又想到了什么，“那你打算把一百万汇过去吗？”

“哪这么容易，等等再说！”

“我也感觉先不要付钱，这事挺蹊跷。”

“我现在还是怀疑这是个骗子网站！”

金玲玲急赤白脸地说道：“都死人了，还能有假？”

景伦用两根手指掐了一下金玲玲的下巴：“你啊，光长了张漂亮脸蛋！既然是先杀人后付款，肯定不只是咱一个人往上边填杀人的信息，怎么就死了邱蓉一个人？”

金玲玲点了点头：“对啊，这点我没想到。”

“这几个制作网站的人，说不定就住在咱们T市，又碰巧赶上了邱蓉自杀，随手拍了两张照片放上来显摆。所以，先等等。”

“可是，你如果不给他们汇钱，他们会不会公布是咱们买凶的啊？”

“我刚才说了，咱们没用真实信息注册，他们怎么公布咱们买凶？”

“可是，咱们的电脑和手机的IP地址不会变啊！这些很容易查到的。”

景伦哈哈大笑起来：“行啊，金玲玲，我一直以为你只是个胸大无脑的女人，没想到你能想到这一层。没错，那网站的确有可能拿这个威胁我们，可是就算他们公布了信息有什么用吗？我们有杀邱蓉的动机吗？”

“可是警方应该很容易查到，我和邱蓉之间有矛盾的吧？”

景伦不屑一顾地摇摇头："就你们那点鸡毛蒜皮的事？那也叫杀人动机？"

"可是，人确实死了啊。"

"我问你，如果眼前真的有个杀手，你会让他杀了邱蓉吗？"

金玲玲使劲儿摇摇头。

"那不得了！所以你并不想真正杀了她！也就是说你没有动机。"

"我有点明白了！"听到这儿，金玲玲的心稍微安稳了一些。

"现在我想的倒不是警察会不会找上门，我在想，怎么才能判断这个杀人网站的真伪。"景伦一边胡思乱想着，一边将手伸进了金玲玲的胸口里。

金玲玲不耐烦地把景伦的手抓到了"安全区域"："行了，现在你还有心情来这个？"

景伦没有硬来，识趣地坐到了沙发上，点燃了一根烟："其实我倒希望这是个真正的杀人网站。"

"为什么啊？"金玲玲不解地问道。

"你想想啊！这个网站要一百万杀一个人，比黑社会收费可贵多了！不过，如果他们真能做到杀人不留痕，还能替雇主保密，我就真可以给他们付几百万帮我除掉几个人，这可比外边雇凶杀人风险小多了。"

金玲玲一哆嗦："真邪恶！"

景伦冷笑了一声："这个世界是有钱人的天堂，我也不怕警察查到我的头上，我能花一百万杀人，就能再花一百万把这事摆平了。只不过，我现在就想看看，我不付钱，这个网站拿什么威胁我们付款。如果，真像你说的，我们不付钱它就要公布我们的信息，那这个网站就肯定是个骗子网站，之后也不用理会了。"

"嘟嘟嘟"，金玲玲的手机里突然蹦出了一条信息，她翻过身，瞪大眼睛看了又看："景伦你说这个算不算是威胁？"

景伦拿过手机，看到生死金的APP里传过来一条信息："景伦先生，您要杀的人，我们已经帮您清除，请您在48小时内支付100万，如果在倒计时结束后，我们仍然没有收到您的佣金，那么您将成为下一个被杀的目标。"

景伦笑了，而且笑得越来越大声，越来越邪恶："有意思！有意思！"

4. 入坑

时间：2016 年 9 月 6 日 14：00

地点：T 市公安局刑警大队办公室

T 市刑警大队全体警员围坐在一间会议室中，王勇则站在白板前，白板上贴着邱蓉的照片，照片的旁边写着“生死金”三个大字。

胡玉言坐在圆桌的一端，背对着白板和警员们，谁也看不清楚他的表情，这是他惯用的听汇报的姿势，却从来没人敢质疑他。这间会议室有个不成文的规则便是只要胡玉言不打断你，你就可以一直说下去。

王勇擅长抓捕，嘴巴却笨得出奇，语言组织得拖沓，逻辑也常出现空白：“嗯，经过技术科的……嗯，技术比对，断定生死金网站上发布的照片……是在老教学楼的楼顶拍摄的，也就是说凶手是把死者推下楼后，就地……对，就地拍摄的照片。”

“何以见得啊？”椅子后发出了低沉的问句，胡玉言常常这样的突然提问，以证明他的大脑仍然在运转。

王勇使劲儿地用食指搔头，希望可以拽出几个有用的思绪来，但显然这样的努力是徒劳的。

“死者的死亡时间大概是昨天凌晨两点多，而这张照片的上传时间，几乎是同时的。”警员刑振誉突然说道，然后他瞅了瞅正在出糗的王勇，得意地笑了笑。

邢振誉可以算得上是警队的未来之星，虽然并未有师徒协议，但是众所周知，邢振誉算是胡玉言的关门弟子，内定的接班人，他在警队中的威望早已超过了只有匹夫之勇的王勇。

胡玉言没有再纠缠这个问题，继续问道：“那个杀手的网店呢？查得怎么样？”

王勇顺势答道：“队长，那个网站叫‘生死金’。”

胡玉言哼了一声：“别跟我咬文嚼字的，说正事儿！”

王勇浑身一哆嗦。这两年，他也深刻地感觉到了邢振誉带给他的威胁，那个曾经不入流的小刑警，只用了五六年的光景，就已经成为胡玉言最为倚重的助手，而且是他之后升职最快的警长，他已经听到了一些声音，胡玉言有可能调离到市局刑侦处当处长，而这个刑警队队长的职务并不是由他直接升任。但是，无论怎么说，自己和胡玉言也是出生入死多年的兄弟，他多少感觉得到，无论刑振誉再怎么活跃，胡玉言却在有意压着他的提拔速度，像是在给自己留面子，但是他明显感觉到胡玉言已经对他越来越失望，所以他总想抓住时机表现一下，但是往往更容易出丑。面对胡玉言的突问，他只能支支吾吾地回了一句：“网络部还在查……”

胡玉言的转椅终于转了过来，所有人都知道，这是胡玉言发飙的前兆：“查到了什么？”

“还没……”王勇只得又支支吾吾地回答了一句。

就在胡玉言这座火山即将爆发的时候，刑振誉突然说道：“这次咱们算是遇上高手了，市局里最好的网络专家都拿它没辙。据说这个网站终端服务器的位置可能在境外，而且是经过多次转移和伪装的，对于网站最原始信息有多重防火墙保护，一时半会儿破解不了！”

胡玉言瞪了瞪王勇："也就是说，到现在我们还查不到到底是谁在买凶杀人喽。"

王勇赶紧说道："胡队，做这种生意，客户的信息保密工作肯定会做得相当到位。"

胡玉言叹了口气，似乎不想在这个问题上继续纠缠下去："查不到网站的 IP，屏蔽总可以吧？"

邢振誉摇了摇头："试了！也不行！网络专家说，这家网站一直在更换服务器代理，屏蔽了一个，马上从别的地方又蹦出来了一个，防不胜防。"

胡玉言不屑地说道："网侦那儿招了些什么专家！天天就会封些朋友圈评论。真用到他们的时候屁能耐也没有。"胡玉言此时站了起来，来到了白板前，盯着邱蓉的照片看了又看，"死者情况呢？"

王勇这才恢复了点信心，打开记录本，照本宣科起来："死者邱蓉！女，20 岁，市立大学生物化学系大二学生，来自我市与邻市相接处的一个叫垭口村的地方。"

"垭口村？我听着怎么这么耳熟呢？"胡玉言努力搜索着大脑里的记忆，却没有半点印象了。

"嗨，兴许是什么时候抓过的嫌疑人是这个村子的吧！"王勇根本没当一回事儿，继续说道，"这姑娘身世挺可怜的，父母都患上了癌症，还有个弟弟，脑瘫！这姑娘功课特好，年年拿奖学金，平常没课的时候，到处去勤工俭学，为的是能给父母治病。现在她父母就住在咱们市立医院。"

胡玉言皱了皱眉毛："市立医院，那地方消费可不算低啊。他们家还有什么人吗？怎么说尸体也得有人领啊！"

王勇面露难色，吞吞吐吐地说道："胡队，你这可把我问住了，还真没联系上她还有其他什么亲戚。"

“上午谁去的医院？”

一个女警站了起来，“医院我们倒是去了一趟，那老两口子生活都不能自理了，剩下的日子怕是不多了，也问了医院的大夫和护士，除了邱蓉，平常还真没什么人来看过这老两口。”

胡玉言点了点头：“有没有查到死者最近有没有跟什么人结怨？”

邢振誉说道：“我们走访了邱蓉身边的学生和老师，他们的评价很一致，邱蓉性格内向，平时不爱和人交流，社会关系也很简单，学生和老师对她的生活情况知道得并不多。但是就在前不久，她跟一个叫金玲玲的同学发生了非常激烈的冲突。”

“金玲玲？有照片吗？”胡玉言问道。

“没有！”王勇说道。

“有！”邢振誉和王勇做出了相反的回答，随后邢振誉从夹子里掏出了一张照片贴在了白板上，然后用油性笔写上了“金玲玲”三个字。

王勇觉得很尴尬，对邢振誉怒目而视，却又无法发泄，而刑振誉只是面无表情地瞅了他一眼。

胡玉言看到这张照片突然想到了那匆匆而去的女孩，脑子里顿时多了一些联想。

“你们两个是怎么觉得的？”胡玉言瞅了瞅王勇，又瞅了瞅邢振誉，然后敲了敲白板上的“生死金”三个字。

“骗人的网站！”邢振誉道。

“买凶杀人呗！”王勇喊道，两个人几乎同时发声。

两个人彼此对望了一眼，都露出了不屑一顾的神情。

胡玉言左瞅瞅，右看看，冷笑了一声：“王勇，我问你，你的脑海里是不是曾经有过想杀人的念头？”

王勇一脸正气：“对待那些冥顽不灵的犯罪分子，确实想过。”

“别给自己戴高帽！就说你旁边的这个邢振誉吧，难道你脑子里就没有闪过想要杀了他的念头吗？就刚刚？”胡玉言用眼斜视着他说。

王勇和邢振誉同时瞪大了眼睛，怎么也想不出胡玉言会抛出这么个问题来，满屋子的警员顿时鸦雀无声。

王勇和邢振誉对视了一眼，赶紧躲开了对方的目光，然后连忙摇着头：“不可能，我和小邢是革命同志……没有那么大矛盾，非得你死我活！”

“好了，那就是承认你们有矛盾了，那我再问你，如果让你知道有这么个生死金的网站，然后有人告诉你，你可以先填上一个人的名字，等人被杀后，再付一百万，你愿不愿意写上小邢的名字试试？”

“我没那么多钱。”王勇是个实在人。

“假设你有呢？你会不会？老实说！”胡玉言瞪大了眼睛，严肃地看着王勇。

“我……我可能还是不会！”

“为什么？”

王勇提高了嗓门儿说道：“因为我无法确定这个网站是否是真的。如果是真的，我就真变成一个凶手了，而如果是假的，钱不就白花了吗？”

胡玉言拍了拍王勇的肩膀：“没错！这个网站我们到现在为止也无法断定真伪，邱蓉的死是否跟这个网站有关也是个未知数。”

听到这儿，邢振誉背脊一阵阵发凉，但是还是觉得很得意，因为胡玉言再次否定了王勇的判断。

没想到胡玉言转过头来，又向邢振誉提出了问题：“好了，小邢，你刚刚说这就是个骗局，你的依据呢？”

“就像您刚才说的，我们到现在为止都不能确定死者是不是网站杀的，而且这一百万的杀人佣金到底有没有人支付，也不得而知。所以，我认为这本身就是个骗子网站，为的是让那些有杀人意图的人受骗。”

“那好，我问你，他为什么能准确捕捉到死者的自杀时间并拍照？”

邢振誉一皱眉：“这个……也是我最疑惑的地方。”

“所以，我们同样不能简单地认定，这个网站只是一个骗局。生与死本来就是个矛盾的命题，网站既然叫‘生死金’，现在我们已经见识到了死，那生又是什么呢？所以啊，我觉得这个网站既不像个骗局，也不像个杀人网站。”说着，胡玉言从烟盒里掏出了一根烟。

王勇给胡玉言点燃了香烟，问道：“那它是什么？”

“坑！一个大坑，等着人往下跳的大坑！”胡玉言死死地盯着白板，看了又看，眉毛一刻都没有松开过。

◆第二章　生的价格

1. 交易

时间：2016 年 9 月 6 日 20：15

地点：T 市某高档夜总会高级包房

包厢的天花板上吊着巨大的水晶灯，灯光稍有些昏暗，屋子里所有桌椅都是考究的西洋样式，而墙壁上挂着一幅裸女的油画，除了陈设外，包厢还提供绝对安全的私密服务，夜总会的老板知道能进入这个包厢的人非富即贵，所以安保和保密措施一应俱全，服务更是面面俱到。

况且今天来到这里的的确是几个大人物，所以夜总会的经理更是不敢怠慢，他亲自临场指挥，把客人送进包厢后，自己则站在门外负责“警戒”。

全景集团董事长景天是个深沉、稳重的男人，但是很少有人敢跟他对视三秒钟以上，因为无论他刚刚用怎么样和蔼的眼神看着你，你却会突然从他的眼睛里捕捉到一道凶光，那是一种敢杀人的恶意。

景天的对面坐着一个短小精悍的汉子，眯着眼戴着一副金丝眼镜，显得斯文极了。他穿着一件普通的衬衫，从头到脚都看不出他的身份和职业。

“朱院！这是一点小意思！”景天旁边站着一个西服革履的帅气男人，他全身散发着古龙水的独特香味，戴着一块万国葡萄牙七日链的高级腕表，像是个职业的经理人。

眯眯眼的朱院将手一推，把卡推了回去：“景总，我是无功不受禄，中国是个法制社会，什么都靠法律说话的，景老板请了这么好的律师，我也是顺水推舟嘛。”说着，朱院长望着坐在包厢右侧的男人。

坐在景天左边的律师穿得乍一看像个街边的混混儿，一身沙滩服，脚上蹬着一双拖鞋，脸上戴着墨镜，一头卷曲的长发散在肩上，他一脸坏笑，痞痞地说道：“我的朱大爷，您就别客气了！这里边要没您帮忙，我再怎么能干，也得败诉啊。”

朱院长眯着眼，食指冲着律师点了又点：“莫大律师的这手移花接木确实玩得漂亮，让那个外号叫鹰眼的检察官可是够下不来台的啊。”

“朱院您过奖！”姓莫的律师冲着朱院长抱拳拱手，好不得意。

“不过我得说说你小子，什么事还跟我藏着掖着的，手里握着这么重要的证据，提前也不知会我一声，就这么突然抛出来，鹰眼那样的老江湖都着了你的道了！”

姓莫的律师一阵坏笑：“要不是朱院你认定这份证据的举证合理性，我还真未必能帮到景总啊。所以，朱院，您可是在您能力范围内，给了我们最大的帮助。”

“所以嘛，您绝对受得起！”说着，景天冲着西服男又使了个眼色，西服男又把银行卡递了过来。

“景总，真不能要！这东西没收咱们是依法依规，收了可就真的说不清楚了！”说着，朱院长又把卡推了回来。

景天遗憾地摇了摇头：“算了！我也不强人所难，朱院长是当代包青天，我也不能坏了您两袖清风的名声，咱们有情后补！我在城南有一户临湖别墅，您和夫人有空去住住，名字是我一个朋友的，门牌号码和钥匙已经邮寄给贵公子了。想什么时候过户都行，不想过户您也踏实地住着，想住多久就住多久。”

朱院长眉头一皱，但很快又松开了：“好吧，景总，既然盛情难却，我也就恭敬不如从命了，我啊，现在真是想找个世外桃源躲几日清闲哦。”

“呵呵！朱院您这清闲恐怕躲不了，听说您很快就要到高院去当副院长了。”

“嗨，平级调动。”

莫律师突然问道：“听说您调到高院后，还主管民庭？”

朱院长点了点头：“工作还是一样的，就是以后亲自参加审判的机会少了，我还是喜欢在一线啊，能带带新人。”

“您是审判委员会的成员，这案子要是上诉到高院，还得归您罩着！”莫律师深知法院审查的关节所在，知道人脉对于案件审理的影响。

“好说！好说！对了，景总，你跟我儿子很熟吗？”朱院长突然问道。

“您儿子跟我儿子是大学同学，常常在一块玩！”

“哎！这我倒是听他说过！”一说到儿子，朱院长刚刚还颇有喜色的表情，顿时蒙上了一层阴影。

“哟，朱院长，怎么一说到儿子，这么愁眉苦脸的。”景天呵呵一笑。

朱院长一边摇头，一边叹道：“还不是我那个倒霉儿子啊，一点都不上进，成天就会给我惹是生非。这不现在我正想给他找一家国外的大学，让他到外国去镀镀金。”

“贵公子有出国的打算？”

“嗯，这个事正在办。不过，你也知道，我这个中院院长说来风光，其实也不过就是个工薪阶层，这些年老两口子辛辛苦苦，却没有多少积蓄，这孩子出国的学费还成问题呢……”说完，朱院长故意瞅了瞅景天。

景天颇为豪气，拍着胸脯说道：“朱院，这好说，我们公司现在有个留学生资助计划，令公子的学费我们可以全程赞助，学成归来，就来我们全景集团当个部门经理，我们可是一直求贤若渴，正需要这样的青年才俊呢！”

朱院长眉开眼笑："呵呵，这样合适吗？"

"有什么不合适的，可怜天下父母心！咱们这些做父母的谁不想孩子比咱们过得好，再说，我们这是正规的留学生委培计划，不违规，也不犯法，您大可以放心。"想到孩子，景天突然转过头问道，"高经理，景伦呢，不说让他过来拜会一下他朱叔叔吗？"

那个西装笔挺的男人垂着手，小心翼翼地说道："已经打过电话了，但是不知道为什么还没来。"

景天怒道："再打！一个学法律的，我把T市最好的两位法律工作者都给他请来了，这不是最好的学习机会吗？"

高经理转身出门，不一会儿又走了进来："景总，打不通！"

景天气不打一处来，亲自掏出电话，打了过去，这次通了："你小子在哪呢？赶紧过来！朱院长和莫大状等你好久了，再敢给我放鸽子，小心我扒了你的皮。"说完，景天气呼呼地挂了电话，刚才还和善的面容里，顿时冒出了一股子狠劲儿来："这小子，又不知道到哪给老子惹祸去了。"

朱院长赶紧奉承了两句："景总，我听犬子说贵公子是保送上的大学啊，厉害啊。"

景天苦笑了一声："不瞒您说，这孩子脑子是好使，就是这脾气古怪了一点，叛逆得很。都说这棍棒之下出孝子，我这是从小把他打到大，也没见个效果。"

"哈哈！都一样！都一样！现在的90后，我们这些大人是管不了，贵公子学业有成已经是难能可贵了。我就是T市大学法学院毕业的，听留校任教的同窗说，贵公子连续两年都是学科第一，未来肯定是选调法院或检察院，景总您啊，可以高枕无忧了。"

景天苦笑着摇摇头："但愿如此吧！来吧，朱院长，喝酒！喝酒！"

朱院长笑呵呵地和景天、莫律师同时举起了杯，叮叮，杯盏碰在了一起。

2. 刺激

时间：2016 年 9 月 6 日 20：15

地点：T 市快速路

一辆法拉利跑车在快速路上飞驰而过，金玲玲开着车，景伦则颓废地蜷缩在副驾驶上，收音机中放着新闻广播，这是景伦的习惯，一上车就打开广播：

我市最大的一起污染侵害案一审结束，法院以原告证据不足为由，驳回原告的所有诉讼请求。原告律师表示将继续以法律途径追求受害人的权利。下面是国际新闻……

声音戛然而止，原来是金玲玲关上了广播。

“干吗关上？”景伦一皱眉。

“能不能说说话？一上车就要听这么闷的广播。”

“闷吗？我不觉得啊……”景伦似乎并没有再打开广播的意思，身子侧在一边，似睡非睡。

金玲玲得意地笑了笑：“怎么了？心烦啊？”

景伦窝着身子，有气无力地回了一句：“你老爸天天叫你去见一些莫名其妙的人，你不烦啊？”

金玲玲噘起了小嘴：“你爸爸那还不是为了你好，你想想啊，你早晚是要接手他的商业帝国的，多积累点人脉是应该的。”

景伦很平静地说道：“我对他的生意没有任何兴趣。”

“好，就算没什么兴趣，日后你也要当个法官或是检察官吧？那你也得认识很多人啊……”

“我干吗要出来工作，我很缺钱吗？”

金玲玲有些不高兴：“难道你真准备让你爸爸养你一辈子啊？”

景伦冷冷地答道：“有什么不行吗？从小到大，他放在嘴边上的就是‘老子养你这么大’，我挨了这么多打，这么多骂，不就是为了能让他养我吗？要不我干吗忍他这么久？”

金玲玲脸上泛起了愠色：“真没想到，你是这么不上进的人。”

“你又不是第一天认识我。”

金玲玲把火气压了压，停顿了十秒钟后，才缓缓说道：“你知道我为什么喜欢你吗？”

“因为我是富二代呗。”

金玲玲呵呵了一声：“我身边的富二代可不只有你一个人。”

此时，景伦转过头疑惑地冲着金玲玲问道：“那是因为什么？”

“总的来说，女人喜欢男人就是那么一瞬间，没有为什么，我一开始喜欢你，是因为你从黄浩手里把我夺过来时的那股狠劲，后来嘛，是觉得你很神秘，眼神中不知道藏了多少秘密，最近嘛，我喜欢上了你敢为我买凶杀人。”说完，金玲玲满足地笑了起来。

景伦淡然一笑：“如果是为了生死金那件事的话，你大可不必喜欢我，因为我根本不是为了你，我只是闲来无聊，想做个游戏罢了。”

金玲玲的语气突然变得郑重起来：“景少爷，你把自己隐藏得太深了，为什么不肯走到前台来，让别人瞻仰你的优秀呢，凭你的能力，还有你的家族背景，可以让很多人仰视你，你应该享受那种众星捧月的感觉，而不是像现在这样，总想做些只是自己快乐的事情。”

“你知道为什么我很久没有飙车了吗？”景伦突然问道。

金玲玲一愣：“对啊，你好像确实很久没有飙车了。”

“因为在T市玩赛车，没有人赢得了我，所以我也就没有这个兴趣了。我爸爸让我干的那些事也是一样，让我当企业家也好，让我当检察官也好，没问题，OK！但是你信吗，这两件事根本不可能有人赢得了我，所以干吗要去干。这个世界是一个需要刺激的地方，对我来说这样的刺激越来越少了。”

金玲玲转过头，不可思议地看了景伦一眼：“既然你这样想，那好，我问你！你觉得我哪点好，你为什么愿意跟我在一起呢？别说是因为我的美貌，这不用你说。”

“你敢拒绝我，还敢质疑我！别的女人不敢的你敢，说白了还是刺激。”

金玲玲叹了口气：“没想到，你的人生乐趣如此匮乏。”

“还好，我现在终于发现了新的人生乐趣了，这个可以让我玩一阵子了。”

“什么？”

“就是生死金喽，你还不知道吧，我把那个一百万付了。”景伦这话说得云淡风轻，却把金玲玲吓了一跳。

“一百万就这么付了？你害怕了？就因为那条威胁的短信？”

景伦镇定地说道：“你觉得我是那种胆小的人吗？我是要做一个新的实验。”

“哦？”

景伦的语气有条不紊：“今晚子时一过，先杀人再付款的活动就会取消了。所以，我可以再预定杀一个人，然后我同时付款一百万。这是规则上一个bug，因为付这一百万没有说清楚用途，既可以当作我第一次杀人的付款，也可以当作第二次杀人的付款，这样的话，我的死亡威胁便解除了，同时，我还可以杀第二个人，如果第二个人在一天内没有死亡，则说明这仍然是个骗局，我也就没有玩下去的必要了。”

金玲玲大吃一惊：“用一百万去验证一个谎言？”

“你觉得不值吗？”

“反正像你这种天才的想法，我是理解不了。对了，这次你写的谁的名字？”

“这个人你也认识！”说着，景伦把手机朝着金玲玲面前晃了晃。

“黄浩？”这个名字让金玲玲一下子想起了六个月前的一幕，要不是在快速路上，金玲玲差点踩了刹车，但她还是不自觉地晃动了一下方向盘，车子左右晃动了一下，径直朝着一条辅道开去。

3. 激情

时间：六个月前某个深夜

地点：T 市外环桥旁一条公路大路口

公路路口停满了豪车，豪车旁满是奇装异服的青年，他们三五成群，都叼着烟，不知道在讨论什么。

突然，从远处传来了一声发动机的轰鸣声，接着两个明亮的大灯由远及近，能看清楚车的轮廓时，这辆红色的法拉利已经呼啸着到了眼前，却没有丝毫要减速的意思。

“我靠！”众人同时叫骂道，再想躲已然来不及。

突然，法拉利做了一个漂亮的螺旋漂移，车子在地上转了三百六十度，随着一阵刺耳的车胎摩擦声后，车身侧着滑到了众人面前，离着最近的那个人也就一米多的距离，那人早就闭上了眼睛等着命运的安排，等睁开眼睛的时候，景伦已经拉开门走下车，点燃了一根烟，摆出了个车神的 pose，凝视着已经吓傻的众人。

虽然刚刚命悬一线，众人却不敢上前质疑这位飒爽的青年，只有黄浩站在他的玛莎拉蒂前瑟瑟坏笑，而他的身边则站着一个长发披肩的妙龄美女，正是金玲玲。

黄浩笑道：“景少，你装得不错啊。”

景伦不屑地看了黄浩一眼：“少废话，今天再赛不过我，我下次可就不陪你玩了。”

“我这车刚花了四百多万改装完，不可能赢不了你！说说吧，今天怎么玩？”黄浩一脸嚣张，满嘴弥漫着口臭。

景伦颇为帅气地吐了一口烟雾：“玩点新鲜的吧，机场线环绕，怎么样？”

“我靠！你疯了吧，那条线天天都有警车巡逻，被条子咬上就废了。”

“你不说车刚改装完吗？条子能追得上你？”

黄浩有些上火：“就算追不上，牌照也能查到啊。”

“你就不会找个小弟调包，真是怂包！”

黄浩的火气被景伦斗了起来：“谁怂了，一会你别怂了就行，说吧！这次赌点什么的？”

景伦眼一瞥，看到了黄浩身边的金玲玲：“你身边那个妞是谁啊？怎么之前没见过？”

黄浩得意地将手搭在金玲玲肩膀上：“我女朋友，怎么样？漂亮吧？”

金玲玲十分不悦，一把将黄浩的手甩了下来，厉色道：“想得美！谁是你女朋友？”

黄浩有些尴尬，但似乎也不太敢冒犯金玲玲。

景伦一指黄浩身边的金玲玲，冷冷地说道：“赌注就是她，怎么样？”

黄浩脸上顿时出现了一股怒气：“景伦，我的马子你也敢动？”

景伦哼了一声：“黄浩，你的马子怎么了？我说过，只要我想要的东西，没有得不到的。”

黄浩上前一招呼，几个小阿飞围了上来，但显然也就是摆摆样子。

金玲玲突然喊道：“等等！”

黄浩一瞪眼：“怎么着？”

金玲玲嫣然一笑：“谁同意你们拿我当赌注了？”

“我同意就行了！”景伦根本没用正眼看金玲玲，而是继续抽着烟。

黄浩跟着金玲玲搭腔道：“我也不同意，玲玲是我的女人，不可能跟你走。”

“我看就这么着，绕环内一圈，谁先到这儿，我今晚就跟谁走。”金玲玲突然憋不住笑出了声，刚刚的严肃荡然无存，之后她的眼神一刻都离不开景伦了。

“哎，我……”金玲玲态度一百八十度的大转变，让黄浩更加怒不可遏。

景伦不慌不忙地问道：“别磨磨唧唧的，妞都答应了，你敢不敢吧？不敢的话，人我现在就带走。”

“谁怕谁？”黄浩说着把袖子一撸，拉开了车门。

说完，景伦把烟头扔在地上，也拉开了车门，上车前他用余光扫了一眼翘首以盼的金玲玲……

法拉利和玛莎拉蒂并驾齐驱展开了机场环线争夺战。

景伦戴着墨镜，嘴里叼着一根烟，熟练地操控着车辆。

黄浩也发起狠来，屡屡猛踩油门，本应静谧的机场环线，却被两辆车的轰鸣声打破了。

在一个桥洞入口处，景伦打开车窗将嘴中的香烟吐出，开始发力，超过了玛莎拉蒂半个车身，玛莎拉蒂不甘示弱，多次想要反超，却被法拉利挡在身后。

“操！”黄浩觉得如果不在这条直线上保持住优势，遇到弯道，很可能会被景伦超越，那样的话，就再也追不回来了，所以他直接把油门踩到了底。

景伦见玛莎拉蒂超了过去，突然露出了一脸奸笑，然后向左猛打方向盘。

原来，前方正好是一个弯道，法拉利一个漂亮的弯道漂移，成功避开了一辆车，滑入了内车道，而玛莎拉蒂则一头撞了上去，只听“嘭”的一声，两辆车全都侧翻了起来。

景伦并没有管后边发生的事故，而是将烟头甩出窗外，扬长而去……

法拉利停在金玲玲旁边，少男少女们欢呼起来，唯有黄浩的小弟们有些惊慌，不见自己的老大回来，感觉心里发慌。

景伦落下副驾驶的玻璃，冲着金玲玲说道："还等什么？"

金玲玲一笑，拉开副驾驶车门上了车。

法拉利快速驶离现场，朝着市区驶来……

金玲玲当时并不知道黄浩出了事故，也不知道这场事故导致了一死一伤的惨剧。她只记得随后便是一场可以预期的激情演出，她被景伦带到了一间豪华公寓内，根本没有任何的交流，便开始互相亲吻，脱着对方的衣服，最后两个人滚到床上。金玲玲对那晚的记忆只剩下满地的衣服和颤抖的床。

没过几天，警察就找上了门，以涉嫌危险驾驶和危害公共安全的罪名传唤了景伦，金玲玲这才知道黄浩出了车祸，而跟景伦厮混了几日，他竟然对事故的事儿只字未提。

她当时不知所措，慌慌张张地跑到了全景集团想要找景天，没想到景天并没有出面，接待她的是一位姓高的经理，而他好像也早知道了这件事，还安慰她不要担心。

景伦很快就被保释了出来，这个结果，金玲玲并不意外，让她有点意外的是景伦并没有被免予起诉，而是同黄浩一起走上了法庭的被告席。而让金玲玲更加大吃一惊的是，景伦竟然拒绝了聘请律师，而是由他自己来做辩护人。

金玲玲终生难忘审判那天，景伦的雄辩竟然像一个资深律师一样，弄得检察官和法官焦头烂额，最后法官只能灰头土脸地宣判，黄浩因犯交通肇事罪，被判有期徒刑三个月。景伦由于证据不足，被无罪释放。

她还记得就在景伦走出法院时，一辆黑色的轿车等在门前，一个穿着黑色西服的男人笑脸相迎，这个人她见过一次，正是景天身边的高经理。

高经理说道：“公子，景总让我接您回去。”

景伦有气无力地答道：“你们先走吧，我还有事。”

说完，景伦便坐上了金玲玲开的车，车子飞快离开法院的大院。

金玲玲当时冲着他举起了大拇指。

“怎么了？”景伦感到很意外。

“刚才你在法庭上太帅了！”此时，金玲玲的眼睛里充满了崇拜的目光。

“那些律师没什么真本事，动不动就是向法官求情，很少有人敢打无罪辩护的，所以还不如我自己来，虽然我知道……”景伦欲言又止，但是金玲玲知道他是想说这案子背后估计景天也没少使劲儿。

当然，那一晚自然又少不了一番云雨，不过这次金玲玲把性和爱都献给了她眼前的男人，这是她第一次毫无保留地把自己投入了进去……

所有的思绪都回归到了现实中，景伦又在生死金上写上了黄浩的名字，但是黄浩真的能被杀吗？因为黄浩此时正在监狱里服刑，有谁可以杀了他？金玲玲想到这里打了一个寒战，如果黄浩真的死了，景伦下一个目标又是谁呢？

4. 还价

时间：2016 年 9 月 7 日 8：15AM

地点：T 市刑警队会议室

虽然不知道曾经多少次来到了这间会议室，但是林玲多少还是有点紧张。十年间她和胡玉言从工作关系，发展到了合作伙伴，现在又成了恋人，可以说这间会议室印证了他俩激荡的岁月，诠释了一段浪漫的青春。

为了方便各自的工作，两个人私下达成一致，暂时不公开恋情。虽然在座的警察们都能察觉到这名三十出头的女记者对他们的队长多少有那么点意思，但是从胡玉言的冷言冷语中却又只能理解成那不过是林玲个人的小暧昧。

隐瞒总会让人有一种不踏实的感觉，坐在会议室中的林玲总有种错觉——她在接受整个刑警队的审视，所以她故意不朝胡玉言的方向上瞅，全神贯注地看着正在分析案情的邢振誉。

“从第一宗杀人案开始，生死金网站上又陆续出现了 7 个名字。”邢振誉在白板上又添写了一个姓名——黄浩，然后说道，“重点是这个人，现在已经排查到，七人之一的黄浩现在就在本市。黄浩，二十一岁，原 T 市大学工程系大三学生，六个月前因为超速驾驶造成一死一伤，被判交通肇事罪，现正在阳关监狱服刑。”

胡玉言仍旧背对着白板，摆弄着手中的香烟，一言不发。

刑振誉接着说道：“黄浩的父亲黄本初是本市马球俱乐部的总经理，这个马球俱乐部虽然实体注册资金只有三千多万，但是其实每年的盈利能力非常可观，每个入会的会员，年费都要一百万元，可以说是出入无白丁，他这个马球俱乐部也成为一个撮合互有需求的人的掮客平台。黄本初为人非常圆滑，在生意场上一向与人和善，有‘黄善人’的绰号，他的马球俱乐部更是他结交达官贵人的地方，所以轻易不会得罪人。”

王勇在一旁插话道：“可他那儿子可不是省油的灯，在治安那儿光寻衅滋事就备案过很多次了，与人结仇也很正常嘛。”

邢振誉瞟了王勇一眼，反驳道：“大哥，请不要打断我好不好？现在寻找作案动机并不是重点，因为我们还没弄清楚，这到底是不是谋杀。”

王勇梗着脖子，挺不服气：“那你说，什么才是重点？”

“王副队长，你有没有想过，生死金先后一共有八个人上榜，我们T市这样的地级市就出了两个，这个概率你觉得是不是有点高啊？”邢振誉提高了嗓门儿嚷道，所有的警员听闻这句话开始议论纷纷，胡玉言却并没有把椅子转过来。

王勇终于反应过来：“你是说雇凶杀邱蓉的人和想要杀黄浩的人，其实是同一个人，而且这个人就生活在我市？”

邢振誉哀叹了一声：“如果再缩小一点范围，应该就在T市大学里吧。”邢振誉说着便在邱蓉和黄浩的名字上画上了一条线，把两个人连接在一起，然后在线上写上了T市大学几个字。

王勇一拍脑门：“对啊！我怎么没想到呢！可是，邱蓉是个来自农村的姑娘，而黄浩是个地地道道的富二代，他们之间能有什么共同的仇家呢？”

“我真是被你的天真打败了……谁说穷小子和凤凰女就……”

座椅后的胡玉言突然把椅子转了过来，打断了两个人的争辩：“你们待会儿再讨论那些所谓的买凶动机，这个案子不可思议的地方多着哩。”

林玲故意没朝着胡玉言看，但是她拿出了笔记本，准备记录胡玉言的一字一句。

胡玉言把双手交叉在胸前：“黄浩之前，邱蓉之后，这么长的时间，全国没有出现任何一个上榜的人，可为什么当黄浩的名字上榜后，就会有这么多人同时上榜了呢？”

胡玉言的话刚出口，林玲就掏出了手机，寻找了所有疑似被害人的上榜时间，果然，其他的上榜者都是在黄浩之后上榜的，边看边问道：“奇怪啊！黄浩上榜后几乎是十分钟一个，时间上也太平均了吧？为什么会这样？”

“当当当”，胡玉言狠狠地敲了敲桌子：“非警务人员不要乱说话。”

林玲冲着胡玉言白了一眼，刚要发作，胡玉言突然话锋一转：“不过虽非警务人员，但是刚才的问题说到了点子上，谁能说说这到底是怎么回事儿？”

“是为了掩饰！”邢振誉突然打开了思路，“第一个买凶者考虑不周，在写上第二个要被杀害的人名字时，才发觉两名被害人都在T市大学的这个共同点，这样就非常容易被警方怀疑，所以才会又写上了这么多人的名字来迷惑警方，况且这个时间内又都是先杀人后付款的阶段，如果生死金网站不能在规定时间内同时完成这么多的杀人任务，则宣告了这个网站具有欺骗的特质。”

“我现在就去追查和邱蓉和黄浩都有交集的人。”王勇一边摩拳擦掌，一边大声吼道。

“先不着急！”胡玉言一挥手，示意让王勇先坐下。

王勇摸了摸后脑勺：“胡队，现在不去，可别让凶手跑了啊！”

“我们现在仍然不能给生死金定性！因为除了邱蓉外，还没有发现其他死者。但是你们想想，如果放上去的这几个名字真的只是为了掩饰的话，那么可不是只有买凶者会这么做哦。”

林玲突然想明白了一些关节，顿时佩服胡玉言的思路。

邢振誉也突然意识到了自己好像确实被什么无形的东西绕住了，而且他清楚胡玉言恐怕已经找到了案件的突破口。

“这个案件现在应该存在两种假设：第一种，生死金确实存在，也有一个人确实买凶杀害了邱蓉，又想买凶杀了黄浩；而第二种假设就是这个网站从头到尾就是一个骗局，为的就是骗取那些想要买凶的人的钱财，所有上榜的人都是骗子的障眼法。你们到底觉得哪一种假设更靠谱呢？”

王勇率先说道：“肯定是有人买凶杀人，否则邱蓉的照片怎么解释？那照片肯定是从现场照的！”

邢振誉马上反驳道：“我觉得未必，如果真像你所说，买凶者第一次买凶多半只是想图个乐，根本没有想到真的有人死了，按照心理学来说，一般人遇到这种情况，惶恐还来不及，应该先要销声匿迹一段时间，把自己隐藏好才对，干吗这么快就再冒一次风险呢？”

王勇怒道：“有钱就是任性怎么了，他就是想要再多杀一个，你能管得了吗？”

“有事说事！别……”

胡玉言双手张开制止道：“行了，你们不要争辩了，林记者，我想听听你的想法。”

林玲冷笑了一声：“刚刚不还有人说这屋里非警务人员不得说话吗？这么快就坏规矩了啊？”

胡玉言装作不苟言笑的样子：“这次是我允许的，我只是想听听一个普通人的看法，这件事哪种可能性更大？”

林玲有些犹豫，不过还是开口说道：“我只是从记者的层面上考虑，我当然希望这是个真正的杀人网站，因为那样才有大新闻嘛！”

胡玉言突然双手一错，做了一个响指，“没错！这就是我想要的！其实无论是哪种可能性，无论是买凶人还是这个网站背后的人，或者这两者本来就是一个人，他们的目的都是试图把事情搞大。正像小邢所说，如果第一种可能性成立的话，正常人应该先会避避风头吧，但是这个买凶者却没有，他选择了顶风作案，这说明他绝非什么草包，相反他极富心机，因为我觉得他在最恰当的时机，做了第二次实验。”

林玲眉毛一跳：“实验？”

邢振誉眼珠一转，补充道：“黄浩上榜的时间，仍旧是在子夜前，也就是仍然处于先杀人后付款的优惠时间段！还有他选择的这个黄浩，这会儿正在监狱里，杀一个待在监狱里的人难度可想而知。所以他还是在试探，如果这次黄浩真的被杀，他可能会利用这个网站做更可怕的事情，但如果黄浩没有死，那么生死金网站也就彻底破产了。”

胡玉言点点头：“这种推理是基于我们第一种假设成立的情况下，如果真的是这样的话，那么买凶者的心理画像就很明显了，应该是一个 18 到 25 岁左右的男性，T 市大学在校学生，家庭极其优越，应该是单亲，是由父亲抚养长大，缺少母爱。此人思维严密，做事大胆，仇视规律，常常逾越常规，且有严重的反社会倾向，喜好冒险，轻视生命。而且，极度自信和冷血，是个非常危险的人物。但是，如果他心思极其缜密，而且勇往直前，他干的事是不会后悔的，所以其他的那些上榜的人，我认为不是这个买凶者填写的，也就是说那些上榜人的名字，不是网站的制作人故布迷阵，就是还有其他的买凶者。”

邢振誉总结道：“也就是说事件的真相很可能是一个想要骗钱的网站，和一个想要杀人的买凶者的博弈。”

胡玉言重重地点了点头：“很不幸啊，我们似乎同时遇到了两个可怕的对手，无论是网站的制作人，还是买凶者，显然都是高智商犯罪的代表。如果这二者合一的话，那么就更可怕了，我想这次事件就不仅仅是个诈骗案或是杀人案这么简单了。”

王勇用不可一世的二杆子精神继续问道：“买凶的这个人范围已经很小了，排查抓捕都是时间问题，别管三七二十一，先抓了人再说。”

胡玉言根本不想搭理不着调的王勇，冲着邢振誉继续说道：“还有一点也很奇怪的，就是如果网站真的杀了人，那么买凶者拒绝付款怎么办？”

屋子中的人显然给不出正确答案，就连一直活跃的邢振誉也默然了。

胡玉言点燃了一根烟：“这个网站背后一定还有它更加复杂的运行规则！我们当下只知道些皮毛而已。”

王勇有些沮丧：“那怎么办啊？凭我们的技术能力根本不可能破解这个网站啊。”

“我已经通过张局长向国家安全局和公安厅打了报告，说明了这个网站有可能存在重大危险性的报告，但是上面的回复仍然是无法确定网站的真实性。他们现在能做的就是尽量屏蔽网站，却不肯花费人力物力帮助我们深入挖掘这个网站的信息。”

王勇在一边有些不忿：“公安部这帮官老爷，难道真的要等再死一个人才能引起重视吗？”

“也没有这么悲观，既然这案子落到我们地方上了，我们有自己的路数。所以我想用我的手机亲自注册一个生死金的账户。”

“啊？”邢振誉被胡玉言匪夷所思的想法震住了，“难道您想……”

“不是我想，我刚才已经做了。”说着，胡玉言把手机朝着众人晃了晃。

众人都对胡玉言如此疯狂的想法投来了敬畏的目光。

“可是失败了！”胡玉言一笑。

“失败了？难道网站是假的？”众人刚刚被吊足了的胃口，此时又啪嗒掉了下来。

“不！是真的！除了用实名注册，手机号外，这个网站还必须用一张确实存有一百万现金的储蓄卡验证才可以，也就是说，没钱的别进来。你们都知道，我光棍一条，平常也没存下多少钱，储蓄卡里只有可怜的几千元。”说着，胡玉言坏笑着看了看周围的人。

所有人的都以为胡玉言要借钱，都把头低下了。胡玉言又看了看王勇，王勇吓了一跳：“胡队，我这工资一发，一分不少地上缴，兜比脸还干净呢。”

邢振誉有些为难：“胡队，我要是有这么多钱我肯定借给您，但是您也知道，咱们警察挣这仨瓜俩枣的……”

“看来现在，我们只有靠一个人了。”胡玉言笑道。

王勇凑了过来：“您有钱的朋友里，只有林记者的爸爸是大老板，难道说……”

林玲一噘嘴，知道胡玉言说的是自己，然后她把手机翻转了过来：“钱呢，我是不会借给你的，我是真怕你还不上，不过呢，我自己注册了一个，已经成功通过验证了。”

“我靠！”王勇上下打量着胡玉言，“胡队，你不是答应那小妮子以身相许了吧？”

屋子中的警员们听到这句话哄堂大笑，有几个刚喝了一口水的都喷了出来。

胡玉言狠狠地瞪了王勇一眼：“滚！滚！滚！”

林玲此时不停地点击着手机界面，引起了所有人的注意，邢振誉更是凑到跟前来看。

“干吗都用这种眼神看着我？我又没钱在上面买凶杀人，只是看看而已嘛！不过还真的有不少的发现哦！”林玲笑道。

“什么发现？”王勇也赶紧凑过来。

“是刚才胡大队长说的规则，原来更详细的规则是通过这个网站内部的邮件接收的。”说着，林玲把手机放在了胡玉言的面前。

胡玉言接过手机，看得很仔细，表情也越来越凝重，最后边看边念了出来：“一、买凶人注册账户后才能获取相关的权利；二、试运行期间，如果买凶人不按时支付相应的款项，则会成为下一个被杀害的人；三……”

“什么呀？胡队，怎么停了？”王勇最着急，站在胡玉言身后，却什么也看不清楚。

“我终于知道生死金中的生代表的是什么了，第三条的意思就是说，比如某位会员再支付一百万的话，就可以买黄浩的生，黄浩就可以被赦免了。这就是生死金的意义。”胡玉言退回到首页，在黄浩的名字后的一个加号的地方点了一下，果然出现了一个您是否同意购买该人生还权的窗口。

王勇瞪大了眼睛：“这东西还能讨价还价？”

“对！从这个意义上说，生死金确实是一个很可怕的网站，因为他可以无限制地购买人的生与死，人的生死在这里变成了一场交易，公开竞价。从这个角度上说，邱蓉很可能真的是被谋杀的。”胡玉言的眼睛死死地盯着“生死金”三个字，突然全身抽搐了一下，从内心深处他也多少感觉到了一种恐惧，警方、生死金和那个买凶者，这似乎是一个三方的游戏，谁也不知道下一步对方会怎么走。

“那我们要如何阻止呢？”王勇催促地问着。

刑振誉急着说道：“黄浩就在监狱里，属于我们的保护范围，只要能让黄浩在规定的时间内活下来，这个网站的谎言就不攻自破了。”

胡玉言点了点头：“全体出发，这次总指挥是王勇，务必让黄浩生存二十四小时以上。”

“是！”所有警员同时站了起来，王勇急匆匆地带着一线刑警走出了会议室，临走也不忘用胜利者的表情瞟了邢振誉一眼。

等王勇等人走出大门，刑振誉有些着急：“胡队，那我呢？”

“我需要一个机动小组，所以你带着技术组和特别行动组随时待命！”

邢振誉虽然有些不高兴，但还是勉强答应了一声。

胡玉言转过身来拍了拍邢振誉的肩膀：“臭小子，闹什么情绪，这叫杀鸡焉用牛刀，留你在这里，是因为你是我的一步活棋，说不定你还能成为我的撒手锏呢。”

◆第三章　七个被害人

1. 移魂

时间：2016 年 9 月 7 日 12：15

地点：T 市阳关监狱

黄浩一头雾水，突然来了几个警察，核对完他的身份信息后，便把他带出了牢房，他开始还以为是自己即将要被释放了。

没想到这几个警察把他单独关在了一间小囚室中，这足以让他欣喜若狂，因为之前那间集体囚室，简直不是人待的地方。

刚来的时候，牢头见他年龄不大，又白白胖胖，差一点就爆了他的菊花，当惯了少爷的黄浩，哪里吃得了这亏，跟狱霸们火拼了几次，才发现自己那点狠劲儿在这帮职业老江湖面前实在是小儿科，结果每次都被整得很惨。

正当他绝望的时候，狱霸们却突然转变了态度，牢头甚至还主动向他承认错误，说以后他们就是兄弟，他关照着，没人敢欺负他。

黄浩当然知道是外边的老爹起了作用，不过这并没有缓解他的郁闷心情。他母亲每周都要来监狱看他一次，每次都说，他爸爸正在外边活动好让他减刑，让他再坚持几天。但是几个月过去了，也没见什么动静，弄得他越来越烦躁。

每当他躺在囚室的床上时，就更烦了。虽然没有性命之忧，但是和几进宫的犯人不同，他根本住不惯囚室，不知道是不是心理作用，总觉得床板上有蚂蚁爬来爬去，弄得后背痒痒的，抓又抓不到，想要狱友帮他挠挠，却又害怕被暗算。勉强入睡后，又总被撞车时那惊险的一幕吓醒，他经常能梦到一个满脸是血的中年男人找他索命，他发誓出去后第一个就是要找景伦算账，因为就是他害得自己撞死了人。

其实，他本想在法庭上把这一切和盘托出，让景伦那个家伙陪自己一起坐牢，却没有想到父亲在探视时强令自己绝不能把景伦供出来，而且黄本初保证，如果他不供出景伦，他很快就会想办法把自己弄出去。权衡利害后，黄浩只能咬牙认下了所有的罪行，并说那天根本没有人跟他一起飙车，再加上景伦在法庭上近乎完美的表现，成功地让他洗脱了嫌疑。

而自己进了监狱后，觉得越来越憋屈，已经过去了三个多月，景伦逍遥法外，而父亲对自己的承诺直到现在也没有兑现，这让他感到无比焦虑，但是好在他已经看到了离开这座炼狱的希望。

单独关押让他终于可以踏实地睡上一觉，黄浩躺在床上，不一会儿便打起了呼噜。

监房外有两名狱警来回巡逻，他们接到命令，务必保证黄浩的安全，他们也在奇怪这名人犯到底遭遇了怎样的情况，才能受到如此高规格的待遇，如果是外边发现了他犯罪的新罪证，那多半是要提到预审科去突审，没听说过还要把人关在单身牢房里严加看管，弄得跟人犯要越狱似的。但命令总归是命令，警察就是以服从命令为天职，没有这么多问为什么的权力。

当他们听到黄浩的鼾声时，才停下了脚步，坐在不远处，让黄浩不离开他们的视线。

没想到两名狱警刚刚坐定，黄浩突然捂着肚子，痛苦地大叫起来："哎哟，疼死我了！哎哟！"

"坏了！"一名狱警赶紧按响了警铃，而另外一名狱警赶紧拿出钥匙打开了牢房的门，一把扶起了地上的黄浩："你怎么了？"

"肚子疼！肚子疼！"黄浩在地上不停地打滚，捂着肚子就是喊肚子疼。

此时，一直在值班办公室留守的王勇和几个狱警一起跑进了监区，当他看到黄浩痛苦地倒在地上时，大声喊道："坏了，有人下毒啊，赶紧叫救护车，送医院啊。"

旁边的警员好意提醒道："王队，要不要先通知一下胡队？"

"通知个屁啊，先把他救活了，否则咱们都得脱马褂，赶紧的！送医院。"王勇在一旁吆五喝六，指挥着早已焦头烂额的警员们。

此时，值班的监狱长也赶到了监房外，看到黄浩痛苦的表情，又看了看大吵大闹的王勇，将双手一挥："安静！叫什么救护车，咱们这儿有车，让王大夫跟着一起去，再多带些人，赶紧的。"

此时，一名里边穿着警服，外边套着白大褂的女警跑了进来，帮着几名狱警一起把黄浩抬上了担架，她突然狐疑地望了望监狱长："所长，这好像……"

"好像什么啊？一切等到了医院再说。"监狱长显然心烦得很，他听王勇说了生死金的事，又暗中受到了上级领导的指示，对黄浩要重点关照，如果黄浩真出了事，他是上下都没法交代。

黄浩被担架抬上了一辆押送犯人的警车，然后王大夫也跟着上了车。

监狱离最近的三甲医院要二十分钟左右，这段时间，黄浩一直喊着肚子疼，反复地打滚，王医生一边摸着脉，一边犯嘀咕。王勇连同一名狱警和一名刑警押车，为了确保万无一失，前边有一辆刑警的警车开道，还跟着一辆监狱的警车殿后。

路上所有的汽车都被这阵势吓坏了，还以为警方在追捕什么重要的逃犯，赶紧让出了一条通道。

此时，胡玉言也听说了监狱这边的情况，给王勇打来电话："王勇，你为什么不给我打电话汇报？"

王勇战战兢兢地说道："胡队！情况紧急，黄浩都快不行了……肯定是有人投毒。"

电话那头传来了胡玉言的斥责声："那你也不应该离开监狱，如果真的是有人投毒，这会儿人应该已经死了，你应该把医生请到监狱来。"

"可是队长……"

"别什么可是了，记着，警车千万别开警笛，一切低调，我现在也往那个医院赶。在我到之前，千万不要让任何人接触到黄浩。"

"是！"王勇不情愿地答应着。

警车到了医院门口，又是一片混乱，因为晌午刚过，医院看病的人络绎不绝，急救室医生已经推着病床等在警车前。王勇刚想拦下来，说等胡玉言到了再说，没想到几名医生已经将黄浩抬下了囚车，搭着抬到了一张床车上。

不明所以的群众都驻足在医院门口，观看这场犹如电影大片一样的抢救。

众多医生将床车推进了急救室。

"大家让一让！快！"医生们一边大声喊着，一边将黄浩推进了急诊大厅，这又加重了医院走廊里的紧张气氛，引来了很多患者和家属的注目，说话间又跑来了几个医生和护士帮忙维持秩序，还有几个医生过来帮忙，将黄浩推进了急诊室，随后一名护士将医用纱帘拉紧。

王勇还没反应过来，人就被医生们推走了，等他回过味来已经晚了，他赶紧跑到急诊室门口，拉开了纱帘。

护士惊奇地看着王勇："这位警官，您干什么，我们正在抢救呢！"

“不行，我要看着你们抢救！”王勇坚定地站在这位护士面前，护士拗不过他，只能放他进来。

突然，黄浩哇哇地呕吐起来，额头上满是虚汗，接着他扶着脑袋声嘶力竭地吼叫着，渐渐地全身都抽搐了起来，就连急救中的两名男医生都按不住，最后黄浩睁大了眼睛，口吐着白沫，脚抽动的频率越来越小，最后一动不动地躺在病床上。

为首的急救医生摸了摸黄浩的脉搏，然后用小手电看了看他的瞳孔，绝望地冲着王勇摇了摇头。

“大夫，你别吓唬我啊，什么意思？”王勇睁大了眼睛，在电视剧中看过，他知道这个动作意味着什么。

此时，在帘外的王医生也探进身来，看到黄浩痛苦僵硬的表情，急道：“这是怎么回事儿？”

“人已经死了！”急救医生道。

“这怎么可能，他刚才生命体征非常稳定。”说着，王医生凑过来想要再看看，没想到王勇率先发飙了。

“不可能！”王勇一把将几个医生扒开，上前就要按住黄浩的胸部，说着就要按下去，想要再次急救。

“王勇，别胡来！”突然，王勇的身后响起了胡玉言的呵斥声，“赶紧保护现场！还有封锁医院的所有出口，调出来所有视频录像，快！”

2. 恐慌

时间：2016 年 9 月 7 日 13：10

地点：T 市某医院监控室

从来没有哪种恐慌比死亡威胁蔓延得更快，整间医院已经被刑警队接管，人员许进不许出，医患双方不明所以，都开始躁动起来，院长已经多次想找警方负责人沟通，希望了解情况，可胡玉言却一直不肯露面。

负责外围工作的邢振誉却一嘴油滑，说什么这间医院正处于危险之中，不让大家离开是出于安全的考虑，至于具体情况不便透露，还请院方帮助警方一起维持秩序。院长一问到胡玉言在哪，他是一问三不知，还一脸委屈地说自己只是在执行命令，请您多包涵。

院长听后大发雷霆，扬言要向公安局督察组投诉，但无论他怎么发脾气，邢振誉都满脸赔笑，一再好言相劝，最后没办法，他也只能一边发牢骚，一边给保卫和组织干部布置工作，让他们帮助警方安抚病人和家属的情绪。虽然，气氛达到了一种短暂的平衡，但是谁都知道，只要是一点点风吹草动，这种恐慌就会再度蔓延开来。

与此同时，胡玉言、王勇、林玲待在医院监控室里，王勇特想找个机会解释，但似乎也没什么话好说，现在连凶手下毒的时间和方法都还没搞清楚，还有什么好说的？再说黄浩在监狱病发，到医院不治身亡，这能怨他吗？好像自己也不用负什么责任！不过，比起这点小心思，他想破脑袋也想不明白胡玉言为什么要死死地盯着监控录像看，而不是回到监狱里去寻找线索。

胡玉言自然知道门外已经乱成了一团，但他相信只要有邢振誉在，就一定能控制住局势。他也知道自己擅做主张封锁医院，必然会受到上方责难，但是他不得不这么做，因为他确定，杀手还在这间医院中！因为之前他就一直怀疑，黄浩在监狱里的肚子疼其实是装的，他是在来到医院后才被害的。

和监狱中的王医生做了简单的交流后，他更加确定了这个推测，胡玉言回想着王医生镇定且富有逻辑的话：“我虽然不是什么名医，但也算是中医世家出身，望闻问切还是懂一点的，我看黄浩第一眼就觉得他是装的，脸颊红润，额头上连一点虚汗都没有，怎么可能是中毒呢？而且我在警车上摸过他的脉，脉象十分平稳，根本没有任何中毒的迹象。”

“警官先生！”胡玉言的思绪突然被监控室的保安打断了，“警官，那个时段的所有录像都在这里了，可以全方位打开。”说着他点击了一下屏幕，整个大屏幕出现了七十二个分区，几乎涵盖了医院的所有区域，比较重要的区域，甚至用了两个摄像头的对摄技术，整个监控区域无死角可言。

林玲有些叹为观止：“这阵势我只在电视台看过，你们医院也够下本的。”

保安笑道：“没办法啊，现在医闹这么多，那帮人可是躲得起，惹不起！为了留证据，院长批了两百多万改造这套系统。”

“有这套东西就行了！把那名死者进来时的画面全都给我调出来。”胡玉言指了指屏幕。

保安点点头，熟练地操作着电脑：“这就是警车来时的画面！”

顺着保安所指的屏幕，胡玉言看到有两名医生和三名护士，把黄浩抬下了车，接着王医生和王勇也下了车：“这几个医生和护士你认识吗？”

“认识，黄大夫和孟大夫，那个高个子的护士叫黄小菊，稍微矮一点的叫刘玉，另外一个身材火辣的叫张荷。”保安如数家珍地说道。

“行啊你，人这么小你都能看清楚？”林玲在一旁仔细分辨了一下，医生还好分辨，但护士怎么看都差不多。

“嗨，我平常没有事干，就这么一天到晚盯着这些屏幕，不是跟你们吹牛，只要是这个医院里的人，看一眼背影我就知道是谁，特别是那些女护士，哪个胸大，哪个屁股大，还有她们跟哪个医生有一腿，我都门清！那些刚分配来的小大夫和小护士，想要搞对象的，都跟我打听内幕。”保安说到兴奋处，眉飞色舞起来。

林玲脸一红，无奈地瞅了瞅胡玉言。

胡玉言一拍保安的脑门：“行了，跑题了啊，他们进来后，看哪个屏幕？”

“这个！这个！急诊大厅的。”说着保安指了指左下角的小屏幕，他怕看不清楚，又操作了一下键盘，七十二块屏幕立即拼成了一块完整的图像。

胡玉言、林玲死死地盯着屏幕，王勇则站在一旁，边看边回忆，发现换了个视角更有助于自己回忆当时的情况。

当时，警员连同医生一起把床车推了进来，突然有个站在厅中间的男医生吆喝了一声，又有几个护士赶紧过来帮忙，直到他们把床车推进了急诊室，这其中又转换了三次镜头。

“问题就出在这儿了。”胡玉言命令道，“定格，倒回去。”

保安一边操作着，一边纳闷：“哎，奇怪了！”

林玲也凑了过来：“怎么了？”

“这个人不是我们这里的大夫。”保安指着那个在厅中央喊人帮忙的大夫说。

“你确定？”胡玉言惊道。

“确定！这里的大夫我都认识，绝对没有这个人。”

林玲仔细分辨了一下：“可是他戴着口罩呢，看不见脸啊，这你也能认出来？”

“我没跟你说吗！别管是大夫、护士，看个背影我就知道是谁，但是这个……真没印象。”保安摇着头。

“那就对了！这个人就是凶手！”胡玉言斩钉截铁地说道。

“你是说，毒是在医院里下的？”林玲也有些紧张了。

王勇见到这么快确定了嫌犯，非常兴奋，但是转念一想，这怎么可能，明明黄浩在监狱里就有了症状啊。

“嗯！这个时候最混乱，所有人的注意点都在黄浩身上，没人会注意谁会有什么小动作。”

“可是怎么下的毒呢？”林玲皱了皱眉，她怎么也无法从录像中观察到行凶的过程。

“应该是注射，好在医院里也有化验室，我正在拜托何法医做初步的尸检，应该马上就有结果了。”说着胡玉言的手机响了起来。

刑警队首席法医何玉华在电话那头说道：“正如你所料，在死者的左腿外侧找到了一个微小的针眼，外围有轻微渗血，应该就是凶手注射毒素的位置。”

“毒素是什么确定了吗？”

“应该是一种神经性毒素，计量很小，但是纯度很高，所以死者全身没有瘀青的迹象，具体是什么，还得进一步解剖和化验！”

挂了何玉华的电话，胡玉言又看了一遍录像，那个医生正好从右侧跑过来，他推床的位置正好是黄浩的左腿，手上的动作虽然看不清楚，但他的作案嫌疑非常大，必须先找到这个人，他冲着保安说道：“给我追一下，这名医生从急诊室出来后，到底去哪了？”

“嗯！这简单！”说着，保安转换了几个镜头，“你看，这个人从这里直接上了二楼，然后进了二楼的手术区……最后进了手术沟通室。”

“手术沟通室？”林玲有些郁闷。

“嗯，就是患者家属术前与麻醉师或医生见面，签署风险保证书的屋子。”

“这间屋子里的摄像呢？”胡玉言努力寻找着。

“对不起，这个坏了，一直没修。”

“没修？”林玲瞪大了眼睛。

“警察同志，这个是故意没修的。”保安脸露难色，神神秘秘地说道。

胡玉言看到保安难堪的表情，似乎明白了他的难言之隐：“这地方是平常患者家属给大夫红包的地方，所以，你们院长不愿意在这儿装摄像头。”

“警察同志，这可是您说的，我可什么都没说。”保安赶紧摇手道。

林玲有些纳闷：“这个时间，这个房间里没有人吗？”

“我们的手术一般都是安排在上午，中午之后就没有什么手术了，所以人也很少。”

王勇突然喊道：“你看他出来了！”

只见屏幕里走出来一个穿着花布衬衫的男子，戴着口罩，大摇大摆地走了出来，紧接着下一个镜头显示，他正在从楼梯向下走，接着进入了一楼大厅的摄像范围，但他似乎发现了什么，立即转身往回走。

胡玉言冷笑了一声：“这小子失算了，这时候我们已经封锁了医院所有的出口，他不可能出得去。”

王勇一拍脑门：“我说呢，胡队！你进来就要封锁这间医院，原来是为了这个。”

林玲反问道："可是他为什么不第一时间从医院出去，而是换了衣服再出去呢？"

"这个人很聪明，虽然他的作案手法非常隐蔽，但是他恐怕知道医院满是摄像头，警方认真调查后，自己的行为马上就会穿帮。而如果直接逃跑的话，就很可能留下非常直接的线索，因为白大褂除了在医院里显得自然外，在什么位置都会被注意，无论是打车，还是坐公交，又或者是走路，都会被很多人注意。而且路上根本没有换装的地方，如果换装势必引起别人的注意。所以，他最明智的办法便是先换上一身衣服再走。而且他还要有处理凶器的时间，既然是毒素，我觉得没有什么地方比在医院处理更合适了，因为医院到处都是注射器和医疗用品，在这里丢弃凶器，增加了警方的排查难度。"

"哼！聪明反被聪明误！"林玲满意地笑了笑，"他千算万算也没有料到警方的布控会这么快！"

胡玉言转身吩咐道："王勇，你去查一查那间手术沟通室，那套白大褂和凶器应该还在那个屋子里。"

"是！"王勇见胡玉言没有责备自己，松了口气，拉开大门，刚要走，胡玉言叫住了他。

"兄弟，你在监狱里的应急处置没有问题，黄浩出事不是你的责任，不要有太大的心理负担。"

"老胡！兄弟都记在心里了。"说着，王勇拍了拍胸口，走出了大门。

林玲看着王勇的背影有些感慨："这个级别的骗局，真的不是王勇能应付得了的。"

胡玉言并没有答话，冲着保安和蔼地说道："看看那家伙下面去哪了？"

"已经找到了，他进了一楼的厕所！"保安早就把胡玉言想要的录像调了出来。

“嗯！除了你说的那个沟通室外，也只有厕所没有监控了！快进！快进！”胡玉言催促着。

保安将速度调成了四倍，胡玉言盯着屏幕，眼睛都不眨一下，可是半天也没有再见到穿花衣服的男人出来。

林玲有些着急：“他不会再换一身衣服吧？”

“不会，天气这么热，他不可能里边再套一件衬衫吧？再说，就算再换一身，他也出不了医院的大门。”

林玲突然说道：“他会不会从厕所的窗户跳出去。”

“你当我是王勇啊，干事管前不顾后，放心吧！外围有严密的布控。”

保安接了一句：“因为之前别的医院发生过患者跳楼的事，后来院长就吩咐，这医院里的所有窗户都改造成了只能开一道缝隙，人的身体绝对通不过。”

“你们这是监狱还是医院啊？”林玲哼了一声，眼睛却一刻都没有离开过屏幕，“那就等他出来吧。”

“不用等了！冲进去抓人！”胡玉言见录像的时间轴已经无比接近实际时间，刚想下达抓捕命令，就听到外边出现了骚动的声音。

“把监控切换到实时摄像。”胡玉言喊道。

此时，所有的监控画面都显示，医院里的病人、家属和医生都朝着大门涌来。

“小邢，怎么了？”胡玉言冲着步话机喊道。

“队长，不知道谁造谣，说医院里有炸弹，现在所有人都朝着门口涌过来，我们正在劝导。”

“出来了！出来了！他混进人群了。”保安指着从厕所里出来的花衣服说道。

胡玉言掏出步话机：“小邢注意，找一个穿着蓝底花褂戴口罩的男人，见到就赶紧给我按下来！”

“可是队长……现在局势控制不住了。”步话机里除了嘈杂的喊声，还夹杂着消防车的警笛声。

“怎么回事？”胡玉言干脆带着林玲走出了监控室。

“队长，不知道谁报了火警，连救火车都来了。这些人都当真了，这回是真挡不住了。”

胡玉言走出监控室，只听得所有人都在喊：“医院里有炸弹，跑啊！”

人类的恐慌一旦爆发，就像是汹涌的猛兽一样，瞬间会把人吞噬，疯狂的人群早已顾不得老弱病残，整个大厅里一片混乱，再也难以控制局面了，很多人还相互踩踏了起来。

“在那儿呢！抓住他！”邢振誉突然看到了那个穿花衣服戴口罩的男人。

只见一个穿着花衣服的男人朝着大门相反的方向跑来，所有警员放弃了把守门口，一起扑向了犯罪嫌疑人，七手八脚便把他按倒在地。

胡玉言和林玲跑到了大厅中，此时急诊室大门已经失守，所有患者、家属都跑出了大门。

走近一看，一个操着湖北口音，长相粗鲁的人冲着胡玉言喊道：“你们干什么？放开我，放开我！你们抓错人啦！”

胡玉言越想越不对劲，低声道：“坏了！我们中计了！”

此时，监控室的保安跑了出来，“警官你们抓错人了，这个人刚从外边进来的，你们找的那个人，刚才一直藏在柱子后边，见你们一抓人，他就跟着其他人顺势跑出去了。”

胡玉言闻言立即冲出了大门口，怎奈门口堆满了四辆消防车，消防员和警员们面面相觑，大院里站满了刚刚从医院里跑出来的人们，整个现场乱成一团，早已不见那个花衣服的踪迹。

此时，门外一辆轿车已经飞快地驶离了现场。

3. 追凶

时间：2016 年 9 月 7 日 14：00

地点：景伦公寓内

生死金网站上公布了黄浩口吐白沫的视频，镜头突然拉近，给了他一个扭曲的面部特写，吓得金玲玲赶紧躲在了景伦背后，胃好一阵难受，食物差点反上了喉咙。

景伦随着爵士乐的韵律，左手轻轻地比画着，右手拿起手机进入了生死金的付款页面，可刚把拇指放上去，金玲玲便大声吵闹起来，“你真的打算再付一百万啊？”

“人家帮你办了事，还办得如此干净利落，支付酬金天经地义啊。”景伦有些激动地说道。

金玲玲摇着头：“你只知道欠债还钱的道理，可你知道吗，杀人还要偿命啊！”

“呵呵，你放心吧！这网站如果真的是一个买凶杀人的中介，那我和它就是拴在一根绳子上的蚂蚱，保护消费者的隐私是它能长久经营这门营生的关键，所以只要它默不作声，就没有一丁点证据表明凶手是我！如果警方逮捕我，只有一种可能，那就是你出卖了我！”景伦把脸凑了过来，用一双冷目直勾勾地盯着金玲玲。

“滚蛋！”金玲玲下意识地避开了他的眼神，把他的脸一把推了过去。

景伦嬉皮笑脸地说道：“呵呵，既然你不会出卖我，那我就暂时安全喽！”

“原来还以为是个骗局，没想到这网站真能杀人！太可怕了！”金玲玲叹了口气，想起了死去的邱蓉心里总有一种负罪感，她恍惚意识到自己已经被景伦带入了一个充满罪恶的黑暗深渊中，想抽身却找不到归途了。

景伦暂时放弃了付款，他似乎想起了什么，在电脑键盘上敲动了几下，电脑屏幕上立即切换成了医院的录像，上面一遍遍循环播放着医院如何陷入混乱，花衣男子如何逃跑的视频。

金玲玲也盯着电脑屏幕，显然视频是由医院的录像剪辑成的：“你胆子也太大了，敢同时侵入公安、监狱和医院三家的系统，你就不怕警察查出来啊？”

“这有什么的？”景伦哼了一声，“那些网警不足为虑，这个世界上电脑玩得比我好的，我还真没见过呢。”

金玲玲切了一声：“那你怎么还没破解生死金？”

景伦一阵冷笑：“不是不能破解，而是如果破解的话，这个游戏就不好玩了。”

金玲玲白了景伦一眼：“好玩？这就是你一直期待的？”

景伦翻着白眼想了想，又点了点头：“嗯……怎么说呢，说是也不是！用一句话准确形容我的爱好，那就是我喜欢和高手过招，并享受获得战胜他们时的快感。”

“你认为生死金背后是个高手在操盘？”

景伦不住地点着头：“就拿黄浩被杀的例子来说，能想出这种移魂大法的人，绝对是个天才。”

“你等等，你刚才说什么？移魂大法？”

“对！其实黄浩在监狱里是假装中毒，他是到医院后才被人投毒害死的。”

金玲玲被这个判断惊得张嘴结舌：“那黄浩……为……什么……要装中毒？”

“黄浩想要减刑，一般的路径恐怕走不通，所以想要尽快出来，最快也最有效的办法就是保外就医。所以如果有个人对黄浩讲，你装肚子疼，装得越像越好，外边会有人给你伪造一套假病历证明，让你可以保外就医，你觉得他会相信吗？”

金玲玲不假思索地答道：“肯定信啊！”

景伦眉毛一跳：“为什么？”

“因为黄浩的爸爸绝对有这个能力啊。”

“这就对了！在生死金的网站获得杀人的指令后，他们买通了监狱的人，这个人可能是狱警，也可能是某个犯人，通过他的嘴把这个假消息透露给了黄浩。黄浩信以为真就装起了肚子疼，那帮蠢得像猪一样的狱警们一害怕就把他送到医院里了，结果在混乱中让凶手找到了机会下毒杀害了黄浩。”

“可是监狱这么大，难道没有一两个医生去判断一下黄浩的病情吗？这么轻易就会把黄浩带到医院去？这也太不合理了吧？”

“如果放在平常，确实不合理，但是别忘了，生死金上面有黄浩的名字，黄浩突然肚子疼，让人第一时间联想到的便是有人在监狱里下毒。而监狱的医疗水平显然无法保证能救活他，所以去最近的综合医院就成了唯一选择。”

金玲玲不住地点头：“果然是移魂大法啊。”

景伦起身把音响关闭，继续说道：“除了生死金外，这次给我惊喜的还有警方，传说中的T市神探果然是名不虚传啊，他几乎一眼便识破了黄浩的小伎俩，准确地预料到黄浩装病后会被送到这家医院，还以最快的速度困住了凶手，速度和时机都把握得恰到好处，虽然最后功败垂成，但是表现依旧可圈可点。你说同时遇到了两个强大的对手，我怎么能不兴奋？”此时，景伦的眼神里射出了两道凶光。

金玲玲顺势推了景伦一把：“你说得太可怕了！”

景伦冷笑了一声：“你还没见过更可怕的呢。”

“啊？”

“这次一共有七个人上了生死金的榜单，黄浩已经死了，那剩下的六个人呢？我看了一下，这六个人的买凶时间也是昨天十二点之前，说明买凶者都是冲着先杀人后买凶的尾单来的。”

“你是说，这六个人也会被杀？”金玲玲感觉自己的心跳越来越快。

“如果这六个人不死，那么这个网站便依旧是个骗人的网站，你说得也对，等等再支付吧。”说着，景伦从手机 APP 上退了出来。

“那如果这六个人都被杀了呢？”

景伦想了想：“现在想想那可是一件相当有难度的事，我已经潜入了公安局的档案系统，发现这六个人分别处于六个不同的省份，横跨了大半个中国，生死金想要在一天内干掉这六个人，可以说是不可能完成的任务。”

“那万一实现了呢？”

“呵呵！那我就真的把那一百万付了。”景伦笑道。

“你刚才不还说，生死金幕后的人是个天才吗？兴许真的可以做到。”

“即便是天才，也不可能用一夜的时间完成这种布局。要知道每一个成功的产品销售网络的背后都需要深度的拓网和布网，这需要很长的时间，除非他们在每个省市都设立了机构，否则根本不可能实现跨省杀人。做到这点需要大量的资金和多年的布局才可以，而且还需要招揽一大批亡命之徒，否则我想不到更好的办法，如果他们真的能做到这一点的话，那么生死金就可以称得上是世界上最强大的恐怖组织了。不过，如果那六个人真的被杀的话……或许还有另外一种可能性。”景伦故意偷笑了一下。

“什么？”金玲玲刚想问明，突然景伦用手打断了她，原来这一刻生死金 APP 上弹出了新的信息，其中一个叫林英明的名字后写上了“生”字。

金玲玲睁大了眼睛：“有人花一百万买了自己的生存权了。”

“规则里可没有说过，买生非得是本人，也可以是别人啊，比如有个有钱的老爹埋单。”

“哎,你看又公布了一个人的死讯,王石秒,湖南的,有视频了……”金玲玲没搭理景伦，像是看了一场恐怖电影一样，浑身哆嗦起来。

视频上显示一具尸体横躺在一条小溪上,溪水已经被鲜血染红……

“你看！你还说不可能！又一具尸体，这次这个叫杨程……”

景伦突然沉默了，甩开了金玲玲，摆弄起了电脑，各个摄像头里一次又一次地追踪着逃跑的轿车和花衣男子。但是到了一个僻静的街区后，发现车和人都不见了。

“还看那个逃犯，你不关心关心剩下的那六个人啊？”

“关心那些有个屁用，他们又不是我杀的，当务之急是找到杀害黄浩的两名凶手。公安的摄像信息到此为止，警方的调查应该也遇到瓶颈了吧？”

“你是说，警方把人跟丢了？”

景伦熟练地操作着鼠标和键盘，画面飞快地切换着：“中国现在的天眼系统确实覆盖范围很广，但是这些摄像头在一定的地域内，会有一些不可避免的死角，这两个人的车拐进来就被这座大楼挡住了，他们下一步去哪，摄像头没有捕捉到，这显然是事先就计划好的逃跑路线。”

“那要怎么追查？”

"通过侵入周围所有的民用摄像头，如果幸运的话，就能发现这两个人的去向。"

"你干吗非要找到他们啊？"

"我们可能很快就会被警方传唤，所以必须先一步找到这两个人，从而了解到生死金到底是个什么样的组织，然后再应对警方的询问。"

金玲玲被这句话下吓得花容失色："传唤？警方开始怀疑我们了？"

"如果只是一个黄浩还没什么，但是我们还买凶杀死了邱蓉，你觉得一个地级市的大学内，同时被生死金杀掉了两个人，这样的概率有多大？所以警方一定会找与这两个人相关的人物的，这两个人都跟你有过交集，你和我被传唤是早晚的事。"

"我，还有我吗？"金玲玲茫然失措，使劲儿摇晃着景伦，"那怎么办啊？"

"没关系，我说过现在警方没有任何证据，我们只要说什么都不知道就可以了。如果万不得已的时候，我可以帮助警方抓获两名凶手，从而洗脱我们的嫌疑。"

"你就不怕他们把你供出来啊？"

"我刚才说过，如果生死金是个庞大的体系的话，那么分工可能会十分明确，这两个人如果只是杀手的话，网站是不会让他们知道更多的内幕的。所以，把他们交给警方，是作为洗脱我嫌疑的第一步。"

"那我问你，就算这两个凶手被捕了，他们说只是受人指使，你我仍然没有摆脱买凶的嫌疑啊。"

"这个没关系，因为警方会同时确定第二个嫌疑人，这个人比我们的嫌疑还要大，而且也同时具备作案条件。"景伦一副胸有成竹的样子。

金玲玲突然用不可思议的眼光看着景伦。

"怎么了？干吗这么盯着我？"

“你早就知道杀黄浩会被警方怀疑吧？这么简单的逻辑，你不可能计算不到，但是你为什么还要杀黄浩呢？”

“因为想要打败生死金，就必须联合警方，我需要一个和警方名正言顺地站在一起的理由。”景伦冷笑着说道，那笑容让金玲玲又打了个寒战。

4. 乱局

时间：2016 年 9 月 7 日 16：00

地点：警车内

王勇看着手机说道："老胡，第四个被害人的视频传上来了，是一个叫李浩的人，在浙江义乌，是被勒死的。七个人上榜，现在四人已经被害，还有三个人生死未卜，现在这形势，公安厅应该会重视你的建议了吧？"

胡玉言开着车，一言不发，刚刚的百密一疏是他从警以来最大的失败，而更为窝火的是全国各地，一个又一个杀人视频的上线，已经确定了这起案件已经成为一个彻彻底底的乱局，像一团乱麻，很难找到头绪。

林玲知道胡玉言心烦，也不敢和他再开玩笑，冲着王勇挤着眼睛："哎，王勇，你怎么哪壶不开提哪壶啊？别的省的事，跟咱有什么关系啊。"

"嗨，瞧我这张嘴！"王勇也看出胡玉言正在气头上，正赶上车转过了一个街角，王勇指着一座大楼说道，"那两个人就是在这儿消失的。"

"市经贸大楼，按说这儿不应该没有摄像头啊。"林玲左看看右看看，这里高楼林立，两边都是人来人往的繁华街区。

车绕着大厦转了一圈，停在了经贸大厦的广场上，胡玉言拉开车门走下车，观察了四周的环境，才虎着脸说了第一句话："治安摄像头和交通摄像头恰好被这座大楼挡住了。"

"嚯！这么大一个广场，现在变成停车场了。"王勇看到不远处几名刑警已经早到了现场，围着一辆轿车拍照。

此时，一个刑警从对面跑过来："队长，找到了那辆车，但是是一辆套牌的捷达轿车，发动机钢号都被磨掉了，做得很专业。"

胡玉言走到跟前，几名刑警冲着胡玉言打了个招呼，便又继续取证了。

王勇摇了摇头："这种车在二手车市场上万元就能买一辆，还真不好排查来源啊。"

胡玉言没搭理王勇，继续问道："周围有没有目击者？"

刚才过来汇报的刑警摇了摇头："正在排查，现在还没发现。"

林玲左右环顾："这么大的停车场，那辆车又这么普通，我看就算有人看到，也不会在意从车上下来的人的。"

王勇怒道："那家伙穿着花布衣服，这么显眼，也会没人注意？"

林玲冷笑一声："王勇，我真是被你的天真打败了！这都不明白啊，杀手之所以换上了一身花布衣服出来，就是让自己可以标签化，所以那个穿了同样衣服的民工替身才会这么容易就混淆了警方的视线。但是凶手一旦逃离了危险区域，这件花衣服反倒成了定位他的坐标。既然是执行第二套逃跑方案，他们不会不考虑这个风险，所以一定会在车上准备另外一套衣服的，凶手换上一件极其普通的衣服，然后再把衣服叠好放在包里带走，这是一个非常自然的过程，怎么会引起他人的注意呢？"

王勇狠狠地抓着脑袋："白大褂和针管都找到了，现在车也找到，怎么就这人找不到呢。"

林玲白了他一眼，也不想再埋怨这位憨直的刑警了，干脆转过头问胡玉言：“你觉得呢？他们会朝哪个方向跑？”

“走！跟我到经贸大厦里看看！”胡玉言说着，便径直走进了大厦，虽然没穿警服，但是全身的英气立即引起了前台客服的注意。

“请问，先生您找谁？”前台的接待小姐问道。

王勇亮出了警官证：“我们是市局刑警队的，请你们协助调查。”

两个客服小姐互相对望一眼，脸上显出了惊恐之情。

胡玉言轻轻推了推王勇，让他退后几步：“小姐，别害怕，我们想要调取一下经贸大厦的录像。”

“请您稍等！”客服小姐拿起座机拨通了一通电话，“尹经理，有几位警官找您！”

几分钟后，一名身材有些发福，但是仍旧很帅的中年男人从电梯里走了出来，看到胡玉言便快走两步把手伸了出来，脸上更是洋溢着热情的笑容：“警察同志，你们好，你们好，请问有什么需要我们配合的？”

“据可靠证据，有两名犯罪嫌疑人就藏匿在经贸大厦附近，请问这座大楼附近今天两点半前后有没有发现什么可疑人员出没？”胡玉言本就心情不好，再用上一点官方的态度，更显得不怒自威。

尹经理眉头一皱：“逃犯吗？不会有什么危险吧？还有一个小时就是下班时间了。”

胡玉言赶紧摇了摇手：“不用这么紧张，这两个嫌疑人应该对大楼的安全构不成什么威胁，请问监控室在哪？”

“就在地下一层。”

“我们能去看看吗？”

“这……”尹经理突然面露难色。

王勇在一旁大声恐吓道：“怎么？不行啊？”

尹经理赶紧摆摆手：“没说不行，但请你们出示搜查证。”

“搜查证？看个监控录像还要搜查证？我还是第一次听说。”王勇瞪大了眼睛说道。

“对不起，警官先生，因为在我们这座大楼里办公的，要么是国家机关的办事处，要么是国际知名的大公司的分支机构，所有的业主都跟我们签过保密协议的，我们要对他们的来访人员和相关人员的信息进行保密，所以还请你们出示搜查令再做进一步的调查。”

胡玉言拳头攥得死死的，运着气，而王勇则已经到了爆发的边缘，要不是林玲拉着他，怕是这会儿已经对尹经理来硬的了。

“搜查令在这里！”只听他们身后响起了邢振誉的声音。

三人回过头，只见邢振誉穿着警服呼哧呼哧地跑了进来，展开一张纸，交到了尹经理手中：“对不起，这位先生，请您配合警方的调查，开放您所有的监控设备，而且这里的所有监控设备都将被警方征用。”

胡玉言拍了拍邢振誉的肩膀：“小邢，你可真是及时雨啊！”

邢振誉激动地说道：“公安厅给张局长打电话了，说已经开始研讨你的方案，并且会尽快派技术组到我市支援，而且下令无论这起事件涉及哪一方面，全都一查到底。”

胡玉言的眉头终于舒展了一些：“看来公安厅总算是开窍了啊，明白这么大的局，背后的势力一定不小。”

尹经理将头低下，盘算着什么，本想拿出手机再打个电话。

王勇上前一把抓住了尹经理抓着手机的手：“你到底墨迹什么，难道你是那两个逃犯的同伙？”

尹经理被这句话吓了一跳，赶紧摇手道：“警官，这种玩笑可开不得。”

胡玉言没有阻止王勇，因为他知道，对于这种层面的公关经理，都是两面三刀的笑面虎，讲道理是讲不通的，也只有王勇这样的浑人才可能让他感觉到压力。

“那你干吗吞吞吐吐的？说啊！”王勇恶狠狠地盯着尹经理。

“这……好吧！”尹经理见实在惹不起眼前这尊瘟神，只能带着四个人来到了地下一层一间狭小的空间内，这间监控室比起医院的寒酸了很多，只有十几个屏幕。

林玲有些失望地说道：“怎么只有这么几个屏幕？”

“我们这里只安装了大厅、电梯和广场区域的录像，还有就是我们物业的办公区，这完全是出于保护业主的秘密考虑。”

胡玉言找了半天，奇怪地问道：“楼梯间也没有录像吗？”

尹经理摇摇头。

“下午两点半左右，有一辆停在广场上的捷达车上面下来了两个人，帮我看看他们去了哪？”胡玉言无奈地摇了摇头，只能提出了最低的要求。

尹经理勉强地点了点头，然后吩咐保安照做。

保安突然回头喊道：“尹总，坏了！这段时间的录像黑屏了。”

“怎么回事儿？”王勇凑过来。

负责监控的保安也有些紧张：“我也不知道，两点半之后的录像全都黑屏了，没有任何的影像。”

“看看其他区域的录像！”胡玉言吩咐道。

尹经理的脑门上也见了汗，赶快吩咐保安，保安调动着鼠标：“尹总，全都一样，两点半之后的录像全部是黑屏。”

尹经理一脸苦色：“赶快通知网络部来看看。”

王勇上前扯住了尹经理的领口：“你是不是故意的？刚才你就推三阻四的，现在又给老子玩这手？”

刑振誉和林玲不住地摇头，胡玉言一把把王勇的手拽了下来：“放手！这不是他弄的。”

“老胡，你别拦着我，就是这个家伙搞的鬼！”王勇的二杆子劲头上来了，谁也挡不住。

胡玉言用力一推，将王勇推出去几米远，大声嚷道：“你这都看不出来吗？这是一套精心设计好的逃跑方案，作案人对全市布置的天眼系统了如指掌，甚至连这座大楼里的摄像设备情况也非常清楚。他们知道警方必然会追查到此，凭借生死金网站的技术实力来看，从网络上黑了这段视频录像，绝非难事。”

王勇被胡玉言这股气势逼得不敢再言语了，只能退到一边。

胡玉言过去拍了拍王勇的肩膀：“先保存这段录像，看看公安部的技术组来了能不能帮忙恢复。唉，那帮人来了，还不知道会出什么乱子……”

“你是怕他们会添乱？”林玲问道。

“虽然在技术力量上会得到支持，但是我们的侦破计划和思路很可能被上面控制，从而蹑手蹑脚，案件有可能会出现重大偏差，这是我最担心的。”

突然，林玲的手机一阵狂震，她看了眼突然喊道：“坏了，七个死者的死亡视频全部公布了！”说着，她把手机拿给胡玉言看，手不住地颤抖着。

胡玉言夺过了手机：“不是有一个人被人买下生存权了吗？”

林玲有些惋惜地说道：“买凶者又加了一百万！结果这个叫林英明的就被杀害了，是被人当街捅死的。”

对于生死的重复竞价，胡玉言担心的事终于发生了，他的怒火在这一刻彻底爆发了出来，他用拳头狠狠地砸了一下墙，由于监控室的隔离墙是用石膏板砌成的，并不结实，这一拳下去竟然穿透了墙体，留下了一个大窟窿。

此时，邢振誉的手机响了，他回过头接了一个电话，眉目间由忧转喜，挂了电话，他兴奋地喊道：“队长，买凶杀害邱蓉和黄浩的嫌疑人有眉目了。”

“啊？”这突然间的柳暗花明让胡玉言也顿感振奋，“是谁？”

“有两个人有重大嫌疑：一个叫金玲玲，她曾经是黄浩的女朋友，两个人曾因为分手闹得很不愉快，而学校里一个舞蹈俱乐部的女生们也证实这个金玲玲曾经和邱蓉发生过口角，而且还发生过肢体冲突。”

“另外一个呢？”

“第二个嫌疑人叫刘健，他是邱蓉的男朋友，最近一直在闹分手，而他的另外一个身份是被黄浩车祸撞死的那个被害人的儿子。”

“他们两个都有支付两百万的能力吗？”

邢振誉点了点头：“金玲玲最近傍上了一个大款，是全景集团的太子爷，而这个刘健虽然不是什么富二代，但是他刚刚得到了一笔两百多万的赔偿金，也正因为如此，黄浩获得了谅解协议，才被依法从轻处罚的。”

胡玉言叹了口气：“我去！还等什么，在公安厅的人到来之前，先把这两个人给我拘到局里来！”

“好嘞！”王勇转身便要去拿人。

“等等！”胡玉言沉思了片刻，突然问道，“金玲玲那个富二代男朋友叫什么？”

◆第四章　刺杀者

1. 传唤

时间：五天前

地点：T市大学舞蹈教室

邱蓉穿着一件灰色的工作服，脚上蹬着一双没有品牌的旅游鞋，正在舞蹈教室里拖地，她拖得有些吃力，脑袋上的汗珠直往下淌。

一群刚下舞蹈课的女生有说有笑地走出舞蹈教室，美貌出众的金玲玲在其中犹如众星捧月一般。

邱蓉听到有人出来，没有抬头，而是继续擦地，拖布一下子碰到了金玲玲的鞋上。

金玲玲娇声娇气地喊了起来：“哎哟哟，你瞎啊，看着点！”

邱蓉把拖把收了回来，退在一旁没敢说话。

金玲玲把鞋脱了下来，看了又看，好在没什么污渍，刚想就这么算了，抬头一看眼前这人气就不打一处来：“我当是谁呢，这不是生物系的学霸西施吗？”

邱蓉好像也认出了金玲玲，她有些胆怯，仍旧没吭声。

金玲玲拿起舞蹈鞋在邱蓉面前晃了晃：“乡巴佬，你知道吗？这鞋好几千呢！让你这么一弄，没法穿了，赔我。”

邱蓉两只脚合拢在一起，手不停地捋着衣角，终于回了一句：“不就是一双布鞋吗？啥好几千？你讹人呢？”

金玲玲本就在气头上，这一句话惹得她更加火冒三丈：“你还敢顶嘴，我前天刚买的，三千七，知道这是什么牌子吗？LV的！”

“不就驴牌吗？你这人满身穿的都是这个牌子，难不成人也是属驴的啊？”邱蓉显然也没打算退让，难听的话脱口而出。

刚刚还笑盈盈看热闹的女同学们一阵诧异，没想到一个农村姑娘，敢在大庭广众之下公然挑衅校花。

“你骂谁是驴呢？”金玲玲终于爆发了，上去就是一记耳光。

邱蓉捂着脸，把拖布扔在地上，怒目而视，脸上的汗珠一滴滴往下淌着。

“你看什么看？你还想打我？”金玲玲的霸道，连旁边的女同学都看不下去了，她们刚想要劝说，对面的邱蓉也忍无可忍了。

“打你又怎么样？”邱蓉上去把这一巴掌还了回来。

一来是金玲玲真的不相信邱蓉敢打她，二来是离得太近，这一巴掌结结实实地拍在脸上，弄得金玲玲右颊一阵阵火辣辣的疼痛感，金玲玲捂着脸诧异地看着邱蓉：“你敢打我？”

“打了又怎样！属驴的就该打！”邱蓉挥舞起拳头就是一击。

两个女生互相扯着头发，扭打在了一起，金玲玲别看闹得凶，心里却发虚，农村女孩天生力气就大，再加上力气活儿什么都干，肯定是一副好把式。果然开始时金玲玲觉得自己毫无还手之力，但是那天她明显觉得，越打邱蓉的力气越小，自己好像渐渐占了上风。

突然，金玲玲觉得手上多了些松软的东西，定睛一看，原来自己扯下来一大块毛皮来，血肉模糊的。她顿时吓得瘫软在了地上，再看邱蓉，满脸是血，脑袋上有一块皮肉被掀掉了，血从血肉模糊的肉里渗出来。

这时，旁边劝架的同学都消失了，只剩下满脸是血的邱蓉，她似乎根本不在乎自己的伤情，直奔金玲玲的脖子掐来：“你还我命来！”

金玲玲吓得浑身哆嗦，喊了一句：“救命啊！”

铃铃铃！门铃响了起来，金玲玲吓了一跳，从床上跳起来！原来刚才是一场梦。

她看了看自己的旁边，景伦不在，她努力回忆了一下，好像从昨天晚上他出去了一趟，就没回来，想了想昨天在网上定了一双鞋，没想到这么一大早就到了。

金玲玲走到门前，打开可视门镜，楼下的大门前站着两个警察：“金玲玲在吗？我们是警察。”说完，其中一个警察将证件贴在了猫眼上，上面的姓名是王勇。

金玲玲舞着双手，十分焦虑地小声嘀咕着：“怎么办？怎么办？怎么办？”

她心乱如麻，拨通了景伦的电话：“你在哪啊？警察来了，怎么办？”

电话那头传来了景伦的斥责声：“慌什么？他们找我，还是找你？”

金玲玲努力平复了一下心情，轻轻地说道：“找我！”

“那不用担心！按照我昨天教给你的话说，保证你没事！”说完，景伦便挂了电话。

景伦不知道是不是跑路了，等他救命怕是指望不上了，金玲玲只能硬着头皮理了理自己的头发，按下了对讲键：“请问什么事？”

王勇在那头喊道：“有些事想要跟金玲玲核实一下。”

金玲玲战战兢兢地按下了门的开关，她回想着景伦说的话，他不在家的时候，警察可能会找上门，如果直接找景伦，你什么话也不要说，就当家里没人。如果他们直接找你，你要开门让他们进来，按照我的说辞回答他们的问题。

……

电梯停在了三层，王勇和一名四十多岁的警员走下了电梯。

警员伸着鼻子闻了闻，有些陶醉地说道："这电梯里都有香味啊。"

王勇笑道："果然是高级公寓！楼道装修得比我们家都高档。"

警员一阵坏笑："王队！这房子现在得十万一平方米吧？"

王勇一撇嘴："十万？这地段二十万起！"

警员吐了吐舌头："咱们这么个地级市，这就是天价啊。"

王勇左右看看："一梯四户，楼层好！还是金角，我看这房子三十万一平方米也有人买，有钱真好！"

警员暗笑王勇说话向来没谱，也不愿意跟他争辩，顺着楼道走到门前："王队，就是这户。"

"敲门！"

警员刚要上去敲门，没想到门自己开了，金玲玲穿着一件露骨的睡衣挡在了门口，右手不停地撩动着头发："谁啊？这么大清早的，搅得人家睡不了觉。"

王勇被金玲玲诱人的模样吸引得暂停了三秒钟，旁边的警员扯了扯他的衣角，他才反应了过来，再加上他本就口舌不灵，看到金玲玲这样的美女一紧张，更加口吃起来："你……好，我……是市局刑警队的王勇。请问，是金……金玲玲吗？"

"我就是！怎么了，二位警官？"

王勇定了定心神，问道："邱蓉你认识吗？"

"认识啊，一个学校的同学，见过面。"

"她死了，这事你知道吧？"

"知道啊！"金玲玲点了点头，装出了满不在乎的样子，"前天我看广场上去了好多警察，后来一打听才知道，邱蓉自杀了。"

王勇嗯了一声，继续问道："听说她跟你生前有点过节？"

"我们那不叫过节，就是些鸡毛蒜皮的小事，哎哎哎，警官先生，你不会认为是我杀了她吧？这也太扯了。”金玲玲说着说着突然激动起来。

王勇赶紧摇摇手：“金小姐，我不是这个意思，只是想请您回警局一趟，协助一下调查。”

金玲玲痛苦地咧着嘴：“去不了！我有点不舒服。”

王勇二愣子精神又上来了，傻乎乎地问道：“病了吗？”

金玲玲没好气地回了句：“女人总有不舒服的那几天吧，我来例假了！”

王勇有些尴尬，旁边的警员憋着笑，故意转过头去，生怕自己笑出声来。

好在脸皮厚是王勇的最大优点，他并没有在意警员的嘲笑，清了清嗓子：“咳！咳！那好吧，就在这儿问吧！金小姐，请问9月5日，也就是这周一晚上您在哪？”

金玲玲眉头一皱，暗自佩服警方问的这些问题竟然和景伦所预料的偏差不大，她此时内心的紧张感渐渐消散，面对已经黔驴技穷的王勇，她先是抛了个媚眼，才继续开口说道：“怎么，调查我的不在场证明啊？我这肚子一直很疼，外边凉，进来说嘛。”说完，故意把大腿上的睡衣撩了起来，露出了雪白的大腿。

楼道里的空调一直在低温运行，开长了时间确实有些冷，不过即便这么冷，王勇还是满头大汗，听到金玲玲的盛情邀请，他赶紧摇手道：“不太方便，还是在这儿说吧！”

金玲玲故意做了一个痛苦的表情：“那好吧！那天晚上我一直跟我男朋友在一起，没离开过房间。”

“你男朋友叫什么？”

“景伦！”

“他在哪？”

“我也不知道，昨天他就出去了，一晚上都没回来。”

“你知道生死金这个网站吗？”

“现在网上铺天盖地都是杀人网站的报道，想不知道都不行。”

“你登录过这个网站？”

“没忍住，偷看过两眼！”

“景伦也看过吗？”

“他跟我一起看的。那上面真能买凶杀人啊，可把我吓坏了，警官，求您赶快把这黑网站端了吧，这付个钱就能杀人，还有王法吗？”

王勇被这一阵抢白弄得顿时语塞，他和旁边的警员互望了一眼，觉得好像也没有什么问题可问了。

金玲玲突然打了个喷嚏，像是被外边的冷气冻着了：“请问警官您还有什么事吗？”

王勇摇了摇头，和善地说道：“没有了！打扰你了，如果……”

“那就不送了！”还没等王勇说完，金玲玲冲着两个人摆了摆手，只听“嘭”的一声，门自己碰上了。

一直默不作声的警员也有些恼怒：“这就完了？王队，要不要把这个小妮子带回局里？”

“不用了！”王勇摇了摇头，拉着警员走进了电梯，他在电梯里给胡玉言发了一个微信：“神探，一切如你所料！”

2. 原点

时间：2016 年 9 月 8 日 10：00AM

地点：刑警队长办公室

林玲一进门便没有好气，把包往胡玉言的办公桌上一甩："胡队长，这么早找我什么事？"

"想要找你商量一下案情。"

"我可记得只要我一提到案情，您那张鬼斧神工的脸，要多臭有多臭，今天太阳从北边出来了吧？主动找我分析案情？"

"别这么多牢骚，还想要第一手新闻不？"胡玉言哈气连天地问道。

林玲眼前一亮："那当然想要了！快说快说！"

胡玉言摊开手臂，有些无奈地说道："昨天晚上公安部下了紧急命令，生死金已经被列为国家重点案件，各地要把手头已经掌握的线索全部移交到公安部，公安部现已成立了专案组，还派人到各省厅设立特别调查组，进行统一管理。也就是说，T 市刑警队对于本案的调查中止了，我现在暂时失业了！"

林玲有一种被戏耍的感觉："这也叫新闻啊？我明天不能在报纸头条上写大侦探失业了吧？我跟你说，现在纸媒可不好干，你这样不配合我做大新闻，明天就是我该失业了。"

胡玉言故意学起了官僚腔调：“那你说我该怎么办？我不能去公安部跟那些官爷们说，把你们的调查结果都交出来，这个案子从今天起由我负责，你们就什么都不用管吧？”

林玲狠狠地一拍桌子：“我不管，反正我要一手大新闻，胡玉言你答应我的，要不我那个生死金的账号也不给你用了啊。”

胡玉言赶紧赔笑道：“哎，别呀！不光你着急，你知道，我这个人只要没有大案要案，就提不起精神来。我尽快想办法，咱们得找个借口尽快掺和进去。”

“你啊，放我这么一个大美人天天在你面前你都提不起精神来，那我可就真怀疑你有问题了！”林玲说完掩面而笑。

胡玉言脸一红：“有点乏了，请你喝杯咖啡怎么样？”

林玲把手表的表盘指给胡玉言看：“哎哎哎，现在可是上班时间，作为刑警队队长，可不能擅离职守。”

“昨天就该我轮休了，结果就为了给公安部整理材料，一直熬到今天早上，今天也该歇歇了，不过这点了也熬精神了，反正也睡不着了，陪我喝一杯咖啡吧。”

“好吧，就当我又做好人好事了！”

“哪找您这么助人为乐的人啊！”说着，胡玉言便拉开房门，冲着刑振誉喊道，“小邢，家里的事先交给你，我和林记者出去做个走访调查，有急事电联。”

……

胡玉言开车到了一家他和林玲常去的咖啡店，这家咖啡厅离市局半个多小时的车程，不近也不远，他们经常在这里约会是为了方便胡玉言，如果真有紧急任务他可以很快回到市局，而这儿离市局又有一段距离，不容易被其他同事发现。

咖啡店的店面不大，但是很精致，太阳的暖光透过临街的落地窗洒进店铺，在浅棕的实木地板上落下阴影，咖啡厅的播放器里循环播放着一段爵士乐。

林玲坐在靠窗的长沙发上，面前的橡木小桌上摆着冒着热气的焦糖玛奇朵，咖啡的醇香在她秀气的鼻尖下盘绕，林玲用银色的勺子搅动咖啡，眼神里带着不易察觉的温柔。

“让胡队长你破费了！”林玲边说边笑。

“你就别取笑我了。”胡玉言也搅动了几下自己的咖啡，“平常跟屁虫太多，咱们难得有这样的机会。”

“案子，案子！咱们俩之间啊，除了案子，我看也没有什么其他的共同语言了！”林玲望着天花板，笑了笑，“我最近看有一篇评论金庸小说的文章，说林朝英和王重阳看似是情侣，其实两个人成天谈的只是武功，像是论坛上的网友，真的让他们谈婚论嫁了，就突然觉得一片苍白，咱们不会也是这种情况吧？”

这句话把胡玉言问愣了，好像十年来自己和林玲的关系真的一直处于这种状态，包括他们发展成情侣后，其实关系也没有什么实质的改变，他只能用安慰的语气说道:“咱们俩因案而识，这就是咱们的缘分，我信缘分，别的都让它顺其自然吧。”

林玲叹了口气，“也对！还是说说案情吧！按理说，你之前给公安部上了一份生死金应全国范围内调查的建议书，这份建议书里所描述的情况都应验了，他们应该重用你才是啊，专案组怎么会把你排除在外呢？”

胡玉言摇了摇头：“并不是你说得对，人家就要听你的，这封建议书可能触了某些人的霉头，也可能早就石沉大海了。那些公安部和省里来的查案思维早就僵化了，他们一定是派了一大堆技术侦察奔着破解网站的各种用户信息去了，所以，我并不看好他们能调查出什么结果来。”

“那人家不让参与，你也没有办法啊。”

“所以，我得想办法让他们知道事件的中心到底是在哪。”

“你是说T市，这才是原点。”

胡玉言点了点头：“对，T市是第一起买凶杀人案的发生地，也是唯一一个发生了两起案件的地区，所以说T市才是生死金的原点。”胡玉言边说边用指尖点了点桌子。

“你想怎么干？”

“如果能抓到杀害邱蓉和黄浩的买凶人或行凶人，我相信生死金背后的秘密很快就会揭开了。”

“那样的话，你就变成了最有发言权的人，参加专案组就没有任何障碍了。”

胡玉言点了点头：“对！这个案件与其胡子眉毛一把抓，不如化整为零。”

“但是谈何容易啊，昨天差点抓到的两个行凶人，线索早就断了吧，现在你又把所有的材料都上交了，不要异想天开了，你还是老老实实地等待命令吧，我的胡大队长。”

“没有都上交！”胡玉言压低了声音，然后端起咖啡杯喝了一口。

“啊？”林玲瞪大了眼睛，也压低了声音说道，“你胆子越来越大了。”

“其他的东西都上交了，只有昨天确定的那两个买凶嫌疑人的资料我没有上交，因为还没有任何的证据，所以也就没有什么可上交的。”

“你今天找我来，就是想让我帮你分辨一下，这两个人哪个更有嫌疑？”

胡玉言点点头：“我就想听听你这个旁观者的意见。”

林玲突然郑重地说道：“你要问我意见，买凶的人可能是个富二代。”

“你是单指杀黄浩、邱蓉，还是杀害另外六个人的买凶人？”

“都算上！”

胡玉言笑道：“你也是富二代，我还把你也列入嫌疑人啊？”

林玲板起了脸：“正因为我也是富二代，所以我了解他们。我身边有很多富二代，他们从小娇生惯养，衣食无忧，因为没有竞争和压力，就变得很无聊，所以喜欢找寻各种刺激。毒品、女人、飙车只要是刺激的东西，他们都会去尝试。”

胡玉言听得有些入迷了：“杀人很刺激吗？”

“没杀过，不知道！但是，这种网上下单杀人的方式，对他们来说，确实很刺激。”

林玲打开手机，将若干张手机截图，用微信发给了胡玉言。

胡玉言打开手机：“这是什么？”

“这是我父亲非让我加入的一个微信群，里边都是官商的孩子，父辈们为我们建了这么一个平台，为的就是加强富二代之间的人脉关系，我从来没有在里边说过话，都是听他们说。”

“自从生死金出现后，我的微信群组里出现了很多不同的声音，比如胆怯、愤怒，还有不少幸灾乐祸的，但是我还是第一次听说有人公开表达想要追求这种刺激的。”胡玉言逐条默念着，这个微信群里的信息。

甲：哇塞，这个网站太好玩了，我都想试试了。

乙：太刺激了！真想下单试试！

丙：我现在正在等第二个人被杀，什么时候下单啊，等得宝宝好辛苦。

丁：等直播 ing。

戊：你们别惹小爷啊，小爷回来花一千万，把你们几个的名字都写上。

己：有团购吗？我要杀的人太多。

庚：先杀几个看看，哈哈。

辛：我的私家杀手。

壬：我也想试试。

癸：一百万一次，便宜啊。

胡玉言看得脸色发青，最终把手机重重地摔在了桌子上。

“怎么？同意我的看法了？”林玲笑道。

“从心理画像上来看，完全同意，但是现实很骨感啊，实话实说，其实我已经锁定了一个富二代目标，但是他的表现让我打消了对他的怀疑。”

“你指的是景伦？”

“嗯！根据最早的买凶者心理画像，基本上可以跟景伦这个人物重合，但是我今天早晨派王勇去了一趟他住的公寓，却让我初步打消了对他的怀疑。”

林玲轻轻抿了一口咖啡：“胡队长，你可不是几句话就能打消怀疑的人啊。”

“我们调取了景伦公寓的监控，知道他昨晚出去后就一直没有回来，所以只有她女朋友金玲玲一个人在家。我让王勇直接问金玲玲在不在家，而不是景伦在不在家，目的就是想看看她到底开门不开门。”

“如果金玲玲不开门，就代表心里有鬼。”

“对！这起案件如果是景伦买凶杀了邱蓉，很可能是一种实验性质，最初的动机是为博美人一笑，如果是这样，那么金玲玲也是有份的。如果他们有什么问题的话，那么金玲玲一个弱女子在家，肯定不敢开门。”

“我明白了，但是金玲玲开门了，证明她心里没鬼。”

“也不能完全这样说，所以我让王勇设置了第二个陷阱，问她知不知道邱蓉已经死了和她知不知道生死金。”

“她怎么回答？”林玲也觉得这两个问题连着问十分具有深意。

“她知道邱蓉被杀，而且也知道生死金的事。”

“这两件事都在网络上大肆宣扬，她本人也是T市大学的学生，即便她是买凶者也没有必要特意隐瞒这两件事吧？”

胡玉言摇了摇头：“根据现代犯罪心理学的调查，几乎有百分之九十以上的杀人犯，会否定被害人和凶器之间的关系，也就是拒绝承认自己认识被害人或者凶器之中的一个或两个。如果她是凶手，应该特意否定邱蓉和生死金之间的一个或两个吧。”

林玲顿时陷入了沉默。

胡玉言继续说道：“当然，我又让王勇问了她不在场证明的事，她并没有做什么特意的掩饰，只是说那晚和男友景伦在一起，如果说是他们买凶杀人的话，应该会特意掩饰那晚他们不在一起才对吧？”

“也就是说她通过了你所有的考验，那么你今天约我出来的目的是不是想要求证什么呢？”

“因为我在黄浩的判决书中，发现了一件很有意思的事，原来黄浩和景伦是一起被公诉的，景伦当时没有请律师，是自己为自己做的无罪辩护，而且成功了。经过调查我才知道他并不是那些传统意义上不学无术的公子哥，他是法律系的高才生，具有超强的犯罪心理学逻辑论，所以，他如果教金玲玲如何避开我的陷阱，也不是没有可能。”

“那起案件我参加了旁听，我觉得摆不上台面的东西太多，也不是景伦的一番雄辩就可以推翻公诉人意见的，你要知道景伦的爸爸可是全景集团的董事长，只手遮天的人物。”

“但是他头脑很好，这你不会否认吧？而且法律思想最基本的理论就是洞悉人类思想的漏洞，从这一点上来说，如果想要回避我的陷阱，恐怕也不是难事，所以我还是有点怀疑他。”

林玲笑了笑：“别老照着一只羊薅羊毛，你不是还有第二嫌疑人吗？”

“那个叫刘健的失踪了！”

“人都不见了，你为什么不怀疑他？”

“就像你说的，我比较倾向于人物画像，刘健的人物画像和买凶者的画像差之千里，而且我刚查了银行记录，他那两百多万的赔偿金好端端地放在他银行的账目上呢。”

“你别忘了，邱蓉和黄浩的死都是先杀人后付款的。”

“也许，但是生死金明确了，如果杀人后不付款，那么买凶人将会成为下一个被杀戮的目标，但刘健没有上榜。”

林玲翻看着手机 APP 里生死金的规则：“人家可没说，不给钱的人会上榜，也许直接就被干掉了呢！对啊，既然他失踪了，是不是已经被干掉了啊？”

胡玉言大笑起来：“这次我走在生死金前边了，所谓的失踪其实是我把他藏起来的，安置在了一个很安全的地方。”

“是你？”林玲瞪大了眼睛，这种离经叛道的破案方式总是让她大开眼界，但她转念一想，还是有不合理的地方，“但是你有没有想过啊，邱蓉是在 9 月 6 日被杀，已经过去这么多天了，如果真是他买凶杀人的，不给钱，现在肯定已经被处决了，可是他还活着啊。”

“还有一种可能性，邱蓉是景伦雇佣人买凶的，黄浩才是刘健买凶杀害的，所以我们还要再等等。”

林玲看了看表：“黄浩是在昨天下午一点左右被杀害的，也就是说还有两个多小时就可以见分晓了。但是如果真的是刘健买凶，我就不相信生死金的人能渗透进警局来杀人。”

“黄浩在监狱里还不是被干掉了？”

林玲一时语塞：“这些你都要背着公安部吗？”

“我觉得暂时可以不上报，买凶就能有结果了。如果刘健是买凶人，那么生死金因为他不付款，肯定会有动作，否则有悖于生死金的名声，如果他不是，那么景伦就是买凶人，只有这一种可能性。”

“这个刘健好像也是个高才生。”

“T 市大学网络信息专业的，得了很多奖！还没毕业已经被很多国际大公司盯上了。”

林玲有些伤感地说道：“无论他们谁是买凶者，都太可惜了。”

突然，胡玉言的电话响了起来，是刑振誉打来的：“胡队！那个景伦来了！他说有重要线索要向警方举报。”

3. 献计

时间：2016 年 9 月 8 日 11：30AM

地点：刑警队长办公室

景伦戴着一副黑框眼镜，两腿并拢，端坐在胡玉言办公桌的对面，之前的痞态荡然无存，相反倒多了几分优雅的书生之气。

胡玉言拉开门，朝里边看了看，然后冲着身后的邢振誉做了个“离开”的手势，刑振誉点头而去，胡玉言则一脸含笑走了进来。

景伦见胡玉言走进来，缓缓站了起来，虽然气势收敛了不少，但还是透着那么一股自信劲儿。

胡玉言仔细端详了一会儿帅气逼人的景伦，突然笑道：“你就是景伦啊？”

景伦一反常态，谦逊地点了点头：“久仰大名啊，胡警官。”

“你说老天爷就是不公平，怎么能把有钱、有能力、帅气这几个元素都集合在一个人的身上呢？”

“把我调查得这么仔细，看来我早就被列为胡队长的嫌疑人对象了。”

胡玉言哈哈大笑，随后拍了拍景伦的肩膀，示意让他坐下：“这话我可就听不懂了。”

景伦突然变得有些急躁：“胡队长，大家都是聪明人，没有必要打诳语。今天早晨您的两名下属，到我寓所里去询问了我女朋友，知不知道生死金，知不知道邱蓉死了，这不是怀疑我是什么？”

“那只是例行公事……”胡玉言坐在了景伦的对面，刚想解释一下。

景伦一摆手：“我理解！如果我是您，我也会怀疑的！”

胡玉言一笑：“也就是说金玲玲是早有准备咯？”

“金玲玲一个傻丫头，能有什么准备，是我早有准备。”

“哦？你早就知道警方会去找你？”

“金玲玲和邱蓉、黄浩都有矛盾，这两个人就这么被生死金杀了，而金玲玲恰巧有我这么一个有钱的男朋友，你不怀疑我们，怀疑谁啊。”

胡玉言冷笑一声：“分析得倒是头头是道！那你到我这儿来，是来自首的，还是来举报的啊？”

“都不是！”

胡玉言眉毛一挑：“哦？”

景伦郑重其事地说道：“我是学法律的，很崇拜您！大学毕业之后，我也想成为一名警察。所以，我想来帮您抓住那帮凶徒。”

“我听说你是个高才生，学的又是法律，干吗不想到法院或者检察院工作啊？回去继承父业不也很好吗？”

“还是警察这个行业刺激！”

“刺激”这个词语像是一根芒刺一样扎入了胡玉言的耳朵里，胡玉言的眼睛转了转，面上仍旧含着笑：“警察可是很辛苦的，你看我，下了夜班，刚想回去休息休息，结果你来了，还要连轴上白班，我呀，怕您这公子哥的身体吃不消啊。”

“没关系的，胡警官，你别看我是个他们说的富二代，我能吃苦的，不信，我在您这儿待几天，您就知道了。”

“在我这待几天？你不用上课吗？”

景伦扶了扶眼镜：“我从来不上课的，老师教不了我什么，只要考试去就行了。”

“就算当了警察，我这儿也是师傅带徒弟，像你这样不尊师重道的孩子，可没法来我们这儿。”

“如果说，我当了警察，只拜一个师傅。”

胡玉言哼了一声：“哟哟！谁这么荣幸？”

“就是你，T市神探胡队长！”景伦腼腆地笑了笑，“我这个人尊师重道，但是得是真的值得尊重的老师。大学里那帮教法律的老师，一大半在外边兼职当着律师，根本没有什么心思上课，在课堂上教的东西乱七八糟的，跟骗子差不了多少。”

胡玉言叹了口气，大学学风不正也确实存在，冰冻三尺非一日之寒，景伦说的也不无道理：“大学教授都入不了你的法眼，我自问可没有那个水平能做你的老师，不过既然你坐在这儿了，有些事咱们倒是可以切磋一下，你对生死金是何看法？”

“我觉得这是个骗局！”景伦不紧不慢地说道。

胡玉言笑道：“哦？已经死了八个人，你还觉得这是骗局吗？”

景伦点了点头：“传统意义上来说，骗子和杀手确实是两个不同的行当，但是胡队长想过没有，如果这两批人联手的话，会是什么样一个结果？”

“你的意思是说，生死金是骗子和杀手联合起来制造的骗局？”自从生死金上线后，胡玉言一次次修正着自己对这个网站的判断，但从来没有像今天这样眼前一亮。

“对！我觉得如果任由它发展下去，这个骗局会演变成一场巨大的灾难。”

“你为什么会有这样的想法？”

“很简单，生死金订立的一天内付款杀人的规则，对于自己太过苛刻了，就算他有十分庞大的网络，也不可能做到万无一失。而且建立这样一个庞大的网络，需要动用多少资金和物力是可想而知的，实力甚至可以超过中东任何一个恐怖组织。假设它就是一个杀人网站，如果想要完成如此宏大的布局，你觉得国家安全局会在眼皮子底下一点发觉都没有吗？”

“那你觉得生死金创立的目的是什么？”

“先用死亡威胁震慑全社会，然后再让受害人家属参与竞价，最后获得暴利。”

胡玉言点点头：“有道理！还有呢？”

“这起案件的原点在我们T市，其余省市的案件都是围绕着T市展开的。”

胡玉言的笑容突然消失了，第一次有一个人提出的想法跟自己不谋而合：“你怎么会有这样的判断？”

“杀人地区的分布很有问题。”

“分布？”胡玉言觉得眼前的这个小伙子确实是个不可多得的人才，他不但有异想天开的假设，还拥有富有逻辑的缜密思维，若不是还没有洗脱嫌疑，他还真有心把他收入麾下。

“嗯，所有生死金公布的上网者，全部都在沿海发达地区，这样在数据分布上好像和经济发达地区匹配，正好符合100万杀人的巨额资金的特点，但是这也是这个网站犯下的最致命的错误。”

胡玉言越听越兴奋，他点燃了一根香烟，深深地吸了一口：“某地区的经济水平，只是代表着普通民众的消费能力，是个平均值，但其实每个地区的富豪是没有高低之分的，因为积累财富靠的是头脑和人脉，内地的富豪比起沿海来赚钱的方式可能不同，但是攫取财富的速度未必落后地区就比发达地区慢，就这个层面分析的话，被害者主要集中在沿海地区就有问题了。”

景伦点了点头：“我就是这个意思。”

胡玉言笑道：“你的推论很有意思，但是这些也不过是一些概率性质的东西，仍然只是推测。”

“难道你们做的那些所谓的心理画像就不是推测吗？难道说胡队长找到我的家里，询问我的女朋友不在场证明，就不是推测吗？”

胡玉言被连番的问句问得哑口无言，然后会心一笑：“我觉得你还是比较适合当律师，而不是警察。”

“我不喜欢游走于黑白之间的行业！”

“你的意思就是说，你未来非善即恶喽？”

景伦此时和胡玉言二目相对，两个人凝视了半晌，景伦突然哈哈哈笑了起来，还把脸上的眼镜摘了下去，退去了这股书生气：“我既然选择站在正义的一边，就会义无反顾！”

“好了！既然你来了，我想你不是带着这一番空洞的想法吧，一定对案情有什么自己的想法吧？”

“当然了，如果没有投名状，我怎么敢说拜在你的门下呢？”景伦说着从口袋里掏出来一个小小的U盘，“这是在医院里投毒的那两个杀人犯的逃跑轨迹，你们的追查应该到经贸大厦就结束了吧？”

“警方的调查你是怎么知道的？”

“忘了告诉你，其实我也酷爱研究网络，那天我连接上了警方和交管部门的所有摄像头，发现逃跑的车辆到了经贸大厦就没有官方的摄像头可以用了。”

胡玉言把U盘插入了电脑中，打开了U盘，U盘里只有一个视频文件，打开文件后，两个人的逃跑轨迹，竟然被剪辑成了一段影片，毫无遗漏地出现在了视频中：“你是怎么做到的？”

“生死金利用病毒，将经贸大厦中的摄像头录像全部破坏了，这种破坏非常高端，所以，我前后花了六十万找了七个网络高手一起将这部分片源修复了。”

胡玉言猛烈地咳嗽了起来：“六十万？”

“对！但非常值得！因为生死金只在这一个地方做了手脚，这两名嫌疑人换了一身衣服，下了捷达车后，又上了停车场内另外的一辆捷达车，然后扬长而去，你们是在十分钟后赶到的！”

“也就是说，就在我们眼皮子底下溜走的？”

“嗯！整个过程就像丝绸一样柔滑顺畅！”

胡玉言快速按动着视频的进度条，想要看到最终的地点。

“C区东大街的朝阳西里，两个嫌疑人藏身于此，但是具体哪个楼栋和单元就不知道了！”景伦说道。

胡玉言掐灭了烟头，紧走几步拉开了大门：“邢振誉！两个执行者可能藏在C区东大街的朝阳西里，给我带人去挨家挨户地搜，带着武器去，但我要活的。”

“是！”邢振誉根本不知道这个任务的由头，刚要组织人马带队而去。

“慢！”胡玉言突然挥起手叫停，又转过头突然瞪着景伦，“我好像忽略了一件事。”

4. 突袭

时间：2016 年 9 月 8 日 12：40

地点：T 市刑警队长荣街支队禁闭室

刘健是个外表普通得不能再普通的男孩，他个头不高，身形微胖，脸上戴着一副厚重的眼镜，穿着一身蓝色的衬衫，满身上下一股书呆子气，他一边看着书，一边看着表，像是有什么急事要办。

“别看了，还有二十分钟，你就可以走了！”在一旁的王勇笑道。

刘健没有说话，仍然在专心致志地看自己的书。

王勇知道自己跟知识分子交流存在着一种天生的障碍，所以也就不怎么说话了，他有些闷，想要出去走走或是抽根烟，但是胡玉言却告诫他寸步也不许离开这个男孩。

所以，王勇只能强忍着烟瘾，就这么陪着刘健坐着。

此时，胡玉言打来了电话，由于信号不好，王勇有些听不清楚，说着他便从禁闭室走了出来，可是走廊里的手机信号仍然只显示一个格，他不知不觉地走到了支队大厅中，胡玉言那边的电话却挂断了。

他刚想把电话回拨回去，迎面走过来两名警察，看着眼生得很。

“你好！请问是王勇同志吗？”其中一个警察说道。

王勇答应道：“我就是！”

“我们是省厅专案组的！刚从胡队长那里来，嫌疑人刘健应该和您在一起吧，请您把他移交给我们。”两名警员一脸严肃。

王勇联想起胡玉言刚刚的电话，可能说的就是这事，他有些郁闷地说道：“等我给我们队长打个电话，确认一下好吗？”

对面的警员点了点头：“可以！”

王勇回过头去，刚要拨电话，那头胡玉言已经把电话打了过来，王勇刚刚接通了通话键，就觉得背后恶风不善。

多年的军队素养，让他下意识地向前跨了一步，但是后背还是不知道被什么东西扫了一下，顿时觉得后背火辣辣的，手机也掉在了地上，里边传来了胡玉言的呼喊声，但是具体喊了什么已经听不清楚了。

他回身观看，其中一名警察右手持着一把军刺，左手不知道什么时候多了一把五四式手枪，而另外一名警察掏出了两把五四式，直接冲着办案大厅里的警员开枪了。

砰砰砰！刑警支队顿时被枪弹打得一塌糊涂，两名警员受伤倒地，生死未卜。

王勇知道自己怕是被那军刺所伤，所以强挺着身子撞开了门，跌跌撞撞地从走廊里向禁闭室跑来，边跑边掏出了枪，朝着后边还击了一枪。

此时，刘健也从禁闭室跑了出来，看到受伤的王勇，好像明白了什么。

“愣着干什么？跑啊！”王勇挥着手，强挺着身子喊道。

刘健撒腿就跑，顺着转角的楼梯便上了楼。

此时，两名假警察已经窜到了走廊里，持军刺的一个，毫不犹豫，朝着走廊里就是两枪，王勇顺势躲在了禁闭室中，喘着粗气。

王勇是行伍出身，非常清楚自己手里这把警用六四式手枪的劣势，装弹量只有七发，而且相较于五四式的威力逊色了不少。更糟糕的是由于王勇精通枪械，知道六四手枪如果装满了子弹，极其容易压坏弹簧，所以他为了延长弹匣使用寿命，只装五发子弹。刚才打了一枪，现在弹夹里只剩下四发子弹了，而眼前的这两位悍匪俨然不是四发子弹就能解决的。

而此时，警队里配枪的刑警大多都在出外勤，局里剩下的几乎是清一色的文职人员，即便是有几个刑警在，枪械也封存在枪械库中，所以长荣支队彻底被两个悍匪打得毫无还手之力。

两个悍匪似乎并没有想要和王勇纠缠，目标上来就是刘健，王勇刚想还击，就被四五颗子弹压制在了禁闭室里，等王勇伸出头来，发现两个人已经越过了禁闭室，跑上了楼梯，王勇刚探出头来，只听“砰砰砰”又是三声枪响，子弹贴着王勇的头皮飞了过去，原来那个双枪悍匪就站在楼梯的一二楼中间，有恃无恐地瞄准了下面。

只听上面的悍匪喊了一句：“二楼清查了，没有！我上三楼看看，你守住下面。”

支队的二楼只是文职人员的地方，而三楼可有一间武器库，如果被悍匪占据，后果不堪设想。王勇虽然脑子不好使，但论起实战能力绝对是一流的，他摘下帽子，向前一扔，突然在地上又滚了几圈，发现双枪悍匪已经不在了，三步并作两步便登上了楼梯。

他停留在二楼巡视了一圈，发现各屋子里几乎都是女警和一些文质彬彬的文员，他们大多蹲在桌子下瑟瑟发抖。王勇冲着他们大声嚷道：“等什么呢？都下去！”

王勇护送众人来到楼梯口，提着手枪又上了半层，来到了二楼半的地方，当他举起枪的时候，发现仍然没有人。

他又小心翼翼地蹭到了三楼，三楼是支队领导办公室和休息间，还有武器库。还好，长荣支队的正、副支队长都带队出去查案了，当他上到三楼才发现有个警员趴在地上，旁边有一摊血，他上去扶起来一看，原来是看守警械库的警员，他受的也不是什么致命伤，只是胳膊被拉开了一个大口子，人应该是被砸晕的，王勇先进入了武器库，发现步枪上的两把微型冲锋枪早已不在了，他取过两把军用五四式手枪，一把放在腰间，一把则拿在手里，然后又挎了一把微冲，才从武器库出来。

王勇知道整个长荣支队，刘健只剩下一个地方可以藏身了，那就是天台，两名假警察恐怕也已经上了天台。王勇小心翼翼地打开了天台的门，朝外举起了双枪，只听哒哒哒，突然一排子弹朝他射来，他侧身一个鱼跃，终于躲开了一排子弹，有了子弹就有了胆量，王勇朝着远处放了四枪，直到把六四手枪里的子弹打完，这么做一来鸣枪示警，二来也是给自己一个喘息的机会，但当他仔细观察了楼顶的地形后，傻眼了。

整个长荣支队，王勇常来常往，对每一层的结构和人员都了如指掌，可就没有上过顶层。没想到这顶层上，杵着几个搭建出来的小阁楼，阁楼的旁边还有几个规则大小不一的烟囱，阁楼和烟囱中间放着几个铁制的衣架，还晒着几件衬衣和警服，这些障碍都成了天然的屏障，让王勇一时无法确定目标在哪。

王勇把已经没有子弹的六四手枪放在地上，然后把微冲摘了下来，放在右手，而左手仍然拿着压满子弹的五四式手枪，挨个儿区域搜索，突然他看到刘健正低着身从他正面跑回来，原来刘健一直采用运动的形式，巧妙地躲过了两个人的搜查。

匕首悍匪突然从阁楼里闪出来，发现了刘健，提起枪就是一枪，刘健飞身一跃，竟然躲过了这一枪，王勇将他一拉，扔到了天台的门前：“走，先下去！”

此时，不远处已经传来了警笛的呼啸声，王勇知道来了增援，胆子壮了不少，提起微冲，就是一阵扫射，那个匕首悍匪显然经验十分丰富，一滚，便躲在了阁楼后隐蔽了起来。

王勇并不着急，因为他知道这二人已经是瓮中之鳖，只要守住天台的入口，等待救援就可以了，所以他大声喊道：“两位兄弟！我看你们这身手也当过兵吧？念在咱们都曾经是军人，我给你们留条生路，赶紧放下武器，投降吧！”

可是半天，天台上还是没有反应，王勇此时开始有些发毛了，这两个人是在故意躲避，还是这天台上还有别的逃生通道？如果放跑了这两个嫌疑人，自己可担待不起。

即便是两个人有胆量杀回去，也先得踏着他的尸体过去。王勇小心翼翼地朝前走，两支枪各护住一个方向，一个区域一个区域地搜索，直到走最后一个阁楼前，当他再次探出头来，准备按动扳机时，却大吃一惊，阁楼后连个鬼影都不见了。

因为王勇是S形的搜索路线，所以尽可能地将死角的几率降到了最低。此时，几名支队的警员也从武器库提了枪冲上了天台。

这下王勇可放心了，至少这两个人不是利用迂回战术跑回到大楼内。王勇顺势朝楼下看去，这才发现，两名假警察不知道什么时候，已经顺利地落地，并且沿着小巷逃走。

“靠！这是遇到飞贼了。”王勇不肯放弃，仔细观察了一下对面的建筑就已经寻得了这其中的关节，他将微冲扔在地上，把两把五四手枪都别在腰上，然后纵身一跃，跳了下去。

众多警员惊呼道：“王队长，小心！”

王勇这一跃竟然从三楼天台直接跃入了一户人家二楼的阳台上，顺势又一跃，直接从阳台上翻了下来，轻巧地落在地上。

“我靠！都说这王二愣子没脑子，匹夫之勇，我今天算是见识到这匹夫之勇确实厉害啊。”一个警员挑起了大拇指。

众多警员只是在天台上观看，却没有一个人敢这么尝试，眼睁睁只能看着王勇独自追去。

两名假警察见王勇也跳了下来，互相一递眼色，左右分开，各自跑向了一边。

王勇站在街口，犹豫了一下，按照直觉朝着右边奔来。这个假警察的速度，显然没有王勇快，待到王勇越追越近，他突然回身，朝着王勇放了两枪。

王勇闪身一躲，两颗子弹都打在了地上，王勇见这座民巷并没有人走动，便朝着那人还击，但是也没有瞄准要害。那人就地一滚，显然是急了，举起了手中的双枪，直接冲着王勇而来。

狭路相逢勇者胜，王勇也举起枪，两个人，四把五四式手枪，开始互射，两个人一边射一边往前走，拼的都是勇气，谁也没有留后手，直到两个人打光了所有的子弹。

直到枪声停歇，王勇也不知道自己中没中弹，喘着粗气瘫软在了地上，而对面的人是直挺挺地倒了下去的。

过了大约二十秒，王勇才站起来，慢慢走到了那人身边，看到他身上有七八处弹孔，全都冒着血，人早已躺在了血泊之中，王勇这才看了看自己的全身，好在自己没有中弹，真是太幸运了。

随着警笛和脚步声越来越近，王勇再次瘫倒在了地上，王勇在一线出生入死多年，遇到的凶险不计其数，但这次无疑是他离死亡最近的一次。突然，这位老兵似乎想到了什么，这怎么可能呢？两名悍匪全都训练有素，枪弹充足，但自己怎么会毫发无伤呢？真的是自己走了狗屎运，还是从一开始，他就没想杀我？

◆第五章　风口浪尖

1. 背锅

时间：2016 年 9 月 8 日 13：15

地点：T 市刑警队长荣街支队后巷

长荣街是 T 市东部最繁华的路段，但和市局的位置相比还是要偏僻许多。即便如此，警戒线外仍然聚集了不少围观群众，林玲和胡玉言则站在警戒线最外缘的地方小声嘀咕着。

“刘健跑了？”林玲用惊奇的眼神望着胡玉言。

胡玉言点了点头：“我也很意外，不过也好，至少证明他确实和生死金有着某种关系。”

“这么激烈的枪战，现在连嫌疑人都跑了，你可怎么跟上面交代啊？”

“这倒不用担心，我自有办法！当务之急是要确定这几个嫌疑人的身份。”

林玲看了看躺在血泊中的悍匪：“总算有点收获，生死金终于失手了，这次你应该有机会进入专案组了吧？”

胡玉言表情严峻地说道：“我可没这么乐观！”

“啊？”

“刘健也好，这两个悍匪也罢，都没有实质的证据证明他们跟生死金有关系。”

听到这话，林玲陷入了沉思：“好像确实是这样，刘健的名字并没有上榜，也没有办法证明这两个悍匪就是杀死黄浩的凶手。”

此时，从警戒圈外钻进来一个矮个子的中年男子，胡玉言认得此人，正是长荣支队的支队长李敖。

“胡队，您来了啊。”李敖主动打了招呼。

胡玉言不苟言笑地看了看表：“案发二十分钟了，还是在你们长荣支队出的事，作为支队一把手现在才出现，你说你这个乌纱帽是不是不想戴了啊？”

“胡队！刚才真是去查案了，现在队里人手紧缺啊。”

胡玉言突然厉色道：“《条例》里怎么说的？警队党政一把，必须至少一个人在局里坐镇，你们倒好，正、副支队长全部出勤，指导员不在岗位，现在整个长荣支队出了这么大的乱子谁负责？”

李敖一脸委屈：“胡队！这话可不能这么说啊，这匪徒可是您要关押的那个疑犯引来的。”

“哟！还威胁起我来了！”胡玉言瞪了李敖一眼，突然又转变了话锋，“行了，咱们这么多年兄弟了，这事如果说不圆，咱俩都得吃不了兜着走！所以啊，上报案件时，哪些该报哪些不该报，咱们就得商量商量了，我的意见是不要提那个被我关押的人。”

李敖一哆嗦：“两名悍匪突袭警局，多名警察受伤，不提他们为了谁来的？就说是两个神经病化装成警察闯进来，这么上报，您觉得上面能信啊？”

“屁话，能这么说吗？你甭管了，这事如果问起来我会解释的！知道这事的，除了王勇，可就你一个，记住！咱们可是一条绳子上的蚂蚱，跑不了你，也飞不了我。”

李敖很识趣：“本来我也不知道这俩悍匪是从哪冒出来的，一切都听你胡队长的！”

胡玉言拍了拍他的肩膀：“这里交给市局刑警队吧，你赶快回支队去安抚情绪。”

“是！”李敖晃了晃脑袋，有些彷徨地转身而去。

李敖刚走，林玲便凑过来努了努嘴：“你带这家伙来干啥？”

顺着林玲的目光，胡玉言看到景伦正走在后巷里观察着每一个角落，时而蹲下，时而站起，做派颇像电影里的技侦人员：“不是我要带他来的，是他自己非要跟来的。”

“他这是干什么呢？跟真事一样！”林玲不知道为什么对景伦持一种特殊的偏见。

“外行看热闹，内行看门道！这小家伙是干这个的料。”胡玉言脸上露出了一丝满意的笑容来。

“他这么看能看出来什么啊？”

胡玉言把一支香烟插在嘴里，却没有点燃：“他正在查看弹坑！”

“弹坑？”林玲这才意识到这片小巷刚刚发生了一场疾风骤雨般的枪战。林玲想着想着又走近了一些，离着尸体的位置越来越近了，直到可以看清楚尸体，才停下了脚步。

死者是个又高又瘦的男人，看年龄大概在三十来岁，他上身穿一件标准的淡蓝色夏装警服，致命的弹孔遍布了全身。他圆睁着双眼，但目光却空洞无神，灰蒙蒙如罩了层雾纱，他脸上的肌肉扭曲狰狞，嘴里还淌着鲜血，而令林玲印象最深的则是他的双颊，那里的肌肉绷得紧紧的，带动牙关死命咬合起来，仿佛要将整个世界都嚼碎。

一个穿着警服的人死了，老百姓可分不清楚是警察还是凶犯，不知道内幕的围观者已经纷纷开始议论，有好事者甚至把一些模糊的照片上传网络，结果长荣路发生枪战，一警员殉职的消息不胫而走。

景伦拍了拍手，走了过来："胡队，很奇怪啊。"

"看出什么了？"

"两个人四把五四式手枪，一共三十二发子弹全部打空，王勇打中凶犯十枪，而凶徒十六发子弹全部打偏，而且从弹坑的分布来看，打得还非常离谱，这样的概率有点低啊。"

胡玉言用一种教训的口气说道："专业和非专业的对决，有时差距就是这么大。"

"胡队，我觉得你没有必要隐瞒，从死者手上几个部位的茧子来看，极有可能当过兵，这些根本不用我说，估计您第一眼就看出来了吧？而且我也知道，死者来长荣分局是来杀人灭口的，既然是来杀人的，生死金怎么会派一个生手来呢？"

胡玉言突然做了一个止声的手势："这边说话。"

林玲站在一旁，保持一段距离，但是也足以听清楚他们谈话的内容。

景伦笑着说道："看来我猜中了。"

胡玉言也冷笑一声："你猜中什么了？"

"胡队长做这么多，无非是想要抓住生死金潜伏在T市的杀手和买凶者，从而可以加入调查组。其实我觉得大可不必这么费事，我倒有个想法，你想听听吗？"

"你说！"

"干吗要加入调查组？受人制约不如自己单干，这起案件很明显，T市才是一切案件的中心，现在又没有证据表明这案子和生死金有关系，我们完全可以独立于调查组，以死者为中心展开调查。"

林玲在一旁听得心惊肉跳，景伦小小年纪，竟然和胡玉言某些想法不谋而合。

胡玉言冷冷地说道："这不是你该考虑的事……先……"

景伦根本不管胡玉言说什么，对自己的见解不吐不快：“我觉得你还需有个人替你背锅，这么大的袭警枪击案，你得有个冠冕堂皇的理由吧？”

“好了，谢谢你的建议，侦探游戏结束了，小朋友。你可以到周围去看看，还有什么疑点。”

“爱听不听喽。”景伦吹着口哨，离开了原地。

林玲走了过来：“你真打算让人背锅啊？”

“干吗背锅呢？树立一个英模形象不好吗？”胡玉言冲着林玲笑了笑，说道，“走吧！先去慰问下我们的老朋友吧。”

胡玉言也没想多做解释，和林玲撩开了警戒线，来到了警车旁，王勇拿着一瓶矿泉水，靠在警车的后门上，一言不发，他甚至都没有发现胡玉言和林玲来到了自己身边。

“王勇！”胡玉言轻轻地喊了一声。

王勇“啊”的一声转过头来，他的神色惶然，像是吓了一大跳，然后语无伦次地说道：“老胡，你……刚才，我……”

胡玉言知道，王勇是个比亡命徒还亡命徒的警察，现在这种状态根本不会是罪犯的凶残把他吓坏了，一定是发生了什么事情刺激到了他，所以他冲着王勇摆了摆手，示意对方稳稳心神。

王勇深深地吸了口气，试图将刚才的记忆从脑中抛开，但是他仔细回忆着凶徒中枪的那个瞬间，不自觉地向着嫌犯陈尸处瞥去，死者血肉模糊的面庞刺激着他的神经，令他的嘴唇微微颤抖起来。

胡玉言揽住了王勇的肩头，冲背离尸体的方向轻轻一扳：“我们去那边聊吧。”王勇失魂落魄地转过身，跟随胡玉言走到了车尾。此处被巡逻车遮住，不能再看到那具尸体。

由于怕抽烟落下烟灰，破坏现场的证据，胡玉言一直忍住烟瘾，这儿他觉得距离合适，自己先点上了，然后递给王勇一根烟。

没想到王勇把胡玉言的手推开了，他拧开矿泉水的瓶盖，仰脖子“咕嘟嘟”连喝了好几口，王勇亲身经历了无数血腥的凶案，亲手击毙击伤的凶徒不计其数。但是，这次他却负担起了极大心理压力，直到矿泉水消耗了大半才停住。

胡玉言用尽可能平淡的语气问道：“你又不是第一次开枪，再凶恶的暴徒你不都见过吗！”

王勇没有正眼瞅胡玉言，而是直勾勾地看着前方：“那个人并没想杀我，否则我不会好端端地站在这儿。”

“不管怎么说，你现在还活着，可喜可贺。”

王勇有气无力地说道：“老胡，我想问你个问题。”

“你说！”

“我王勇是个粗人，但我不傻！刘健这么重要的证人，你为什么不派一向心细的小邢来保护？你是不是已经预料到了会有这么激烈的枪战？”

胡玉言听闻此话，突然咳嗽了起来，后半截的烟干脆也不抽了。

“还有之前的黄浩也是，你明明知道我去保护黄浩不合适，这些黑锅为什么都让我一个人背？”王勇显然已经心态失衡，冲着胡玉言大喊道。

林玲站在一旁似乎也听出了这几句话里的味道，原来看似又愣又傻的王勇，心里却也有着一杆标量得失的秤砣。

“你想听实话吗？”

王勇狠狠地拍着自己的胸脯说道：“我想听！”

“作为兄弟我要告诉你，我只把最关键的任务交给我最信任的人，即便他会出现错误或失误。没错，我预料到了枪战，虽然那只是微乎其微的可能性，但是我坚信如果发生枪战，你是我唯一可以信赖的人。”

王勇看着胡玉言的表情，多少有些动容，他稍稍平复了些心情：“现在刘健也跑了，这锅怎么背？”

“不需要任何人背锅，这两个人是冲着你来的，你王勇大显神威，最后击毙了凶徒，应该给你立功受奖才对。”

王勇瞪大了眼睛：“冲我？”

“你抓住的毒贩、暴徒不计其数，有一两个找你报复的，也不是没有可能，总之不能让上面知道，这件事跟生死金扯上了关系。”

王勇咬着牙说道：“你这是在玩火！”

胡玉言斩钉截铁地说道：“为了跟生死金较量，我什么都不在乎。”

“你到底要怎么做？”王勇的眼睛里布满了血丝，十分可怖。

“这任务交给林记者，明天就给你上一篇警匪大战的报道，保你成为一等英模，过两天公安部都有可能给你授奖，而你什么都不用说，就是遇到匪徒寻仇，然后你追击凶徒，并亲手击毙了凶徒，就这么简单，剩下的事全交给我了。”

林玲也觉得这事做得太过凶险，刚想发表下自己的意见，却被胡玉言的电话铃声打断了，是市局局长张涛打来的：“胡玉言！你赶快回来，我有事问你。”

2. 压力

时间：2016 年 9 月 8 日 15：20

地点：T 市公安局局长办公室

“到底怎么搞的，昨天在你们的严密监控下死了个黄浩，今天长荣支队又差点被悍匪给端了，咱们 T 市公安局的脸啊，都让你们给我丢尽了。日后在老百姓中间，咱们还怎么树立威信？”局长张涛声若洪钟，已经是接近六十岁的人，发起脾气来还是底气十足。

胡玉言听他数落了半个多小时，一言不发，只是香烟一根接着一根地抽着，很快屋子里已经变成了仙气缭绕的世界。

张涛离着退休只有几个月的时间，按说这个年纪早就应该退居二线了，但是由于上峰一直在接替他的人选上犹豫不决，张涛想要扶胡玉言坐上局长之位，但是不知道为什么，胡玉言却屡屡在晋升处长的过程中受挫，最终失去了晋升局长的机会，而省公安厅一直为几个人选争执不休，结果这个局长才让他当到了现在。

胡玉言是个不太喜欢走仕途的人，或是说他早已对仕途的规则死了心，论能力和影响力，五年前他就应该是处级干部，但直到四十岁也还是个待考察的对象，现实让他早已淡漠了名利，现在的他愿望很简单，就是想多干点实事。

生死金的出现，似乎是胡玉言人生中又一座等待他攀登的高峰，他能感受到这个网站背后那股可怕的势力，他甚至还能感受到一个无比强大的对手正操控着这一切，而这个对手迄今为止，还没有露出任何破绽。久未遇到对手的胡玉言不自觉地开始兴奋起来，他迫切希望通过一己之力打破这个邪恶的组织来证明一些什么，所以他根本不想假手于人。

“哎哎哎！又溜号了，你有没有在听我说话？”张涛拍着桌子吼道。

胡玉言一哆嗦，马上从复杂的情绪里脱离出来，他懒洋洋地说道：“听着了，张局！”

“那你说说吧，怎么破案啊？”

“黄浩的案子我管不着，人家省厅直接接手了，至于今天的枪击案，那就是两个来找王勇寻仇的仇家，一个被王勇当场毙了，另一个虽然跑了，不过抓住他也就是个时间问题。”

“你少给我来这套，我怎么听说，今天的枪击案跟生死金有关呢？”张涛的脸上露出了一股试探的表情，显然已经知道了什么。

果然是没有不透风的墙，胡玉言心里暗骂泄密的人，但仍旧面不改色地说道：“这您都听谁说的，一点根据都没有。那帮人摆明了是冲着王勇寻仇去的。”

“你少拿王勇当挡箭牌，我都听说了，你把一个跟生死金有关的嫌疑人藏在了长荣支队，才引发的枪战，这些事你统统都没有上报专案组？”

胡玉言点了点头，又摇了摇头：“不是不报，是不知道怎么报。”

“怎么？还真有这事啊？”

胡玉言知道自己掉坑里了，一阵苦笑：“是不是李敖跟您说的？”

张涛又一拍桌子：“老子在T市当了快二十年公安局局长，就认识李敖一个人啊？”

胡玉言又抽了一口烟：“张局，不是我不报，这事真没法报。先不说两起恶性案件都发生在警察内部，这黑锅谁背？我个人觉得公安部和省厅这帮人根本不是破案的材料。”

张涛眉毛皱了起来：“哟哟哟，我的胡大队长，你连省厅和公安部都不放在眼里啊？”

胡玉言反驳道：“他们的方向已经出现了根本性的偏差。”

“胡玉言，就你能，那省厅都是人尖待的地方，怎么就不如你个胡玉言？”张涛说完，又觉得自己这话说得重了，这么多年，他一直在给胡玉言争取处长这个位置，可直到自己快退休了，这事仍然悬着。他眼看着省厅里那些能力不强的人都爬了上去，而自己的下属却还是一个刑警队长，他也十分不忿。

“局长，您现在就算把这些东西都报上去，也没人说咱们的好，兴许长荣支队和市局都得背处分，您快退休了，什么都不怕，可您得为其他兄弟的未来想想啊。再说了，破案他们有他们的思路，咱们有咱们的思路，我觉得最好别往一块掺和，他们走他们的阳关道，咱走咱的独木桥。”

张涛用食指点了点胡玉言：“狐狸尾巴露出来了吧？想吃独食！这才是你小子真正的目的吧！”

胡玉言默不作声，只是深深地吸了一口烟，算是承认了。

张涛的语气突然缓和了下来：“可是你小子想过没有，这案子可是全国重点大案，受害者分布在七个省，网站服务器可能还在境外，你小子就靠咱们市局刑警队这几十号人就能把案子破了？”

胡玉言把烟掐灭在了烟缸里：“如果我的推测没有错的话，生死金网站的服务器就在咱们T市，所有省市的买凶事件都是围绕着T市展开的。”

“你怎么会有这种判断？”听到关键之处，张涛的语气突然缓和了下来。

“您想想啊，咱们这个地级市出现了两名被害人，而且这两名被害人还都是T市大学的学生，这个概率可不是一般的高啊。还有我们这儿竟然真的有杀手出现了，王勇还亲手击毙了一个，省厅现在应该已经下来案件的内参了吧，别的省市还没有出现这种情况吧？”

张涛摇了摇头：“据我所知，其他六省的追查全部陷入了僵局。”

“还有一点，我做的买凶人的心理画像其实和一个人非常契合，他也是T市大学的学生。”

“你是说那个景伦？”

“对！还有那个刘健，他是买凶的另外一个嫌疑人，我为了保密，才让王勇把他请到长荣支队协助调查，没想到这家伙在枪战中，趁乱逃跑了，所以这个刘健也和生死金脱不开干系。别的省市毫无线索，而我们这里同时出现了这么多的疑点，您说，这正常吗？”

张涛重重地点了点头：“我明白你的意思了，只要在T市实现突破，其他的案件也就都迎刃而解了。”

“希望如此吧，所以我不希望省厅插手咱们的调查，如果他们横插一杠子，可就真变成乱局了。”

“可能要事与愿违喽，黄浩的父亲黄本初，现在已经托了关系，把他儿子的事直接上报到公安部一级了，公安部的调查组已经先于省厅专案组派人下来了，你得想办法应对啊。”

胡玉言满不在乎地说道：“有啥应对的？东西都交上去了，剩下的也没什么可说的。”

“你少给老子来这套，你交的那些东西我都是看过的，你T市神探调查的东西就这么一点？说出来谁信啊？”

“真就这么一点！嫌少，他们自己调查去啊。”胡玉言把大拇指和食指搓了搓。

“你别扯淡了，省厅来人你闹闹情绪我可以睁一只眼闭一只眼，现在是公安部来的调查组，你胡玉言可得给我尽量配合，否则我可担待不起。”

“关键刚才那都是推论，我真没掌握什么有价值的证据。”

“胡玉言你最好别耍小聪明！”张涛把一份报告甩给了他，“你看看这个，公安部的协查报告！刘健必须归案。”

胡玉言顿时冷静了下来，看来黄本初的能量确实很大，不仅能找到上面的关系，还能直接找到嫌疑人的线索：“靠！现在根本没有证据表明刘健和生死金有关系，就这么抓人啊？”

张涛摇了摇头：“又没让你拘捕，传唤总可以吧！那个黄本初一口咬定，就是这个刘健买凶杀了自己的儿子，他还提供了刘健和邱蓉有关系的证据，公安部对此非常重视。”

胡玉言从烟盒里抽出来一根香烟：“老子给公安部打了这么重要的报告石沉大海，一个富商的材料倒能引起公安部的重视，这天下到底谁说了算？”

“这不是你发牢骚的时候，专案组的同志马上就到了，你得尽快配合专案组工作。对了，下派的专案组里还有咱们的老熟人。”张涛的脸上终于露出了一丝笑容。

“谁啊？”胡玉言搜遍了自己的脑袋，也没找出来一个自己在公安部里的熟人。

“下派的专案组组长叫刘静生，是从上海警局借调到公安部的，不过跟他来的组员你肯定认识，在咱们局实习过，叫张敏。”

“小敏？”胡玉言眼前一亮，“这个小丫头回来了？”

张涛敲了敲桌子：“还小丫头，别小看人家，副主任级法医了，就比你差半级！”

胡玉言无奈地摇了摇头，笑道：“他们人呢？”

“派邢振誉去机场接了，估计还有一个小时吧。”

“别管谁来，恐怕人家不会让咱们再插手了吧？”

“你狭隘！我耳闻这个刘静生并非等闲之辈，这些年跟张敏配合破了不少要案。再说人家只来了两个人，啥意思？这都不明白？摆明了告诉你，不会把你T市警局甩了的，你呀，好好检讨一下自己吧。”

“我……”胡玉言顿时语塞。

“对了，胡玉言，我给你从T市大学里选来了三个高才生，信息技术专业的，外号叫网络三剑客，全都进入明年的公务员选调名单的，这次全都归你调遣，我可告诉你胡玉言，天兵天将、奇人异士我可都给你请来了，这次如果破不了案，让我退休前背上个什么历史污点，你也别想有好果子吃。”

“放心吧您！保证完成任务！”胡玉言冲着张涛敬了个礼，话虽然答应得痛快，但他心里还在盘算着到底要给专案组透多少底。

3. 同盟

时间：2016 年 9 月 8 日 17：00

地点：T 市机场航站楼

刑振誉站在机场焦急地等待着，他脸上挂着一丝兴奋，八年前，那个初出茅庐的小丫头张敏，走进了警局，也走进了他的心，但是他知道身为上海大家闺秀的张敏前途无可限量，是不可能看上他这个地级市中产家庭的小警察的，所以他们之间一直维系着一种简单的朋友关系。不过，邢振誉一直关注着她的动态，朋友圈中分享的每一条信息、每一张照片，他都要浏览，不过阅后他只是默默地点上一个赞，从来没有评论过什么。

时间过去多年，早已没有了当年的幻想和热情，他甚至都不曾奢望能再见她一面，没想到这时候又有了这样的机会，怎能不让他心里又泛起了一阵涟漪。

此时，张敏拉着一个拉杆箱从机场通道里走出来，她身后跟着一个高大威武的男人，那个头和王勇差不了多少，但比起王勇来，却多出了几分精明之气。

“张敏！”邢振誉挥着手。

“小邢！”张敏见到邢振誉笑了起来，那笑容仍旧青春靓丽，俏皮可爱。

“好久不见了。”邢振誉有好多话想对张敏说，但是真见到了，却又想不起来该说什么了。

张敏转过头冲着那个高个子男人说道：“给你介绍一下，上海侦缉处的刘静生处长，是这次调查组的组长。”

“幸会，刘处长。”邢振誉伸出手来。

“小邢对吧？你好，你好！”刘静生也伸出手来，他文静、宽和的语调让刑振誉感觉很舒服。

“两位是先去宾馆放行李，还是先去吃饭？张局摆了一桌，给刘处长接风。”

刘静生一皱眉：“吃饭就不必了吧？现在可不敢来这一套。”

邢振誉赶紧摆摆手：“放心吧，现在八项规定，谁也不敢公款吃喝，张局自己掏腰包。”

张敏倒是毫不在乎：“胡队来不来啊？还有林玲姐、何姐、王队长？”

邢振誉有些为难地说：“胡队肯定来，至于其他人我不知道张局长通知没有。”

刘静生爽朗地说道：“这么办吧，小敏，你去把你的朋友都叫来，我在T市也正好有个战友要见见面，大家都是司法系统的，咱们就各自攒人，然后让张局请咱俩，我请T市的朋友。各掏腰包，两不亏欠，你看怎么样？”

张敏拍着手，俏皮地摇着头：“好啊，好啊！反正我不花钱啊。小邢，赶紧通知啊！”

邢振誉磨叽了半天，显然有些为难。

“行了，你也别为难了。我给张局打电话。”刘静生拍了拍邢振誉的肩膀，然后冲着张敏说道：“小敏你来攒人！”

“好嘞！”张敏笑道。

……

张涛、胡玉言、王勇、林玲、何玉华早早就来到了餐厅，见张敏进来后一阵欢喜。

张涛冲着张敏笑道：“当初的小丫头，今天可是大姑娘了。”

张敏还用之前的称呼重新叫了一遍众人：“张大大好，胡队、王队好，何大姑好！”

这一番亲切的称呼像是把时间拉回了八年前，众人都是一阵夸奖。特别是何玉华，把张敏拉过来仔细端详了半天，回忆起当年的事，有些心疼地说道：“嗯，那时候小张敏玩命地跟我出外勤，这脸啊，都皴得不成样子了，还是上海水土好啊，看这肉皮白嫩的。”

张敏又把刘静生介绍给了众人：“这位是上海市局侦缉处的刘静生处长，我和刘大大搭档了很长时间了，这次被一起借调到了公安部的专案组。”

胡玉言跟刘静生握了握手：“久仰大名啊，刘处长。”

“T市神探才是名满江湖啊。”刘静生笑道。

刘静生来之前，众人都在揣测着这位空降的调查组长会是个什么样子，如果是个标准的官僚做派那可就麻烦了。没想到不但来了个熟人张敏，组长刘静生也是这么和蔼可亲，让人觉得心终于可以放下来了。

“哎哎哎，别都站着啊，坐坐！”张涛招呼大家坐下。

“今天你们赶得好，T市沿海的大对虾正好上来，来一盘！”张涛叫过服务员，把菜单递给了张敏，“小敏，剩下的你点，别给我省钱，照着你爱吃的点。”

张敏有些不好意思地接过菜单：“那张大大，我可就点了啊！”

众人又是一阵哄笑，就在众人聊得热火朝天的时候，房门突然开了，一个矮小的男人走了进来。

胡玉言有些诧异：“哟！柳检！你不会就是……”

刘静生站起来，表情凝重，两个人的身形一高一矮，形成了鲜明的对比，接着刘静生冲着这个男人来了个熊抱:“老战友，多年没见了。”

“长庆！原来你和刘处是战友啊？”王勇嘿嘿笑道。

柳长庆圆圆的脸上，绽放出了最真挚的笑容：“一起在大西北扛了四年的枪，一起打过狼，一起追过逃犯。”

刘静生眼圈有些红润，声音也有些哽咽：“冰天雪地里他背着我走出了无人区，还从五六匹狼的嘴里救过我。”

柳长庆拍了拍刘静生的肩膀，轻描淡写地说道：“这家伙命好，后来被分配回上海了，我就在咱们市扎下根了。”

张涛赶紧让柳长庆坐下:“嗨，我还真没想到长庆是刘处你的战友。”

胡玉言显然也和柳长庆关系匪浅，跟着赔笑道：“哎呀，我和柳检认识这么多年，工作联系紧密，还真没坐到一起吃过饭。”

柳长庆又笑道：“可不嘛！要不说你胡队抠门呢！”

众人再次发出了笑声，边吃边聊。

何玉华坐在张敏旁边，一边吃饭，一边问张敏的感情状况，这两个人当年有过一段师徒情分，说起话来还是那么亲密无间。

何玉华对张敏哥哥锒铛入狱的事有耳闻，还打电话安慰过，这次发现这孩子开朗了不少，比起八年前也干练了不少，确实令她很欣慰。当问及张敏的感情问题时，她一直摇头，说自己现在只想工作，还没有考虑过这事。这话听到了邢振誉耳朵里，像是突然被电击了一下似的，赶紧给何玉华夹了菜。

若说关系，林玲和张敏情同姐妹，林玲瞅了瞅邢振誉，又瞅了瞅张敏，偷笑道：“你别光给何法医夹菜啊，给小敏夹。”

邢振誉赶紧也夹了一筷子：“对！对！小敏，你吃这个。”

虽然邢振誉把对张敏的好感全都埋藏在了心里，但是还是难免会露出那么一点蛛丝马迹，在满桌的老江湖面前这点小暧昧早就难以遁形，众人见状又笑。

酒过三巡，菜过五味，难免众人的焦点会回到当前的案子上来，柳长庆也是司法系统里的中层干部，和张涛、胡玉言等人又私交甚笃，所以众人也没有避讳他。

胡玉言率先问道:“刘处你觉得生死金到底是一个什么样的组织？”

刘静生一本正经地说道：“胡队，我看过你上报给公安厅的那份要求全国协查生死金的报告，说实话，这份报告的预见性已经超出了我的想象，但是很可惜公安部并没有拿这份报告当回事，我完全同意你对生死金的所有判断。”

胡玉言显得很平静：“可惜啊，我一个地级市的正科级干部，人微言轻。”

刘静生哈哈一笑:“胡队，你可别灰心，至少我是认可这份报告的，当时公安部派了七个组直接下到省厅，我就申请上你们这儿来，而且是越过你们省厅，直接下到T市。不过，有些话，我还是想多说两句！”

胡玉言显得非常非常平静：“愿闻其详！”

刘静生拍了拍胡玉言的肩膀：“我这个人不太喜欢官场那一套，破案就是破案，没这么多弯弯绕，所以好多话，我还是希望能听到老兄的实话，比如你的调查到底到哪一步了？”

胡玉言笑道：“我的调查报告都上交了，昨天连夜写的。”

刘静生使劲儿摇着头：“胡老弟，你不实诚啊！”

胡玉言把刚举起的酒杯又放了下来：“我怎么不实诚了？”

“你交的第一份报告，观一骨而窥全身，虽然有些数据并不翔实，但已经说出了案件的侦破思路和重点，但是你的第二份报告，是在这么多天的调查后发出的，竟然只是一篇浮皮潦草的总结。这也相差太远了吧，我就在想啊，你是不是想把省厅，甚至公安部都甩开，自己展开调查啊？”刘静生边说边笑。

这话说得张涛突然咳嗽起来，刚送到嘴里的一口酒都喷了出来。

林玲、王勇对望了一眼，谁也没敢吱声。

但是，胡玉言和刘静生的对峙并没有因为张涛的失态而结束，两个人的目光碰在一起，谁也不肯示弱。

最后，还是张敏打了圆场：“当时公安部说给刘处长配备一个组的技术和侦察人员的，但是刘队坚持说，只依靠 T 市刑警队的力量就可以了，因为刘大大认为胡队你完全可以撑起场面。”

张敏这么一说，气氛缓和了不少。刘静生笑着从随身的书包里拿出了一个文件袋，放在了胡玉言面前：“这是其余六省这几天的调查报告，都在这里，而且我每天都会收到各省专案组反馈的日报，这些我也会毫无保留地交给你。”

胡玉言把酒杯放在了桌子上，陷入了沉思中。

张涛都有些看不下去了，捅了捅胡玉言：“喂！喂！你表个态。”

“该表态的是我！”刘静生举起了酒杯，铿锵有力地说道，“我虽然名义上是这个组的组长，但其实总指挥应该由胡队长担任，这个案子的主要负责同志都在这里了，我们也已经有了全国的调查反馈资源，再加上以 T 市作为调查中心方向不变，其实这里已经变成了生死金的侦破司令部了，你就是总司令，以后有什么事，直接下命令就行了。”

胡玉言说着也端起了酒杯，跟刘静生狠狠地碰在了一起：“刘兄来之前，我确实有另立中央的打算，但是刘兄来之后，我会把我所有的调查结果都毫无保留地告诉你。”

柳长庆在一旁笑道：“这就对了嘛，两大神探联手，还有什么案子是破不了的。”

“既然是这样，请问胡队长这案子的当务之急是什么？”刘静生缓缓说道。

“今天长荣支队出现了两名疑似生死金杀手的人，被王勇击毙了一个，我们只要抓住另外一个，案件的调查肯定会突飞猛进。”

刘静生惊呼道：“哦？这消息太震撼了。”

“但我觉得若说当务之急，还不是这件事。”

“那你觉得是什么？”

“生死金在T市的几次行动都是在警方的严密监控下完成的，就拿长荣支队今天遇袭来说，若不是王勇在场，两名凶犯完全有可能全身而退，他们对长荣支队的建筑结构、枪械库的位置，包括天台的布局都了如指掌，也就是说……”胡玉言欲言又止。

刘静生斩钉截铁地说道：“警方内部有生死金的卧底。”

4. 强援

时间：2016 年 9 月 9 日 8：00AM

地点：T 市刑警队局长办公室

陆晓媛嘴里叼着一支棒棒糖，胖乎乎的鲁镜则在紧张地啃着指甲，只有糜昊一脸轻松地看着 kindle，还边看边笑。张涛显然在给他们做思想政治工作，但无论老头谈得多么慷慨激昂，好像这三个人还是在各干各的，无动于衷。

张涛最后终于忍无可忍，突然拍了拍桌子：“三位，这里是警队，我是局长，你们能不能尊重我一下？还有，你们是未来的警察，最起码得有点警察的样子吧。”

三个人这才规整了一下自己的坐姿，勉强冲着张涛挤出来一些笑容。

胡玉言和林玲在门外透过可视玻璃往里边瞄着，彼此眼神一碰，心里都觉得没底。

林玲一脸不悦：“这就是张局给配的强援啊？毛还都没长齐呢！”

胡玉言笑道：“现在这电脑玩得好的，可都是年轻人。这吊儿郎当的样子，有两天我就能给他们立出规矩来，我就怕他们是温室里的秧子，经不起风霜雪雨。”

林玲笑道：“这网络侦缉啊，就是养兵千日用兵一时，有时候，养着养着啊，人就废了，公安部的网警没有一千也有八百，但遇到生死金这类的高科技犯罪，不照样歇菜。”

“所以，张局才从大学里给咱调来了这仨活宝，绝对小鲜肉，技术绝不过时！”

林玲眨了眨眼睛：“过不过时，试过才知道啊。”

此时，张涛的政治课好像已经结束了，他推开房门带着三人出来。然后冲着胡玉言和林玲咳嗽了两声：“这位就是你们专案组的领导，胡队长。你们三个这段时间就归他管了，能不能转正，就看你们的表现喽。”

糜昊懒洋洋地朝着两个人打了个招呼，鲁镜则连招呼都没打，小心翼翼地瞅着二人，只有顽皮的女生陆晓媛最识趣，眨着大眼睛，用无比崇拜的表情问道：“你们谁是胡玉言胡队长啊？”

胡玉言尴尬地笑了笑：“我就是，怎么了？”

陆晓媛赶紧上来抱住了胡玉言的胳膊：“哇塞，胡队！你就是家喻户晓的T市神探啊，没想到长得这么帅，我叫陆晓媛，陆地的陆，拂晓的晓，名媛的媛，这个媛字也当美人讲。”

胡玉言四方大脸，虽然不算丑，但也绝对说不上帅，他不知道眼前这位打扮得极其妖艳的姑娘葫芦里到底卖的什么药，所以想要赶快挣脱陆晓媛：“好！好！咱们……还有另外两名同学，咱们到IT室里再谈，好吗？”

没想到陆晓媛越抱越紧，甚至把丰胸都贴了上来。

林玲在一旁气得脸色发绿，但是又不好发脾气。

“人我交给你了啊！好好带！”张涛苦笑着摇了摇头，赶紧关上了门，像送瘟神一样，把三人塞给了胡玉言。

胡玉言废了半天劲，才摆脱了陆晓媛的纠缠，带着三个“问题青年”来到了IT室。

T 市的 IT 室格局并不大，并排放置了十几台电脑设备，有几名网警正在不错眼珠地看着屏幕。

“好了，现在也没工夫跟你们废话了，我现在要你们帮我追踪一个人，利用全市所有的摄像头。”

陆晓媛指了指房间里的电脑，发出了令人颤抖的绵羊音：“胡队，你没有开玩笑吧，就凭这些破烂？”

胡玉言觉得有些头疼：“破烂？这可是刚采购一年多的电脑。”

在一旁的糜昊突然说道：“大叔，现在电脑最基本的配置也要 i5-7500 四核处理器，讯景 RX570 4G 256bit 的显卡，8G 内存，这还只是标配，您看看您这些破玩意儿，怎么追踪啊？”

IT 室主管警官捅了捅胡玉言：“胡队，他们说得挺专业的，咱们这些电脑都属于政府采购，配置上确实是有点低。”

胡玉言心里暗骂了一句，配置低，采购价格可不是按照低配购来的，但是这些放不到台面上的话，他也不好跟这三个孩子乱说，只能板起脸，大声呵斥道：“要是什么都配最好的，要你们干什么啊？当年咱们小米加步枪照样能打倒反动派。”

林玲被气得掩面而笑，没想到胡玉言平常训起队员来一套一套的，对付这仨活宝完全没用，现在连这种蛮不讲理的说辞都用上了。

此时，一直没言语的胖子鲁镜说道：“要不就拿咱们的电脑，帮帮他们吧！”

胡玉言挺感动，刚想表扬一下胖子，结果胖子却突然向胡玉言笑道：“胡队，我们仨人这水平，帮你追这个逃犯，如果按照市面上的价格算，最少也得四十多万呢，我们也没打算找您要钱，不过您得满足我们一个要求。”

林玲在一旁扑哧乐了，到警察局实习，还要求刑警队长满足各种要求的，也就这仨活宝了。

胡玉言听景伦说自己花了六十万，帮自己找到了那两个人落脚的地方，一开始还以为他在吹牛，听鲁镜这么一说，看来并非是虚言，所以郑重其事地问道：“什么要求尽管说。”

鲁镜一本正经地说道：“不管完成得了还是完成不了任务，你得保证我们三人日后都能进警队，而且绝不能分开。”

胡玉言一皱眉：“这我可做不了主，这事得有考核的。不过这次如果立了大功，进警队的希望很大。”

陆晓媛一拍手：“日后入了警队，我不跟别人，就跟着您干！”

林玲白了胡玉言一眼，故意把脸扭了过去。

胡玉言脸一红：“这就是你们的要求？”

胖子点了点头：“我们本来不想当警察的，但是前两年当黑客被人逮着了，后来张局找到我们，好一顿批评教育，还给我们三人把材料按下来了，说日后到刑警队帮忙吧，我们这才来的，既然没得选，我们想跟个好点的老大。”

胡玉言会心一笑，闹了半天，这个沉默寡言的胖子才是三个人中的领袖：“好吧，我答应你，你们三剑客不会分开，以后跟着我混！但是我也有个问题要问你们。”

“胡队长您尽管问。”胖子笑道。

“像你们这样的高手，是谁抓住你们的？”

“T市大学信息系有个人送外号叫大师兄的人，您应该知道吧？”

胡玉言摇了摇头。

糜昊有些不服气地说道：“刘健啊！外号叫鬼手刘健，我们都管他叫大师兄。”

胡玉言和林玲笑道：“刘健？你们系有几个刘健？”

糜昊伸出了一根手指：“就一个还不行，当年合我们三剑客之力也干不过他，很可怕的人物。”

胡玉言冷笑了一声："今天可真巧了，你们要追的这个人，恰恰就是这个刘健。"

三个人同时惊呼道："啊？"

"怎么着，给你们三剑客面对仇家的机会，难道不敢吗？"

鲁镜有些郁闷地说道："是不是大师兄犯了什么事？"

"你们很熟吗？"

鲁镜赶紧摆手撇清关系："那倒不是！不过，我们都很崇拜他！他一年前做的很多编程的模型，我倒现在都还没有破解呢。"

"昨天他遭遇了歹徒的袭击，现在生死未卜，我们只想赶紧找到他，其他的还不能跟你们说。"

"明白了，那我们这就开始！"胖子一声令下，三个人各自从背包里支起了电脑。

三个人的电脑各具特色：陆晓媛的笔记本超薄，而且贴满了粉红色的装饰品；糜昊的笔记本现代感十足；而鲁镜的笔记本是三个里边最宽大厚实的。

"追踪从哪开始？"鲁镜问道。

"长荣分局，昨天十二点左右发生枪战后的所有录像。"

此时，胡玉言的电话响了起来，是刑振誉打来的。

"喂！胡队，我们已经在C区东大街的朝阳西里小区，排查到了悍匪租住的房间，但是从昨天开始，好像并没有人回来过，我们正在屋子里做进一步排查，看能否找到可以证明悍匪身份的证据。"

三个小鲜肉的到来好像瞬间打通了案件的任督二脉，推进速度明显加快，这让胡玉言不禁感叹，这仨活宝难不成是福将？

果然刚挂了邢振誉的电话，法医何玉华也打来了电话："胡队，能不能到解剖室来一下，小敏发现了重大线索。"

"哦？悍匪的身份确认了？"

何玉华在电话里兴奋地喊道："不是！是关于邱蓉的！"

◆第六章　杀人促销

1. 失踪

时间：2016 年 9 月 9 日 9：00AM

地点：全景集团董事长办公室

景天正站在全景式的落地窗前，向下远眺，他俯瞰的仿佛是一个自己亲自缔造的帝国，用余光扫了一眼手背上的江诗丹顿纵横四海，这是今年的结婚纪念日上结发妻子送给他的，妻子并不懂手表，但是表的款式和表盘大小都和景天的气质完全吻合，这就是老夫老妻之间将近三十年的默契。所以景天常在公众场合称自己的荣华富贵全都归于他有个和睦的家庭，有一个懂他的妻子，似乎这辈子再有多求，便是贪婪了。

此时，高经理走了进来，“景总，有个女孩想要见你。”

“女孩？”景伦有些诧异，“谁啊？”

高经理面无表情地说道：“金玲玲！少爷的女朋友。”

景天叹了口气：“还谈不上吧，他们只是玩玩罢了。你就跟她说，我不在！”

“她说了，她怀了您的孙子。”高经理一脸尴尬地说道。

刚刚还一片好心情的景天，突然意识到自己人生唯一的不足就是有个不知天高地厚的儿子。不过，景天似乎意识到了什么，摇着头，一阵阴笑：“请她进来吧！”

高经理出去后不久，便把金玲玲带进了景天的办公室，金玲玲今天没有化妆，不过仍旧显得光彩靓丽，她似乎一夜没睡，眼圈黑黑的，见到景天毕恭毕敬地喊了句：“景总！”

景天摆了摆手，高经理会意，转身出门，并把两扇大门带上。

景天点燃了一根烟，坐在沙发上，慢悠悠地说道：“都怀了我景家的骨肉了，就别景总景总这么客气了，坐吧。”

金玲玲原地没动，她有些不好意思，脸上一阵红，一阵白，眼睛不住地打转。

景天突然转了话锋：“金小姐，景伦是我的儿子，我最了解他，他再怎么拈花惹草，也不可能留下什么证据的，你肚子里的孩子根本不是景伦的，对吗？”

“景总！我不是你想的那种女人！”金玲玲显然很生气，“我没有怀孕，是景伦让我这么说的，他说不这么说的话，恐怕我连你的面都见不到。”

景天的表情突然从嘲笑变成了怀疑：“景伦他在哪？”

金玲玲叹了口气：“他昨天就失踪了。”

“你们最近不一直形影不离吗？”

“最近出了一些事情，我和景伦可能惹了一些麻烦，所以我怀疑他丢下我跑路了。”

“还至于跑路？”景天冷笑道，“我倒想听听你们能惹多大的麻烦。”

金玲玲眼圈有些发红：“我们杀了人。”

“咳！咳！咳！”景天听到这里猛然咳嗽起来，在江湖里打拼了几十年，自然分得清哪些是谎话，哪些是实话，他半天才平静下来，继续追问道，“你们杀了谁？”

“黄……浩！”金玲玲吞吞吐吐地说道。

景天听到这个名字，反应没有刚才强烈，但很显然他之前的胸有成竹已经荡然无存，他把香烟掐死在烟灰缸里，又重新点燃了一根，然后缓缓地说道：“你们用了生死金？”

“您知道这个网站啊？”金玲玲有些惊讶，然后缓缓点了点头。

景天彻底沉默了，看得出他身体里有股能量正在迅速地聚集，但能感觉到他把这股气势又强行压了下去：“为什么杀人？总得有个原因吧！”

“景伦就是想做个实验，看看那个破网站到底能不能杀人。没想到……”金玲玲也十分佩服景伦的判断，他父亲所问的问题，基本上连顺序都没有变动。

景天又沉默了一会儿，眼神里突然闪出了一丝不屑：“知子莫若父，这小子不会这么冲动的！他不是那种做事不计后果的人，我不相信他只是为了做个实验就去买凶杀人。”

“真的只是实验。”

景天突然哈哈大笑起来，那笑声让金玲玲背脊发凉，全身的汗毛都立了起来：“那我问你，干吗要找黄浩做实验，他爸爸可不好惹，现在正在攒黑白两道的人满世界找凶手，我觉得景伦决不会轻易去触这样的霉头。或者说，黄浩根本不是他的实验对象，而是他确定目标要杀害的第二个或第三个人。”

金玲玲此时全身一震，所有的表情已经出卖了她自己，这确实是景伦没有想到的，但是景伦却也同时告诉她，如果他父亲戳穿了她的谎言，那就实话实说：“是！是我一时兴起，让景伦买凶帮我杀了一个我很讨厌的女孩，但是我发誓那会儿真的不知道是真的，真的有人会死。事后我们都很害怕。”

“害怕？我儿子会害怕？别逗了！买凶杀人，警方又无从下手，我觉得他现在正躲在哪里偷偷兴奋着吧！”

“说吧！你们到底杀了几个？”

“两个，就两个！”

景天哼了一声：“金小姐，你现在有必要冲着我撒谎吗？”

“好吧！既然您不信，这个给您！上面有我们下的订单。”说着，金玲玲从包里掏出来一部手机，递给了景天，当然这个动作也是景伦教的。

景天笑道：“这是什么？”

金玲玲战战兢兢地说道：“我们就是用这部手机买凶杀人的，景伦用的是您的名字和您的账户做的。”

景天此时的脸色开始由红转黑，他并没有接这个手机，而是缓缓说道：“这倒像是他的作风！景伦是从什么时候失踪的？”

“准确地说应该是前天晚上，不过昨天一早我们还用电话联系过。”

“那小子失踪两天很正常，放心吧，他不会有事的！”

金玲玲有些着急：“可是，警察昨天已经找上门了。”

景天陷入沉思中，等抽完了手中的半截烟，才继续说道：“我知道啦！你先回去吧，手机你先留着，如果有需要的时候，我会去找你的。”

“你就一点都不关心您儿子的安危吗？”

“我觉得你还是先关注一下自己的安危吧，我建议你回家，该干吗干吗，警察再来找你问什么，都按照景伦教给你的说。”

金玲玲直截了当地说道：“景总，我现在需要点儿钱。”

景天眉头一皱，一股杀气顿时冒了上来：“呵呵，你要挟我？”

金玲玲赶紧摇着手说道：“景总，您别误会，我这只是找您借，因为景伦说，近期不让我动任何的银行卡，说要钱的话，直接找您要，而且只能要现金。”

景天点头笑道：“没问题，姑娘！钱我一会儿就派人给你送去。不过，我还想问你一个问题，你得实话实说！”

“嗯，您尽管问。”金玲玲有些紧张，她也不确定他会问出什么刁钻古怪的问题来。

“你们买凶杀掉的第一个人是谁？”景天的面容里露出了让人难

以抗拒的威严。

“是一个叫邱蓉的大学生，她跟我有点矛盾，我发誓，我当时以为那个网站不过是恶作剧罢了，否则我不会去买凶的。”金玲玲露出了令人生怜的表情来。

“呵呵,你不用解释,也无须解释！好了,你可以走了,记住我的话,警察来的话,都按照景伦教给你的说就行了,其余的一句都不要多说。”

金玲玲点了点头：“我知道了！”

景天站了起来，语气里显然有逐客的味道：“姑娘，不管你怎么想，我都要说两句，景伦不适合你！这次事件后，请你离开他，好吗？我可以给你一大笔钱。”

“景总,您是有钱人,但我希望您别把我们这些平民百姓看扁了！”金玲玲脸上很平静，也不再做辩驳，头也没回径直走向门口，拉开了办公室的大门走了出去。

等金玲玲刚走出大门，景天坐回办公桌旁，沉默了良久，然后掏出了手机，拨通了电话：“喂，莫律师吗？”

电话那头传来了一个稳重的声音：“景先生！”

“黄本初那条老狗最近怎么样了？”

“还在继续招呼黑白两道找杀他儿子的人，据说这御状已经告到了公安厅，公安部已经派了调查组来我市调查，人昨天就到了。”

“嗯,你先密切关注他的动静,还有他那个马球俱乐部的收购计划。”

“景先生，他的那块地皮每天都在升值，那条疯狗现在已经疯了，根本无心打理生意，现在正是好机会啊。”

“我明白，但是有些事不能操之过急。”

电话那头静默了五六秒钟：“好的，景总，我知道了！”

“还有，你帮我查一个人的资料。”

“您说！”

“一个叫邱蓉的女孩,就是最近比较火的杀人网站里被杀的女孩,给我查查这个女孩的底细。”

2. 毒瘤

时间：2016 年 9 月 9 日 9：40AM

地点：T 市刑警队解剖室

胡玉言进了解剖室就凑到解剖台前，林玲则千年不变地站在离解剖台最远的位置上，但足以看清楚眼前发生的一切。

林玲能够进入警方的调查中心，除了自己多年来对 T 市警方不懈的正面报道，树立了警方良好的形象外，还得益于胡玉言和张涛的信任，当然也少不了她父亲的一些背景帮助，所以她才能在跟警局签了一个保密协议后，顺畅无阻地走进外人看来警局里最神秘的地方，这已经是一个记者的最高待遇，但是这份待遇也同样带来了不适和刺激，且不说味道，光感官刺激就足以让她噩梦不断，很长时间才适应过来，直到现在她还是下意识地和那座神秘的解剖台保持着一定的距离。

刘静生抬头瞄了一眼，用眼神跟胡玉言打了个招呼。

何玉华此时递过来一副手套，胡玉言戴上手套，仔细观察着眼前这个毫无生气的女孩——邱蓉，虽然一直冻在冰库中，但是她的尸体还是发生了一些变化，比如乳房的肌肉已经开始塌陷，有种软绵绵的感觉，一点也不像正值青春年华的少女，她的头部被重新修整过，但是碎裂的头骨还是让人有种不寒而栗的感觉。

张敏此时正用拇指和食指按住死者的双唇，上下一扒拉，露出了唇下紧咬的牙关，她想看的是舌苔的颜色，虽然在人死亡几天后这已经没有了什么意义，但她还是从舌苔中取出了一部分组织，交给了法医助手。

邱蓉的肚子已经被剖开，解剖台的托盘上放着一块黏糊糊的肉状组织，其边缘散碎淋漓。

胡玉言有些诧异，但是却无从开口，自己一直在质疑买凶者意图杀害邱蓉的动机，却从来没有质疑过邱蓉的死因，就连旁边的资深法医何玉华也觉得大开眼界，此时的张敏已经不再是八年前那个初出茅庐的小法医，而是一个颇有大家风范的技侦骨干了。

林玲大着胆子，凑近看了看，指着那个托盘，小声问道："这是什么？"

何玉华面若冰霜，语气沉重地说道："是死者的肝脏！"

林玲吐了吐舌头，觉得有些残忍："肝脏？人都死了，取它干吗？"

"不仅是肝脏，刚才我还取了一部分肺叶组织。"张敏接过了话茬，手里却没有丝毫停顿。

胡玉言一怔，知道发生了自己尚未预料到的情况，愕然问道："怎么个情况？"

张敏先把沾满了血污的手套摘下来，然后摘下了口罩："虽然还没有出最后的化验结果，但是可以肯定的是邱蓉罹患了癌症，而且已经是晚期了，现在癌细胞已经扩散到了全身。"

"癌症？这怎么可能呢？"胡玉言睁大了眼睛，脑袋一阵阵发蒙。

张敏一边摇头，一边叹气："不管胡大大怎么惊讶，这就是事实！"

既然法医已经给出了结论，胡玉言也就无可辩驳了，他只能有些怀疑地说道："虽然生死金上公布了邱蓉当晚死亡时的照片以证明她是被人推下楼的，但是我因为现场的一些小的细节，曾怀疑这姑娘是自杀的，所以对她的恋情、身体状况都做过仔细的排查，但是没发现她近期有什么身体疾病的记录，也没有发现她服用过任何药物，这些我在上报的材料中都写了。”

“之前我确实也做过药物检测，没有发现任何的药理反应。”何玉华摇摇头道，也觉得有些不可思议。

胡玉言有些尴尬地问道：“远在千里之外，你们是怎么知道死者患了癌症的？”

张敏淡淡一笑：“胡大大，现在可是大数据时代了。”

刘静生拍了拍胡玉言的肩膀：“胡队还没有看过其他七个被害人的死亡报告吧？”

胡玉言摇了摇头：“昨天喝多了，所以还没来得及看。”胡玉言这话里一半真一半假，没看是真的，但绝非是因为喝多了，而是武断地认为这些报告里不会有什么对自己有用的信息。

“在七个被害人中，有两个人是肝癌晚期！还有一个是肺癌晚期！”刘静生一边扳着手指，一边说道。

“什么？八个被害人，有四个是癌症？看来这根本不是什么巧合。太惭愧了，我还号称什么神探，还总想着要以自己为中心调查，没想到你们发现了我根本没有在意的细节。”胡玉言露出了惭愧不已的表情。

张敏在一旁安慰道：“胡大大，你也不要太自责，破案有时也是在碰运气。”

刘静生点了点头：“而且剩下的四个嫌疑人，除了黄浩，有两个根本没有找到尸体，还有一个进一步的尸检还没有展开，不能下定论。”

林玲突然说道：“我想起来了，邱蓉的父母好像也是癌症，现在正在医院里呢。”

“这座冰山终于露出来一角了，选T市果然没错，不虚此行啊。”刘静生显得异常兴奋。

“我马上让小邢去调查一下邱蓉在大学近三年的体检报告，可能会有发现。”

站在一旁的何玉华轻声说道：“为了节省时间，我已经通过关系，全都调出来了，包括邱蓉近三年的体检报告和服药记录。”

胡玉言无奈地摇了摇头，苦笑了一声：“看来只有我拖了大家的后腿啊。”

张敏突然双手合十，朝着邱蓉鞠了一个躬：“对不起，这位妹子，为了帮你伸张正义，我只能这么做，借用你的器官，我会尽快归还的，你别再等了，请早日安息，魂归天国吧。”然后张敏转过头，冲着何玉华说道：“烦请何大姑安排给这位妹子做个缝合吧……”

何玉华用敬畏的眼神看着张敏，这个当初算是自己半个徒弟的小姑娘的变化实在是太大了，现在跟她相比，自己无论是技术还是沉稳劲儿上都差了一大截，弄得她半天才回过神来，支支吾吾地答应了一句：“小赵……尽快组织缝合！”

旁边的法医助手点了点头，走到解剖台前。

何玉华叫过另外一名助手：“把这些样本拿走，尽快做一个详细的病理化验。”

“这方面你们是专家，我等你们的报告。”胡玉言说完便快步离开了解剖室，刘静生、林玲、张敏和何玉华也跟着走了出来。

阳光透过走廊的玻璃直射下来，众人有了一种热气腾腾的感觉，总算心情舒畅了一些。

何玉华此时把手机里的数据给胡玉言看了看：“为了节省时间，我让他们先用微信把邱蓉的体检报告传过来了。邱蓉在去年的学校体检中，癌症标志物指标甲胎蛋白就已经超标了，肝部的B超上也有阴影，体检报告上要求她去做复查，但是没有复查的记录，学校也没有继续跟进，今年大学的体检她没有参加，可能是故意没做的。”

“用不用解剖一下黄浩的尸体？”林玲在一旁说道。

何玉华摇了摇头：“黄浩今年刚刚做过体检，癌症指标检查和各种B超检查都没有什么问题。”

“我觉得可以把这个情况上报给公安厅了，胡队你没有意见吧？”刘静生笑道。

“没有！没有！但是，希望刘处长向上面再次强调下我们的侦破方向。”

刘静生点了点头：“那是当然！这样多好，更坚定了我的判断——一切的起点源于T市。”

胡玉言叹了口气：“我马上叫邢振誉回来，让他到邱蓉的家乡走一走，看看能不能摸排出什么情况。”

刘静生一摆手：“不宜打草惊蛇，这一趟我和张敏去，你让小邢继续去追查悍匪的下落，千万别分心，让王勇给我当向导就行了，我们三个人化装成驴友，暗访一趟。”

“也好！你们这个组合我放心，不过可就委屈你这个应该坐镇中军的元帅了。”胡玉言有些不好意思地说道。

刘静生拍了拍胸脯，爽朗地说道：“什么委屈不委屈的，我说过，在T市，你是帅，我是将，有啥事，尽管吩咐。”

“那好吧！你们什么时候去？我安排车。”

刘静生看了看表：“事不宜迟，现在就走！”

“现在？”胡玉言有些迟疑。

刘静生愣了一下：“怎么？没有车？不要紧的，你让王勇同志来，我们三个坐长途车去。”

“不！车是有的，只是觉得时间上有点仓促，这么办吧，刘处和小敏先去楼下，我叫王勇马上提车过来。”

“好的！那咱们就先告别！”说着，刘静生伸出了右手。

“有什么事随时联系，注意安全。”胡玉言也伸出右手，和刘静生的手死死地握在了一起。

握完手，刘静生又笑了笑：“希望我回来的时候，胡队你能完全对我敞开心扉。”说完，他没给胡玉言解释的机会，便和张敏走下了楼梯。

张敏冲着胡玉言和林玲摇了摇手。

林玲说了句“再见”，胡玉言却没有回应，目送着两个人离开。

接着何玉华也跟胡玉言打了个招呼，忙着化验去了，走廊里只剩下林玲还站在胡玉言身边。

胡玉言掏出手机给王勇打了一个电话。

“喂！老胡！”

“王勇，你现在开车和刘处长去一趟垭口村。”

“现在？可是，你让我盯着的那个人怎么办？”

“刘处点名让你去的，我不能拒绝，你去吧，那个人由我负责。”

“是！”王勇那头挂了电话。

林玲在一旁有些奇怪地问道：“你还真有秘密啊？”

胡玉言没有说话，透过走廊里的玻璃朝楼下看去，大约五分钟后，王勇把车开来，刘静生和张敏接连上了车。

等车开出了警局大院，胡玉言才对林玲说道：“跟我来！”

顺着楼梯七转八歪下，胡玉言带着林玲来到了五楼的一间多媒体教室内，房间中有个警员正在一台电脑前目不转睛地盯着电脑屏幕。

等林玲走近一看，突然认出这个人来：“景伦？怎么是你？”

3. 嫌疑

时间：2016 年 9 月 9 日 10：30AM

地点：T 市刑警队多媒体教室

“玲姐，别这么大惊小怪的，我现在可是在协助胡队长破案。”景伦骨子里那股高傲劲儿虽然被压抑着，但时常还是会流露出那么一点，即便只是这么一点，也让人感觉到十分不舒服。

林玲用冷嘲热讽的口气说道：“你别添乱就行了。”

“怎么会呢? 我现在可是在全力以赴追踪嫌疑人, 不信您问胡队长啊。”

胡玉言冷冷地说道：“别把自己择得那么干净，你的嫌疑还没有洗脱呢！”

景伦一拍大腿，痞痞地说道：“哎哟，我的胡队啊！那刘健都畏罪潜逃了，我的嫌疑也该排除了吧？”

胡玉言“哼”了一声：“哪这么容易，在案件侦破之前，谁都不能轻易排除嫌疑。”

景伦有些不屑地说道：“也包括那个刘静生吧？”

胡玉言眉毛一挑，眼神突然严峻起来：“你怎么知道我怀疑他？”

“如果不怀疑，你早把我交给他了！”

林玲一皱眉，看了看胡玉言，又瞅了瞅景伦：“刘静生处长是上面派下来的，而且是张敏的上司，应该靠得住，他不会跟生死金有瓜葛的！”

胡玉言摇了摇头：“警方内部有生死金的卧底这件事已经是板上钉钉的事了，而刘静生又在这个时候空降到T市，还给我献了这么一番殷勤，我不能不多留个心眼啊。”

林玲有些急了：“胡玉言，你什么时候变得这么狼心狗肺啊，人家刘处长是带着诚意来的，还处处谦让于你，你怎么能这么怀疑他？”

胡玉言的火气显然也被林玲这几句话勾上来了：“妇人之见！你跟我破了这么多案件，见到哪个坏人脸上写着坏人两个字了？好人和坏人不能只看表面。”

林玲真有些动气了，几乎冲着两人喊了起来：“那你们也得有证据！”

景伦突然说道：“要我说，胡队的怀疑是有道理的，刚才刘静生出去带着王队长这件事就值得怀疑。”

胡玉言冷笑了一声：“看来T市公安局的监控系统都已经被你破解了。”

景伦嘿嘿一笑：“小意思！”

林玲恶狠狠地说道：“你们真是不可理喻。”

景伦噘着嘴：“玲姐，你好好想想，警局里这么多警察他不带，非带一个没脑子的王勇出去，分明就是因为王勇好糊弄！他这么做就是想要避开胡队长的视线嘛。”

“够了！你不要挑拨离间！”林玲大声呵斥道。

景伦摊开双手，笑道：“玲姐，我可不是挑拨离间！我有证据的！”

“你有什么证据？有本事拿出来啊！”林玲跟景伦叫起板来。

胡玉言眨了眨眼睛，似乎也在分析着景伦话的真实性：“别再吵吵了，景伦，说说你的调查吧，有结果了吗？”

“有啊！而且有重大发现，咱们一个个说啊？”

胡玉言点了点头，林玲则转过了头去，似乎并不想继续听下去，但是她仍旧不愿离开多媒体教室。

“首先，昨天那个悍匪的身份已经确定了。”景伦看似轻描淡写地说了一句，却如同卸掉了胡玉言肩膀上的千斤重担。

胡玉言面露喜色，兴奋地喊道：“这么快？有没有前科？”

“指纹比对过了，没发现有前科。”

林玲哼了一声：“找不到指纹，那算什么确定身份？”

“玲姐，别着急啊，档案库里留下指纹的可不只有监狱啊！”

“你还查哪了？”胡玉言心里隐约有些不安。

“据昨天现场勘察的技侦人员和王勇的描述来看，这名悍匪应该是行伍出身，所以我就……”

胡玉言咽了口唾沫：“你不会胆大到潜入了军方的系统了吧？”

景伦笑道：“你猜对了！”

“太疯狂了！”林玲闭上了眼睛，“完了！完了！胡玉言啊，胡玉言，你就用这些莫名其妙的人吧，现在他连军方的系统都敢侵入，他还有什么不敢干的，我看到时候你怎么收场！”

“玲姐，如果干了这些你都认为有风险的话，我下面干的事，你估计连想都不敢想了。”

林玲捂着额头：“你现在说你潜入了美国的安保系统我也信！”

“没到那种程度，我在军籍人员资料的比对中，也没有发现符合的信息，所以，干脆进入了军队的特勤人员档案库。”

这次，连胡玉言也无法忍受了，他有些失态地喊道：“特勤？你疯了？那是国家级的机密，你也太放肆了！”

“我听说特勤的资料都是受到特殊保护的，如果秘密潜入，会受到反追踪，胡玉言，你就等着国家安全局找你吧！”林玲用手点了点胡玉言，是又替他担心，又觉得应该踹他两脚解解气。

景伦却满不在乎地说道："你们放心吧！我在电脑里设置了若干个反侦察触动程序，如果有人追查，这些程序就会自动将若干个国家的 IP 地址发射出去，我估计军方每天都会接到这种来自国外的黑客入侵警告，可能早就见怪不怪了。再说了，小爷是个讲义气的人，就算真查到我这儿，我对胡队长的事，只字都不会提！"

"我谢谢你啊！"胡玉言叹了口气，"求您先说说在特勤系统里查出什么来了吧。"

林玲哭笑不得地说道："胡玉言，你还真是心大啊！"

"玲姐，别说，还真的有发现啊！"此时，景伦把电脑屏幕调转了过来，"你们看这！"

"这是？"胡玉言凑了过去。

"比对的结果啊！这东西可是费了我不少劲。"

"你不会又花了几十万吧？"林玲质问道。

景伦一皱眉："我又不是傻子，潜入这种级别的系统，知道的人越少越好，特勤人员全国也没有几个，比对并不需要花费多少时间，主要是总得躲躲藏藏地换 IP 地址，时间都耽误在这上面了。"

胡玉言有些不耐烦地说道："废话少说，直接说结果！"

"他叫高晓斌，曾经在贩毒集团当过卧底，他是去年五月份才恢复身份的。"

林玲显然气消了一半："可这跟刘静生有什么关系？"

"高晓斌在入特勤前，在西北某特务连服役，当时的特务连连长就是刘静生，玲姐，你觉得这还是巧合吗？"

林玲顿时陷入了沉默，有些不敢相信景伦所说的话。

胡玉言闭上了眼睛，努力想要回忆着什么："刘静生今天早上应该已经看过悍匪的材料了，但是他只字未提。"

林玲摇着头："当时给他看的是尸体的照片，认不出来也不能说明什么吧？"

"昨天，王队的那几枪，没有一枪击中头部，又没毁容，尸体又没腐烂，就算人长得磕碜点，正常情况下也不至于认不出来啊？"

林玲实在不觉得刘静生是个坏人，还想为他辩解几句："刘处长已经退伍这么多年了，兴许是忘了呢？"

"不可能！"胡玉言摇了摇头，"你不了解！能够进入特勤籍的人，一定是业务上出类拔萃的人物。而且一旦被选中，就必须通过制造某种假象让这个人以一种非合理的方式消失，所以刘静生不可能忘记这么个有特殊经历的下属。"

景伦突然一笑："还有一点也特别有意思，这个高晓斌是垭口村人！"

林玲惊道："垭口村？"

景伦点了点头："嗯！而且我还查到，跟高晓斌一同入伍的垭口村人还有四个，他们五个人都在刘静生的手下服役过，后来各奔东西，现在从事什么职业的都有，另外的一个悍匪可能就是这四个人里的一个。"

林玲越想越恐怖："如果杀害黄浩的凶手是另外两个人的话，那么极有可能还有三到四个悍匪潜伏在我们身边！"

胡玉言喃喃道："刘静生为什么去垭口村我不知道，但是他也一定对我隐瞒了什么。"

"好了，这还不是最震撼的，我还查到了一些更有意思的事情。"

胡玉言"哼"了一声："就别卖关子了！说！"

景伦笑着说道："生死金上已经确定死亡的八个人，除了黄浩外，或多或少都和垭口村有着一些关系。"

胡玉言斩钉截铁地说道："不可能，我看过刘静生带来的内参，没发现这一点。"

林玲奇怪道："你不是说你昨天喝多了，还没来得及看吗？"

"我那是说给刘静生听的！跟你说实话吧，如果不是刘静生在，我就没有必要藏拙，今天本该是我主持对邱蓉尸体的解剖。"

“你一直都在跟刘静生演戏？”林玲用一种敬畏的眼神看着胡玉言。

胡玉言点了点头：“没办法，现在这个时候，我已经不能相信任何警局里的人，包括王勇、小邢，还有张局。特别是王勇！”

“为什么？你连王勇都不信！”

景伦笑道：“昨天只有王勇知道刘健的位置，悍匪这么快就摸上来了，而且他还把一个军队的特勤打成了筛子，自己却毫发无伤，这本身就不合理。”

“所以，你才会同意让王勇和刘静生一起去，为的就是看他们会不会露出什么马脚，你的套路可真够深啊！可是既然你连王勇都不相信，你还能相信谁？”林玲感觉到背脊有些发凉。

“只能警局之外的人。”胡玉言看了看林玲，又看了看景伦。

“人生如戏，全靠演技，我现在才知道，胡队长的演技如此之好。”这显然不是一句充满褒义的评价，林玲像是遭到了巨大的刺激，在屋里来回踱步。

“好了，一会儿再讨论演技问题吧！”景伦一边说着一边调出来一份文书，“在公安部的内参上不可能看到能把这些人联系起来的证据，因为把他们联系起来的是一桩诉讼，就发生在六个月前的T市。”

4. 秒杀

时间：不详

地点：不详

当王勇睁开眼睛的时候，才发现自己被反捆在一把椅子上，周围漆黑一片，只能隐约看到一些杂乱的箱子散布在周围，鼻子里尽是一些灰尘的气味。

“这是哪？有人吗？”王勇使劲儿挣扎，却半天也没人理他。虽然脑袋愚笨，王勇却有着十分强烈的嗅觉，做过职业军人的他对于恶劣的环境，有着出奇冷静的判断和快速出击的果断。

他立即冷静下来，开始努力回忆自己为什么会坐在这里。

……

垭口村王勇也未曾去过，只能依靠导航前往，通往垭口村的山路坑坑洼洼的，十分难走，而从导航上看通往垭口村也只有这一条路。

好在车上有张敏这个开心果，把木讷的王勇和不苟言笑的刘静生串联在了一起，两个人一路上谈了许多当兵时的经历，然后又开始讨论枪械知识，接着又聊到了执行任务时遇到的各种奇闻逸事，王勇暗暗佩服刘静生各种技能说得头头是道，当年绝对算得上跟自己旗鼓相当的兵王。

两个人越谈越投机，车子也渐渐驶向了宽途，据导航显示离埡口村也不算远了，又行驶了十分钟，只见一辆绿色的解放牌卡车停在了路边，旁边站着两个人，正在朝他们呼救。

这条路是通往埡口村的唯一路径，车辆又十分稀少，看两个人着急的模样，怕是已经半天没有遇到个路过的了。

“怎么了？”刘静生问道。

王勇嘿嘿一笑：“可能是车坏了！甭管他了！”

“哎！这前不着村后不着店的，咱俩可都是子弟兵出身，怎么说也不能见死不救啊。”

王勇在旁边大笑道：“刘处长，我这就是考验一下你的觉悟！”

张敏扑哧笑出声来：“王队，我们刘处长那可是久经考验的共产党员。”

王勇笑着停下了车，他临下车前告诉张敏：“小敏你就别下来了，车没熄火，机灵点。”

张敏含糊着答应了一声，并不知道王勇到底什么意思。

说完，王勇和刘静生下了车。

“怎么了，老乡？”王勇上前打了个招呼。

像盼到了救星的两个村民打扮的人憨厚地笑了笑：“警察同志，车坏了！您能帮我们修修吗？”

王勇早年听说过T市区周围有以修车为名义拦截路上车辆，继而绑架勒索的车匪路霸，但是今天自己穿着警服，心想就算再恶劣的人，也不会抢到警察头上来吧？不过他还是多了个心眼，没让张敏下车。

刘静生一个箭步，跳上了卡车的前保险杠，朝着掀开的车盖里边看了看，此时车的机箱里正往外冒着白烟，他一个腾跃又跳了下来，说了句：“不妙啊，开锅了！平时你们不看水温表啊？”

一个村民有些不好意思地说道：“不瞒您说，冬天时总查查，这一到夏天就忽略了。”

刘静生拍了拍手："你们是垭口村人？"

村民说道："是啊！这不跑完了一趟活儿回家，没想到撂在这儿了，前不着村，后不着店的。"

刘静生笑着埋怨道："当卡车司机竟然不懂修车，你们刚才就不应该这么快就熄火，应该让车再低速运行一会儿。等会儿吧，等发动机再降降温，我上去看看到底是缺水了，还是散热器或者风扇坏了，然后再做处理。"

另外一个村民很识趣，递给刘静生和王勇各一根烟："警察同志，谢谢您啊。"

王勇赶紧摇摇手："哎，不用，不用，别客气。"

"警察同志，是我们不好意思才是。"

王勇有些不好意思地接过香烟，点燃了，抽了一口。

那人又冲着刘静生客气道："您也受累了！来，抽根烟吧。"

"对不起，我不会抽烟。"说完，刘静生笑着摇手，"放心吧，估计毛病不算大，我原来当过兵，修卡车最在行了，只要不是节温器坏了，其他的只要补一些水就好了。"

王勇一边抽烟一边对村民说："你们啊，算是遇到好人……"烟刚抽到一半，王勇突然觉得自己的嘴里发麻，已经说不出话来了，随后觉得天旋地转起来，当他回望刘静生时，他正在用惊奇的眼光看着自己。接着他眼前一黑就不知道后来发生的事了，这就是他出现在这间小黑屋之前的全部经历。

王勇晃了晃脑袋，知道自己被绑架了，但是却不知道是什么人绑架了他，为什么要绑架他，也不知道刘静生和张敏怎么样。他使尽全力想要挣脱绳索的束缚，可是这绳结打得十分专业，像是军队里那种登山结，根本不可能挣脱。

王勇很快放弃了挣脱绳结的想法，屏住呼吸，用耳朵聆听着屋子里的声音，这是一个侦察兵的基本素质，在黑暗的环境中，只用耳朵就可以辨别出这屋子里是否还有其他人。

正当王勇屏气凝神之时，突然灯光齐刷刷地亮起，王勇瞬间暴露在了聚光灯下。

灯的光线太过刺眼，他闭上了眼睛，半天才适应过来，当他完全睁开眼睛可以看清楚一切时，才发现打在自己身上的除了十几盏高倍射灯外，还有十几块电视屏幕闪着雪花，这些屏幕挂在半空中，形成了一个椭圆形的光环。

此时王勇也看清楚了，这间屋子像是一个废弃的剧院，他正坐在舞台的中心，而周围七零八落地堆着各种老式的道具箱。

突然，屏幕上出现了生死金三个大字，然后屏幕上流下来血淋淋的图像，镜头上快速转换着已经死亡的九个人不同的死亡方式。

“生死金？”王勇惊呼道，他不止一次在手机上看过这些图像，即便头脑再怎么蠢钝，他也知道自己是被谁绑架了。

王勇突然狂飙似的喊道：“有本事出来，别像个娘们儿一样躲在后边，有本事跟老子出来见个面啊。”

突然，电视屏幕里出现了一个戴着面具的人，那面具的五官扭曲，七窍都流着血，尤为可怖。

“王队长，你好！”面具人用酷似金属般的嗓音说道，声音显然是经过处理的。

“好你大爷，你到底是谁？有本事给老子出来。”

“我是谁不重要，重要的是你应该知道你的处境。”

“你要是个爷们，就站出来，老子知道你们杀人不眨眼。有本事你就站出来给老子来个痛快的。”

“我们杀人是求财！”

“老子没钱给你们，就算有，也不会给你们。”

“这么跟你说吧！那个被你击毙的人是我的兵，如果我现在要为自己的兵报仇，你觉得你能接受吗？”

“他们是杀人犯，老子那是为民除害，你要是想报仇就放马过来，别给老子唧唧歪歪地来这套花花绕。”

“呵呵！刚才只是跟你开个玩笑！放心，我根本没有想把你怎么样！你杀了我的下属，而且警方现在也已经知道了他的身份，也就是说我的身份也即将曝光，所以，我没有必要杀了你，我只是想要请你看一出戏，你只需要静静地看着而已。”

突然屏幕上出现了一个血腥的画面，上面写着六个大字：秒杀活动开始。

“这是什么？”王勇有些郁闷。

“我觉得一百万这个价格实在太不亲民了，为了能让更多的人享受生死金的福利，从今天开始我要搞一次大促销活动，十万元杀一个人，全国两千个名额，先到先得。”

王勇额头上的汗渐渐掉落下来：“杀人在你这里就是一场游戏吗？”

“不是游戏，而是生意！也许杀人在穷人那里是个遥不可及，只能在心里想想的愿望，但是在富人的眼里只不过是一场普通的交易，草菅人命就是这个意思。”

王勇气急败坏地大吼道：“生命没有你说的那么廉价！”

“这点我部分同意，有的生命很廉价，有的生命却很值钱！生死金说到底就是一套衡量人类生命价值的系统，有的人的命值十万、二十万，有的人值一百万，还有人的命值一个亿甚至十个亿。”

“你错了！生命都是无价的，没有什么高低贵贱之分。”

“王勇，没想到这么鲁直的你，也会说出这么有深度的话，我好感动啊。”

“你认识我对吗？”王勇突然一阵冷笑。

那头突然沉默了片刻。

“很多人说我王勇笨！傻！呆！但我知道，‘鲁直’这个词，一直都是张局长评价我的话，张局总拿这句话表扬我，但是只在警队的高层会议上才这么说，你上来就用‘鲁直’这个词，说明你是警局里的人，而且还是个挂着衔的长官。”

“就算是又怎么样？你根本不知道我是谁。”

“刘处长和小敏呢？他们在哪？”

“他们没事。”

“你为什么抓我们？”

“因为垭口村的秘密，你们知道得有点早，这影响到了我们的计划。”

“计划？”

“生死金我策划了很久，但是没有想到这么完美的计划，却遇到了各种各样的突然情况，案件的侦破进度远远超过了我的想象，神探胡玉言果然是名不虚传！”

“别废话了！你到底想把我们怎么样？”

“王兄，这些事恐怕跟你说你也未必明白，你只要知道，我们对于未上榜的人并无恶意就可以了。”

“哪怕我杀了你的人？”

“我说过人的命是可以用金钱衡量的，那位兄弟的家人会得到应有的补偿，但他的命并不需要你的命去抵偿。”

“你们既然是杀人的网站，为什么不杀了我，这样我就不可能再破坏你们的计划了！”

“这很简单，因为我们做的是生意，做生意是有规则的，你只是在为你的工作尽职而已，我们跟你并无私仇，如果你的名字没有写在生死金上的话，我们就没有理由对你动手。”

王勇已经被逼得歇斯底里了：“你们到底要干什么？”

“呵呵，现在的你恐怕无法理解，你也完全没有必要去理解，因为我们是在完成一件无比高尚的事情。”

“我告诉你，不管你把自己标榜得多么高尚，你们都是一群杀人犯、一群恐怖分子、一群疯子，这一点是无法改变的，你们始终会被标记在耻辱柱上。”

“随便吧！管他呢！有些事，想通过法律手段，想要通过政府，根本无法得到满足，唯有自己才是救世主，唯有暴力才能赢得自己的诉求，只有金钱才能换来更美好的人生。这个世界早就扭曲了，你只不过是个愚蠢的卫道士而已。”

“你！”

“看看这个世界吧！看看有多少人想要借助这次秒杀活动杀人的。”

电视屏幕突然变成了一片雪花，十万元，生死金，秒杀活动开始了，屏幕上出现了一串又一串的人名。

◆第七章　迷魂阵

1. 断网

时间：时间：2016 年 9 月 9 日 15：30

地点：T 市某网吧

胖子网客眼睛一边盯着电脑屏幕，一边吸溜着方便面，突然他呛了一口，然后猛烈咳嗽起来。

瘦子网客白了他一眼："要死啊，差点喷我一身。"

"咳！咳！咳！你快看啊，出大事了！"胖子网客指着屏幕骂道。

瘦子网客也开始两眼发直："这杀人也搞促销。"

胖子网客："费用降到十万了，还仅此一天，就两千个名额啊，过了这村没这店啊。"

瘦子网客看着电脑上名单一轮轮地滚动着："红尘滚滚啊！这么多人跟着掺和。"

胖子网客怒道："靠！要不是老子没钱，我都想试试。"

瘦子一阵冷笑："你想让谁死啊？"

胖子咬牙切齿道："我那个酒鬼老爹啊，从小到大也不管我们娘俩！还动不动就打我妈！哎，对了，你有没有想杀的人？"

瘦子恨恨地说了句:“要是我,就把我幼儿园的那个混蛋老师杀了!”

胖子瞪大了眼睛：“我靠！幼儿园老师的仇，你还记着啊？”

瘦子说道：“我从小家里穷！那个老师就总把我关在小黑屋里，后来一个小朋友的妈妈悄悄告诉我妈，所有的小朋友都给她送卡，只有我们家没钱给，后来我妈去找她理论，她死活不承认，我妈一气之下就动手打了她，结果，我妈就被拘留了。这仇我一直记得……”

胖子怒道：“那你长大了，为什么不去找她报复？要是我，就给她来个先奸后杀！”

瘦子说道：“切！你怎么知道我没去过，但是人家嫁了一个警察，我去找她，不是找死吗！”

胖子咬着牙：“要不这么多人想要买凶杀人呢，原来世界上有这么多事是法律解决不了的，只能依靠暴力。”

瘦子突然狠狠地拍了拍键盘：“怎么回事？怎么断网了？”

此时,网吧里开始喧嚣起来,有个黑色眼睛的学生站了起来:“哎,老板怎么回事儿？副本刚打了一半！”

老板颇有点混混模样：“嚷什么嚷，老子也不知道怎么回事儿！”

瘦子拿起手机看了看：“怎么连手机的移动数据也没有了？”

胖子也拿起手机来:“我靠！还真是的！”

此时，全网吧的玩家都开始嚷嚷起来，要求老板退钱。老板也有些郁闷，拿起电话来，给宽带维修中心打起了电话，但是此时电话一直显示占线状态。

2. 停职

时间：2016 年 9 月 9 日 16：30

地点：T 市公安局多媒体教室

景伦把电脑往前一推，看着网页上显示“网络走丢了，请查找原因后重新登录”的字样，笑道：“真是下下策啊！”

胡玉言对自己的判断也产生了些许怀疑：“你认为这是官方行为？”

景伦哼了一声：“哪家通信公司敢断你公安局的网，而且连手机的数据都没有了，除了官家，谁还有这能力？”

“最后的上榜人数统计过了吗？”

景伦点了点头：“截至断网前，一共有一百七十四人上榜，两千个名额，连十分之一都没到，可惜喽。”

胡玉言挠头道：“你觉得上面为什么非要断网不可啊？”

“意图很明显，必须用某种手段强制干预恐怖的蔓延，上面又没有更好的办法切断网络终端，所以只能采取这种物理断网的方式，现在还不能确定断网的范围有多大，有可能只是几个城市，或是几个省，又或是全国！当然说断网是臭棋还有一层原因就是它其实并没有减小被害人的范围，却给侦破平添了障碍，完全是帮了倒忙。”

“哦？”胡玉言觉得景伦的想法跟自己不谋而合，甚至有些连他都没有想到，无论景伦是正是邪，他越来越喜欢跟这个年轻人讨论问题了。

“如果让生死金真的集合到了两千个准被害人的信息，那么这将无疑是一场难度和规模都难以想象的恐怖活动，我就不信，两千人生活在 960 万平方公里的土地上，生死金真的能在一天内把这些人全都干掉。可是，现在范围只缩小到了不到二百人，这种可能性大大提高了。”

“其实一百七十四人也不少了。”胡玉言一皱眉，“现在你仍然认为这还是个骗局吗？”

“是啊，也不少了！”景伦冷笑了一声，“明天这一百七十四人的性命将会成为生死金最后的试金石。如果这些人安然无恙，或是只有极少数人死亡，那么谎言自然会被拆穿，而如果真的出现一百七十四人被杀的恐怖事件，那么这无疑将会是世界历史上最恐怖且最伟大的一次犯罪，同时也标志着未来的世界将会彻底倒向财富，而穷人将会成为任人宰割的奴隶。”

胡玉言突然话锋一转，用试探的语气问道：“有钱人，你没有趁着这个机会也杀几个吧？”

景伦用开玩笑的语气说道：“我从来不跟穷人们凑热闹，也从来不买促销品。”

“哼！我也不会让这种情况发生的，你最好别有这种歪念头。”

景伦一阵冷笑：“有您胡队长这无微不至的照顾，我哪敢啊？”

胡玉言的心头感觉到了一丝沉重，生死金每一次发布杀人讯息后，自己离真相就又前进了一步，但是每次却要付出很多生命的代价，这让他的内心无比矛盾：“当务之急，是要看看这一百七十四人里边到底有多少人跟你说的那场官司有关。”

“可惜啊，网络断了，我就算有天大的本事也帮不了你了。”

“我已经整理了之前那八个被害人的资料，王石秒、杨程、李浩都曾经在埡口村的一家化工厂里当过工人，而买过生存权的林英明是那家化工厂的实际负责人，至今没有发现尸体的王静曾经是埡口村的村民，但是早年就离开村子去外省打工了，一直没有再回过村子，还有一个叫王链的也没有发现尸体，他是国家水质研究所的研究员。他们都是六个月前，埡口村村民发起的一场人身侵害赔偿案件的诉讼参与者，他们的诉讼理由是林英明所经营的化工厂造成了河流和地下水的严重污染，致使周边村民罹患疾病。而本案的第一名死者邱蓉和他的父母都是癌症，很可能也是受到当年水污染的影响所致，而这场官司最后是以村民败诉告终。所以，我怀疑有人试图通过生死金为埡口村的乡亲们复仇！”

景伦有些不屑地说道：“您的怀疑太过保守了。”

胡玉言突然觉得很受打击，反问道：“那你认为是怎么回事儿？”

景伦笑了笑说道：“我怀疑整个生死金都跟埡口村有关，不要忘了那位邱蓉的前男友就是一个超级网络工程师，而且他现在失踪了。怎么样？胡警官，一切豁然开朗了吧？我觉得你现在完全没有必要怀疑我了。”

胡玉言冷笑一声：“即便刘健就是生死金的主谋，也无法洗清你买凶的嫌疑。而且我特别想知道，你是怎么会把这些人和这起官司联系在一起的？好像用任何网络也查不到他们的联系吧？”

“如果我告诉你，这家化工厂是全景集团的影子产业，你是不是就明白了？”

“这家化工厂是你父亲的产业？”

景伦点了点头：“我也是后来才知道的，是我爸爸找的律师帮助林英明脱罪的。”

“这我就明白了，你是怀疑生死金从一开始就是针对全景集团，是冲着你父亲来的？”

“准确说，应该是冲着我来的！”

“你？”

“你们想啊，如果再把黄浩牵扯进来的话，那么跟这起案件的所有被害人都有关系的是谁？虽然现在还无法推测生死金最终的意图，但是可以想象跟我一定有关。”

胡玉言顿时陷入了沉默，似乎景伦的分析让他的假设更加明朗了。

此时，林玲没敲门，便闯入了多媒体教室。

胡玉言没好气地说道：“还有没有点规矩，敲个门不行啊？”

林玲狠狠地甩了一句：“疯狗吧你？没事我能这么急吗？”

胡玉言见林玲发火，语气也顿时缓了下来：“是因为断网的事吗？我已经知道了！”

景伦微微一笑，坐回了椅子上：“胡队，您这家教够严的啊。”

胡玉言回怼了一句：“少废话！”

景伦冷笑了一声：“胡队，既然网都断了，我在这儿也没什么意义了。干脆啊，我还是……”

“你给我老实在这儿待着，在嫌疑没有洗清之前，你休想离开警局，还有我这是为了你好！”胡玉言一拽林玲的胳膊，想要把她带出房间：“咱们外边说。”

林玲显然火气也不小，直接把胡玉言的手甩了下来：“既然你都知道了，看来我还真是多余的。”说完，林玲气呼呼地拉开门，“嘭”的一声，门关得死死的。

景伦吊儿郎当地把身子仰了起来，口中喃喃道：“天下唯有女子与小人难养也！”

“弄好你自己的事吧。”胡玉言说完，便走出了多媒体教室，等他再出来的时候，发现林玲就站在不远的地方等他。

林玲向他使了个眼色：“有什么事，下楼再说！”

“你刚才装的啊？”胡玉言看着满面含笑的林玲，赶紧走了几步。

“难道你不是吗？”林玲带着讽刺的语气反问道。

胡玉言刚才的焦躁消除了一半，两个人走到了IT室，见到IT三人小组正在疯狂敲打着键盘，而局长张涛则站在屏幕前凝眉而视。

胡玉言惊奇道：“现在全市都断网了，怎么，这里没断吗？”

张涛小声说道：“不是全市，而是全国！”

胡玉言睁大了眼睛，果然印证了景伦刚才的判断：“他们疯了？这是饮鸩止渴！”

张涛叹了一声：“全国断网是公安部的决定！他们也是没有办法的办法！为了方便破案，上面给每个参与案件的分局都保留了一条专用的网线。”

“可是断网有什么意义？只能引起百姓的恐慌！”

张涛沧桑的皱纹里又多了几道沟壑：“不要再质疑上面的命令了，要知道一级预案是公安部应对特大骚乱和恐怖袭击时才会启动的，现在这种情况……程序上是没有问题的。”

“可是……”胡玉言欲言又止，虽然启动一级防备无助于破案，但如果不及时启动，一旦产生严重后果，恐怕会有人被追责，会有人被免职，从这个层面上来讲，他也只能叹着气，转换工作思路，“上面给我们的任务是什么？”

张涛平静地说道：“还没有接到。”

“还没有接到？”

“因为刘静生处长失联了！上面的命令都是和他单线对接的。”

“刘处长失联了？”胡玉言掏出手机，马上寻找着通讯录。

林玲说道：“不用打了，不光是刘处长，王勇、张敏的手机也都关机了。”

胡玉言顿时感觉到有些茫然：“他们出事了！得赶紧派人去找啊。”

张涛背过了身去：“小邢已经带队出发了，对不起，小胡，我没有通知你。”

“为什么不通知我？”胡玉言也觉得有些奇怪，张涛从来没有越过他，指挥过自己的队员。

张涛的嘴唇抿了半天，才说道：“因为你已经被停职了！”

“停职？为什么？”胡玉言显得很惊讶，但屋子里鸦雀无声，好像除了他，所有人都已经知道了。

“公安部直接下的命令！理由是刘处长的行踪只有你知道，所以在找到刘处长之前，你有很大嫌疑！小胡，理解一下，现在可是风声鹤唳啊。”

胡玉言气得直拍桌子：“胡说八道！我还能害了刘处长和王勇不成？”

张涛一脸严肃：“停职是命令！警察必须服从命令，请你交出你的警官证和配枪。”

胡玉言把手铐、手枪和警官证都拍在了桌子上，这一拍连IT三人组都停下了手头的工作。

张涛怒道：“看什么看！”

三个小青年没敢吱声，继续忙着自己的工作。

林玲拉了拉胡玉言的衣服角，胡玉言却丝毫没有理会。

“刘处长的失踪这么快就怪罪到我头上来了，这说明咱们局里有卧底，公安部里也有，好啊，既然把我踢出局，我就弃权了。让那帮官老爷亲自去搞定生死金吧。”说完，胡玉言转身便要离开。

一向老成持重的张涛突然大发雷霆起来：“给我站住！你这是什么态度？撂挑子？”

“我刚刚已经被您宣布停职了！这挑子不是我撂的！”

“停职，不是让你辞职！你现在仍旧是个人民警察，现在还有一百多名准被害人等着你去解救呢，你现在走算怎么回事儿？”

“这就是生死金为了掩盖真实目的的一个幌子，如果我们把时间都浪费在寻找这些准被害人上，那岂不是什么事都耽误了？”

张涛这次像是真动怒了：“屁话！公民的生命安全，永远没有模棱两可。怎么可能为了让你赌一把，而放弃他们的生命呢？”

胡玉言见到张涛坚韧的眼神，突然冷静了下来：“你要我怎么做？”

见胡玉言没有刚才那么激动了，张涛的语气也缓和了一些：“我知道你对我隐瞒了很多事情，既然你已经被停职了，你也没有必要向我汇报了！按照你自己的方案来吧！”

“按我的方案来？”

“你不是已经查到了之前的八个被害人里，有好几个都跟垭口村有关吗？就朝着这个方向查下去。还有，我正让这几个小家伙筛查和T市有关的上榜人，别的人我可以不管，咱们市的公民你必须都给我保护好，少一个就不是停职了，你给我立即脱马褂滚蛋！”

“枪都缴了！你让我拿什么保护市民？”

张涛突然被气乐了：“也是哈，既然你已经被停职了，警局里的人你是一个都不许给我动，但是你可以发动良好市民，比如这屋里的三个小不点，他们都自愿给你当勤务兵，还有林记者……你也可以问问她愿不愿意帮你。”

林玲俏皮地眨了眨眼睛：“看你表现喽。”

胡玉言运着气，没说话。

张涛用力拍了拍胡玉言的肩膀：“虽然你被停职了，但我还在这个位置上，你所有的命令可以通过我去传达，只要是我可以调配的力量，我百分之百挺你。”

“胡队！有我们在，你就放心吧！”胖乎乎的鲁镜带头说道。

陆晓媛嘴里仍旧叼着一支棒棒糖，糜昊一脸轻松地看着屏幕，两个人都用坚定的眼神，表示了肯定。

张涛说完突然冲着鲁镜等人喊道：“没时间表决心了！筛选完了吗？有没有咱们T市的人上榜？”

“有三个！”陆晓媛说道。

糜昊道：“朱子文，市一中院院长！”

鲁镜道：“莫豪！金鼎律师事务所主任律师。”

陆晓媛将棒棒糖从嘴里拔出：“哇塞！好帅啊！这个一定要我说，高润！全景集团总经理。”

“这就都对得上了，说明我之前的思路没有错！T市是生死金的原点。”胡玉言突然像发疯了一样，跑到一张白板前，拔开油性笔的笔帽便在白板上梳理起了人物关系。

张涛和林玲同时惊呼道：“什么对上了？”

胡玉言把朱子文、莫豪和高润三个人的名字写在了画板上：“这三个人也跟垭口村有关系，你们还记得六个月前的一场官司吗？跟污染有关的。”

林玲有些犹豫地说道：“是那起轰动全市的人身伤害赔偿案？我印象中好像是几百个村民联合状告一家化工企业！”

“对，被起诉的那家化工厂就是全景集团旗下的企业，高润是全景集团总经理，而这个律师莫豪，如果我没猜错的话就是当时的辩护律师。”说完，胡玉言在两个人之间做了一个连线。

张涛拍了拍脑门：“我想起来了，那场诉讼还挺有名的，案子好像是朱院长亲自审理的。我还记得当时很多村民到法院上访，朱院长给我打电话，让我派治安队去法院维持秩序！”

胡玉言在朱子文的名字上写上了“法官”两个字：“之前的八个被害人，也已经证实，多多少少都跟这起诉讼案有关。”

“鲁镜！给我查这场官司的所有当事人的姓名，只要是有关的都给调出来。”张涛的嗓门儿瞬时高了八度，快六十岁的他突然觉得全身都充满了干劲儿。

3. 往事

时间：六个月前

地点：T市第一中级人民法院

王勇开着车，在副驾驶坐着的胡玉言抽着烟显得无精打采。

王勇骂道："队长，你说这叫什么事啊，城管挨打了找咱，法院让人围了也找咱，咱是巡城御史啊，还是八府巡按啊？"

胡玉言"呸"了一声："别给自己脸上贴金了，你说的那些都是大官，咱现在顶多算是捕快。"

王勇叹了口气："咱是堂堂刑警队啊，闹访这都是治安科该管的事。"

胡玉言故意用说教的语气说道："发扬点党员先进性，行不行？发现了恶性案件的苗头全都绕着走，等真出大事了，最后绕了一圈还是得找咱。"

王勇一边晃动着方向盘，一边埋怨："干这种事没功劳也就罢了，我还怕惹咱一身骚！"

"咱俩是便衣前往，又没说参与维持秩序，到时看看情况再说。"

王勇冷笑一声："哼，就你那性格，我就不信你能在后边猫着。"

说话间，车已经驶进了法院大院，此时法院已经被手持标语的人群堵了个水泄不通。

胡玉言和王勇下了车，一眼看到林玲早已在现场用手机录像。

“哎，林记者！”王勇大声喊道。

林玲回过头使劲儿瞪了王勇一眼，王勇这才傻乎乎地看了看四周。好在周围的群众都在注视着法院的大门，没有在意他们。

此时十几名治安警察和防暴队员已经站在法院门口严阵以待，上访人员和警察之间总算保持着一种微妙的平衡。

三个人有说有笑，并排走出了法院的大门，示威人群再次聒噪起来，平衡瞬间便被打破了。

“那个就是姓林的！”突然有人大声喊道。

众人突然拿出手中早已准备好的各种“暗器”，朝着三人砸来，一时间菜叶、鸡蛋和各种杂物漫天横飞。

三人见状直接躲在了警察的后边，众多防暴队员开始向人群靠拢，控制人群的过激行为，形势再一次得到控制，但是警察身后的三人被人群牢牢钉在了原地。

胡玉言一皱眉，朝着激动的人群后方看去，原来在看似汹涌的人群后方，站着一群不三不四的人，他们抽着烟，斜瞪着眼，像是盯着绵羊的狼群，随时都会扑向猎物一样。

为首的示威者突然大声喊道：“严惩制造污染者，还我们健康！”瞬时间人群再次群情激奋起来。

而另外一边，从法院里走出来的三个人，被几个法警护送着，来到一辆黑色的奔驰车前，三人被警察硬塞进了车里，车子发动了引擎，想要冲出大院。

见三人要逃，在场的人员更加激动，把车头团团围住。

“这是什么案子？”胡玉言冲着林玲问道。

“一起人身侵害赔偿，村民们告一家化工厂。”

“那三个是什么人？”

林玲皱着眉毛："有一个是律师，有一个是化工厂的厂长，高个子那个不认识。"

示威者继续举着标语喊着口号，声音嘈杂不堪，黑色奔驰像是陷入泥沼，寸步难行。

突然，那几个吊儿郎当的二流子将手中的香烟重重地摔在地上，然后朝着人群中扒去，一手一个开始往后拉人。

其中为首的是一个满脸横肉的胖子，他骂骂咧咧往人群里钻："老子要进去告状，你们堵着干什么？"

"你干什么？别拉我！"一个村民模样的人转过身来，回了一句。

没想到那胖子上去就是一个嘴巴："怎么跟老子说话呢？！"

那村民顿时急了，举起双拳便要还击，但显然这是一个故意埋下的导火索，几个社会流氓，立即朝着这些村民大打出手，几个回合，村民就被放倒了好几个，之前跟胖子较劲的那个村民更是被打得面目全非，嘴里淌着血。村民们顿时消停了下来，都惊恐地望着对面的几个流氓。

胖子不依不饶，朝着村民的脖子就是一脚，这一脚下去，非把他脖子踢断了不可，没想到刚伸出脚，胖子就觉得脖子后边一阵发凉，回头一看一个威猛的大汉正抓住了他的脖子，那大汉正是王勇。

胖子回手便是一拳，没想到这一拳被王勇牢牢封住，突然觉得腿已经悬在了半空，然后整个人倾斜，直勾勾地倒在地上。原来是被王勇拎着脖子，一个扫堂腿，胖子便来了个狗啃屎。

所有人顿时停下手来，胖子躺在地上直叫唤，他的手下知道来了硬茬子，只管扶胖子，却没人敢跟王勇和胡玉言挑战。

胡玉言见时机已到，挥挥手冲着大家喊道："大家都静一静！我是市公安局刑警队的胡玉言，大家有什么话，好好说。"

没想到，一个村妇模样的人朝着胡玉言扔过来一个东西，边扔边骂："公检法！天下的乌鸦一般黑！"

胡玉言的脸被一个鸡蛋砸了个稀里哗啦，其他人也跟着用各种杂物扔向胡玉言。

王勇怒道："哎，你们……还分得清楚好坏人吗？我们是替你们打抱不平啊。"王勇一边喊着，一边挡在胡玉言身前。

愤怒的村民们已经分不清楚谁是谁，流氓、村民、王勇和胡玉言三股势力搅在一起，互相厮打。

林玲举着手机拍照，结果治安队也加入了混乱的战团，林玲的手机突然被一个警察夺走。

"哎！你干什么？"林玲急道。

治安警察恶狠狠地说道："警方办案，不许拍照。"

"你办的哪家案子？"林玲也急了，冲着治安警察喊道。

"再喊，再喊就把你抓起来！"治安警察瞪着眼睛喊道。

正在场面一片混乱之时，黑色奔驰趁着空隙，"嗖"的一声冲出了大院，等众人再反应过来，车已经开到了下一个街口了。众人这才知道上了当，刚才那几个流氓就是为了掩护这辆车逃走的。混乱在十多分钟之后才被彻底平息，不少人都受了伤，五六个人伤势还挺严重，被送往医院诊治。

此时，刚才那个治安警察把手机拿过来还给了林玲："对不起，林记者，我不知道您是胡队长的朋友。"

"天下只要不是你们胡队长朋友的，都要被你们夺走手机是不是？我告诉你们，我要找督察告你！"林玲一脸怒容。

"行了！你走吧！"胡玉言拍了拍那个年轻小警察的肩膀。

那个治安小警察转身便走。

胡玉言劝道："合同制警察，不在警察编制的，都不容易！算了！"

林玲一边帮胡玉言擦着衣服，一边埋怨道："你们警察啊，就是猪八戒照镜子，里外不是人！"

王勇则在一边骂道:“这帮泼妇,素质太低。今天非拘留几个不可。”

胡玉言心情极度郁闷，天气寒冷，又不敢把衣服脱掉，只能穿着这臭烘烘的衣服：“这些上访的都是什么人啊？”

林玲噘着嘴：“一听你就没看我前几天写的报道。”

胡玉言眉头一皱：“什么报道？”

“我写的那篇——《到底谁要为重污染埋单？》，咱们市下属的很多村庄受到上游的污染企业侵害多年，弄得这些村子里都是病人，他们就联合起来打官司，结果官司败诉了，又没人管，这不才上访来了嘛。”

“哦！”胡玉言含含糊糊答应了一句……

胡玉言坐在车上想到了六个月前的点点滴滴，终于回忆起了那三个被奔驰车带走的人：一个是已经被杀的林英明，另外两个就是刚刚上了生死金榜单的全景集团总经理高润和古惑律师莫豪。

由于这件事最后不了了之，所以胡玉言也没当回事儿，就这么过去了。他也终于想起了六个月前的那起著名的治安闹访事件，怪不得自己一开始就听垭口村耳熟，原来是那个时候的事。

林玲驾驶的宝马车在街上打了一个转：“哎，这案子应该到法院去调卷啊，你干吗要去检察院啊？”

“这案子，是朱子文亲自判的，那老东西我太了解他了，这么多年纪委接到关于他的举报都堆成山了，可一轮一轮的调查，愣是什么都没查到，老奸巨猾啊，估计光从判决上找不出什么漏洞来，所以，我觉得应该先听听公诉人的意见。”

“对！我记得公诉人好像是……”

“前天还跟我们一起吃饭呢，刘处长的那个战友，叫柳长庆的！”

“对！对！我想起来了，我还采访过他，他还有个外号叫……”

“鹰眼检察官！”胡玉言的心头颇为沉重，因为又有一个他熟悉的人牵扯进了他的调查视线。

4. 鹰眼

时间：2016 年 9 月 9 日 17：00

地点：市检察院柳长庆办公室

柳长庆的眼睛并非像传说中那样锐利，相反那略带暖意的双眸怎么看都是充满了人情味的慈眉善目。

胡玉言摸了摸后脑勺：“不好意思，柳检！都快下班了，还来打扰您！”

柳长庆哈哈大笑：“没事，胡队长，这个时间我的下半场才刚刚开始。”

这话胡玉言没敢往下接，因为他知道柳长庆无儿无女，也无父无母，就连恩爱多年的老婆也在前年因为肝癌去世了，无牵无挂的他在这个世界上唯一的追求就是惩治罪犯，所以他才有了“鹰眼检察官”这个外号。

林玲曾经为柳长庆做过专访，对于他的经历也十分了解，干脆直奔主题：“柳检，这么晚来找你是为了……”

“为了垭口村的事吧？”柳长庆显得很平静。

胡玉言拉过一把椅子坐下来：“老兄，时间紧迫，我们就打开天窗说亮话吧！生死金听说过吗？”

柳长庆点了点头：“我这个人不爱上网，一开始真没怎么关注，不过昨天，静生都告诉我了。”

胡玉言拿出了一份调查材料放在了柳长庆面前：“我们已经查实，上了生死金榜单的人，十有八九都是垭口村诉讼的参与者，而刚刚上了榜单的三个人更是这起案件的直接参与人。”

林玲跟着问道：“朱子文、莫豪 、高润这三个人您不会陌生吧？”

柳长庆拉开了抽屉，拿出了一本厚厚的案卷放在桌子上：“其实从邱蓉死后，我就把这份案卷准备好了。”

“这么早？”胡玉言疑惑地问道。

“因为我隐约觉得这起自杀案不简单，最初我还以为是有人特意报复呢！”

林玲奇道：“报复？”

“你们也知道我‘鹰眼’这个外号了，都说被我盯上的罪犯，就绝对逃不了。但是，那不过是我惩治杀人、强奸这些恶性案件的犯罪者的时候，其实在我这对鹰眼下溜走的犯罪分子，又何止一个两个啊。比如说垭口村的污染案，明明有人应该受到严惩，却还是让他跑了。”

胡玉言叹了口气：“柳检，我知道你是个很执着的人，但凡是你认为有罪的人，即便法院宣判无罪，你也会提出抗诉，这次为什么没有向高院抗诉呢？”

柳长庆露出了无奈的表情：“因为我找不到一个人愿意出来作证。”

“没有人愿意出来作证？”林玲也觉得有些不可思议，“垭口村的村民呢？”

柳长庆沮丧地说道：“他们消失了，突然消失了。”

胡玉言睁大了眼睛：“消失了？”

柳长庆点了点头：“我为了抗诉，案件结束后便去了一趟垭口村，希望找更多的村民来为抗诉做准备。但是当我到了村子的时候，却发现了一件十分诡异的事儿。”

林玲看到柳长庆诡异的表情吓了一跳："怎么？"

"人去屋空！那地方的村民像是人间蒸发了一样，全都不见了。"

这句话惹得胡玉言倒吸了一口凉气："他们人呢？"

柳长庆笑了笑："不知道！就像是一夜之间集体消失了。"

林玲想了想："会不会都出去打工了？"

胡玉言摇了摇头："那也应该有老人和孩子留守啊。"

林玲皱着眉："会不会是那家污染企业或政府支付了安置款？把村民们全部都迁走了？"

柳长庆摇着头："那个村落一共四十多户人家，一百多人，一夜之间迁走？那怎么说也是当地的一件大事，不可能一点动静也没有。"

胡玉言有些郁闷："你报案了吗？"

柳长庆摇了摇头："报人口失踪？可是那是一个村失踪了！我又不是村里谁家的亲戚，再说，谁知道他们去哪了，那时候我还在想没准是去哪上访了，说不定哪天就回来了。"

林玲点了点头："您分析得也有道理！"

胡玉言的眉毛越皱越紧："可是这些村民到底去哪了呢？"

"天晓得！我回来后就整理了案卷，并给当时诉讼的集体委托人，也就是垭口村的村主任耿民打电话，结果关机。说实话，我从公诉开始，一直都是跟耿民联系的，如果跟他断了线，我想不到还能跟谁联系。"

林玲盯着柳长庆的鹰眼："也就是说，你没有再找到一个垭口村的人？"

"不！我找到了一个！不对，应该是三个！"柳长庆打了一个哈欠，显然身子已经有些疲倦了。

胡玉言点燃了一根烟，然后扔给了柳长庆一根："是邱蓉对吗？"

柳长庆没有点燃，而是把烟放在手里把玩了半天："对！我当时突然想到邱蓉的父母就在我市的医院里接受治疗，所以就抱着碰碰运气的态度去了一趟医院，还真让我找到了。"

林玲急道："邱蓉怎么说？"

柳长庆摇了摇头："她说她不知道，但是我觉得她一定知道些什么，不过由于她父母已经病入膏肓了，这姑娘情绪十分不稳定，我也就没再追问。"

胡玉言深吸了一口烟："您是怎么认识邱蓉的？"

"这个姑娘和他的男朋友刘健在案件中帮了我不少忙。"

林玲翻了翻眼皮："哦？邱蓉和刘健都还是学生，好像跟这个案子风马牛不相及啊。"

"当时，这个案件聘请了国家水质研究所作为第三方的鉴定机构。"柳长庆翻开了案卷，指了指，"当时作为专家证人出庭的是水质研究所的王涟研究员。"

胡玉言点了点头："这个人也上了生死金，网上公布了他的死亡视频，但是尸体并没有找到。"

"王涟的报告，被对方律师认为跟垭口村村民患病并不具有因果关系。"

林玲急道："为什么？"

"因为在垭口村的上游不只有一家化工企业，报告中并不能证明这些污染源真正来自于哪家企业。"

林玲气哼哼地说道："但是根据侵权责任法，按说这些企业都应该承担连带责任的。"

"关键是也不能证明，村民们患病就一定跟化工厂排污有关。"

胡玉言想了想："我记得邱蓉是化学系的学生。"

柳长庆点了点头："她可是高才生啊，邱蓉通过自己的化学知识，再利用刘健的大数据分析，在垭口村患病的人群中提取了只有这家化工厂才有的B样本污染物元素。在我看来，这足以证明污染和垭口村村民的集体患病事件有着莫大的关系。"

林玲又凑近了些："那为什么最终败诉了呢？"

“很简单！因为邱蓉和刘健的方法并没有经过实验验证，不被官方所承认，再加上邱蓉本身就是垭口村人，她提供的证词属于有利于控方，法官有自由裁量权，可以不予采纳，这也是符合中国的法律规定的。”

林玲切了一声：“难道这案子就没有其他证人了？”

“这个案子有三个比较重要的证人，王石秒、杨程、李浩都曾经在垭口村的这家化工厂里当过工人，而且这三个人也都患了重疾，但是由于劳资纠纷，他们三个跟化工厂产生过激烈的冲突，所以他们的证词也没有被采信。”

林玲听着气不打一处来：“简直是混账逻辑！肯定是朱子文、莫豪和高润在暗中勾结的。”

柳长庆苦笑一声：“哪有这么简单，莫豪和高润的背后是全景集团，那可是在省里都挂了号的大企业，资源背景深厚，这次公诉失败，并非只是官商勾结这么简单，这个事件恐怕触碰到了方方面面的势力。”

胡玉言扳着手指头数到：“邱蓉死了，刘健被人追杀，现在下落不明，跟这个案子有关的水质研究员王涟失踪，证人王石秒、杨程、李浩确定已经被杀害，对了，还有一个上榜的人叫王静，我查到是垭口村的村民，现在也失踪了。”

“这个王静在外边打工，后来成了一家企业的老板，赚了不少钱，正是王静的资助才最终让村民们有能力来打这场官司，村民们在T市的人吃马喂也都是她负责的，不过由于负担太重，她的工厂也在六个月前倒闭了。”

林玲一皱眉：“我怎么觉得是有人特意报复这些站在检方一边的人呢？现在死了和失踪的都是检方的人。是不是全景集团有人故意用生死金杀害检方证人啊？”

胡玉言摇摇头：“林英明是化工厂的厂长，现在也已经确定死亡，而且刚刚上榜的朱子文、莫豪 、高润也是站在检方对立面的人。从这个角度上说，生死金杀人并没有什么立场上的选择性。”

柳长庆点了点头：“其实证人中王石秒、杨程后来也在庭审过程中打了退堂鼓，好像是拿到了什么好处，只有李浩坚持到了最后，因为他老婆和孩子都是垭口村人。”

胡玉言冷冷地说道：“所以说，这次生死金事件虽然是围绕着垭口村事件展开的，但是目的仍旧不明朗，因为诉讼各方的人员都有人上榜，既不像是杀人灭口，也不像是垭口村人的报复。”

柳长庆突然问道：“我刚才听你说，现在朱院长也上榜了？”

胡玉言点了点头：“从昨天开始又有174人上榜，现在是全国断网，暂时算是切断了上榜人的数量。”

柳长庆摇了摇头：“这方法再坚持几天，那些电商就得到国家商务部去抗议了。”

胡玉言点了点头：“据我所知，现在公安部下达了限时破案的命令，估计也是受到了压力了吧。”

柳长庆“嗯”了一声：“当务之急，还是要先找到失踪了的垭口村村民。”

胡玉言将烟掐灭在了烟灰缸中：“有件事我必须要告诉你。”

“什么？”

“现在我已经被停职了，因为刘静生处长和王勇他们到垭口村去调查的时候失联了，是我派他们去的。”

“失联了？”柳长庆掏出手机，想了想又放在了桌子上，“看来垭口村村民失踪的事件不是偶然的。”

胡玉言叹了口气：“现在我已经让小邢带人到垭口村去调查了，希望能找到人吧。”

此时，胡玉言的电话铃声响起，是张涛打来的，电话里张涛的语气很急促：“小胡，告诉你个坏消息，朱子文、莫豪 、高润全都失踪了。”

◆第八章　生死竞价

1. 归来

时间：2016 年 9 月 9 日 17：00

地点：垭口村村口

“您已经到达指定地点，导航结束！”邢振誉把车子停靠在道边，眼睛盯着前边的村落，像是在盘算着什么。

“小邢！怎么不开进村子？”副驾驶上一个年纪稍长的警察皱着眉问道。

邢振誉没回话，他现在特别烦别人管自己叫小邢，一来自己年纪已经不小了，二来自己已然是未来刑警队长的热门人选，而小邢这个称呼根本找不到任何的权威感，不知道为什么，自己一直想要树立青年才俊的形象，却一直没法获得队中一些老刑警们的认同，甚至连胡玉言有时也话里话外地提醒自己注意收敛一下言行。

后排的青年刑警打断了邢振誉的思绪：“邢哥！这村子怎么跟八百年没人住了一样？”

“是有点古怪，等我进去看看！”

“我跟你去！”青年刑警说道。

“不用！你们俩都穿警服了，不太方便，还是我去吧！你们守在村口，如果有什么异常，就给我……”邢振誉突然看了看只有一个格信号的手机，把“打手机”三个字咽了下去。

邢振誉下了车，朝着屋子间的小道走过去，当转过了几个路口后，却还是没有见到一个村民，他斜视了一眼夕阳，周围的光线越来越暗，心头却有了一种异样的感觉，王勇他们是不是出事了？自己在警队里最大的对手就是王勇，他在这次行动中失踪让他颇有点幸灾乐祸的感觉。但是他单相思很久的张敏也随着这次行动消失了，这让他又有些失魂落魄。两种相反情感在他的情感中互斥相驳，迈起的步子自然也越发沉重了起来。

谁知道这种恍惚的感觉让他放松了一刹那的精神，最终酿成了悲剧。又转过来一个角落，邢振誉眼前突然走过来一个彪形大汉，村巷狭窄，不可能擦肩而过。

两个人都一愣神，也都从对方的眼神中捕捉到了不寻常的东西，但悲剧的是邢振誉没有拔枪。

“砰！砰！”大汉毫无征兆地连开了两枪，利落地转身就走，很快消失在村巷的转角。

邢振誉终于拔出枪，也下意识地开了两枪，但这两枪到底是想击毙罪犯，还是告诉同伴赶快来支援，他自己也说不清楚，这会儿他只感觉到一股来自中枢神经的痛楚，全身麻木的他已经站在了意识的边缘上。

肚子在淌着热血，他不知道这是不是致命伤，但是残存的意志却告诉他，就算不是，离这里最近的医院也至少要两个小时才能到，也就是说他死定了。

恍惚间他看到张敏跑了过来，她扶起了邢振誉，开始呼救，但是他耳朵里嗡嗡嗡的，什么都听不到，恍惚间他又看到两名同事赶到了，接着刘静生也出现了……梦，一定是弥留之际的梦，邢振誉笑着闭上了眼睛……

当胡玉言赶到T市中心医院的时候，这里已经站满了人，邢振誉的老母亲看到胡玉言便失声痛哭起来，两名女警架着老太太，也跟着抹眼泪。

胡玉言本想安慰两句，却突然像被鱼刺卡在了喉管。

好在林玲在一边安慰道："伯母，您放心！小邢一定没事！"

胡玉言叫过和邢振誉一同去的两名警察："到底怎么回事儿？"

年长的刑警拉着脸，沮丧地说道："小邢不让我们跟他一起进村，我们就在村外等着，然后就听到了枪声，我们冲进去，就发现他已经中枪了。"

年轻的刑警补充道："当时，我们看到那位女同志在帮着他止血，然后她让我们帮着他们把邢哥抬到了一间屋子里去，做了简单的包扎。"

胡玉言冲着走廊的一头看去，他知道年轻的刑警指的应该是张敏，但是他同时觉得有什么不对劲："你刚才说他们帮你们把人抬到了一间空房子里？他们是谁？"

年长的刑警说道："张敏和新来的刘处长啊！"

"没看到王勇？"

两名刑警同时摇了摇头。

胡玉言觉得脑袋有些发蒙，干脆径直走到了张敏面前，想要问个究竟："小敏，刘处长呢？"

"他好像又回埡口村了！"

胡玉言瞪大了眼睛："回埡口村？"

张敏点了点头，胡玉言看到她的衣服上沾着点点血渍，眼神迷离惊恐，这一路来显然也是受到了惊吓，所以他把语气稍稍放平和了一点："小敏，我问你，王勇呢？"

张敏像是被触碰到了什么，向后退了两步，身子也跟着缩了缩。

胡玉言把她拉到了楼道里："你们去埡口村到底发生了什么？"

张敏虽然紧张，却也是见过大场面的："我们快到垭口村的时候，看到路边有辆车坏了！王大大和刘大大就好心下去帮他们修车，然后王大大不知道怎么回事儿，就昏倒了，我就下车来要扶王大大，没想到就被人打昏了。"

"你当时在车上？"

"对！王大大好像也怀疑那两个人，告诉我别下车，车别熄火！可是，我一看到他跌倒，就全忘了。"

胡玉言叹了口气："当时刘处长呢？"

"我没看见！我当时被打昏了。"

"那你是怎么遇到小邢的？"

"我被枪声惊醒了，发现自己在一个黑洞洞的屋里，而且门竟然没锁，我就出去了，然后发现小邢躺在离关押我那个房子不远的巷口。然后，有两名同事就来了，然后……刘大大也来了……"

"你是说，刘处长没和你关押在一起？"

张敏摇了摇头："我记得他是从另外一个方向跑过来的。"

"垭口村现在什么状况？"

"我没来得及看，但是我们把小邢抬到关押我的那个房间救治时发现，屋里好像很久都没有人住了，电灯都没有电。"

"刘处长是怎么去的垭口村，走了多长时间了？"

"就是开刚才那两位警官的车走的，也就十分钟！"

胡玉言立即拨了刘静生的电话，可惜已经关机了。

张敏补充了一句："我们的手机都没电了。"

胡玉言再次拨通了交通队的电话："给我查 TJ1105 的车，联动各地监控。"

电话那头传来了一个令人绝望的回答："胡队！您忘了，现在全市都断网了，没法查啊。"

胡玉言挂断电话，心急火燎地想要布置任务，才发现自己的左膀右臂——王勇和邢振誉一个失踪，另外一个躺在手术室里生死未卜，再加上自己已经停职，这让他都不知道该找谁布置工作。情急之下他只好打通了张涛的手机。

“喂！小邢怎么样？”

胡玉言有些沮丧地说道：“还在抢救中！”

“小胡！你放心，我已经给院长打电话了，不惜一切代价救治。”

“胡队，刘静生有重大嫌疑。”

“你确定？”

“不确定，但是疑点很多。”

张涛停顿了两三秒钟：“他现在在哪？”

“他现在正开着车到垭口村去，我需要拦住他，但是监控联网都不能用了。”

“没事！刘静生是外地人，现在导航软件没有网络也是白费，所以他开不了多快，我派人到去垭口村的必经之路去拦住他。”

“谢谢您了！”

此时，手术室的灯灭了，医生从手术室里走了出来。

邢振誉的妈妈一头扑了上去，眼泪簌簌直下：“大夫，我儿子怎么样了？”

医生摘下口罩，因为是现从家里叫来的，脸上一股疲惫的感觉，“子弹已经取出来了，命是保住了，但是子弹损伤了患者的脊柱，所以能不能再站起来，就得看他的造化了。”

老人听到这里一阵哭泣，几名女警都围上来劝解。

此时，胡玉言一个人默默下了楼，打开警车的大门，没想到此时林玲拉开了另外一边的门。

胡玉言脸一沉：“你来干什么？”

林玲冷笑一声："怎么？想当独行侠啊？"

"这次很危险，你不能去！"

林玲一屁股坐在副驾驶上："咱俩现在就这么点共同语言了，你不说过完年咱俩就登记吗？如果不同意我去，就别去登记了！"

"这次不同以往！太危险了。"

"我不怕！"林玲用坚定的眼神望着胡玉言。

胡玉言叹了口气，绷紧的神经总算缓和了一些："这是我从警以来最大的屈辱。"

"人总不会一帆风顺的，大英雄都是先被反派打趴下，然后再站起来奋力反击。"

胡玉言的脸上终于露出了一丝笑容："好了！既然你要去，我不反对，但是我还要带着另外一个人去。"

"谁？"

胡玉言没回答，而是拨通了一个人的电话："景伦，你不是一直想要出来吗？今天我就带你出去透透气。"

2. 三杀

时间：不详

地点：南城某别墅内

一个穿着暴露的大长腿美女横卧在沙发上，朱院长正用他那双大手在美女的腿上来回地抚摸。

美女妖媚一笑：“你个老鬼，每次都这么猴急。”

朱院长色眯眯地说道：“你非穿成这样，这不是勾引我吗？”

美女用纤指一点朱院长的脑门：“讨厌！”

突然，朱院长的手机响了起来，他拧着眉毛，冲着美女做了个收声的手势：“喂！景总！”

电话那头传来了景天的声音：“喂！朱院长，南城那边风景还不错吧？”

“很清静，确实不错，你费心了。”

电话里景天一阵笑：“您这是哪里话，这次没和夫人一起来吗？”

“这次情况特殊，我想躲躲清静，下次吧！”朱院长看了看旁边的美女，又把手放在了她的大腿上：“景总，那个什么生死金的，不会有什么问题吧？”

“您放心吧！我把保镖安排在别墅外了，全景集团雇佣的保镖都是退伍的特种兵，而且这别墅地点隐蔽，平常也不会有人知道，您就放心吧，中餐和晚餐我都点了宴宾楼的菜，快递一会儿就到。”

“哈哈哈！景总真是周到。”

“那我就不打扰朱院长的好梦了！”电话那头传来了一阵意味深长的坏笑声，便挂断了。

美女搂住了朱院长的脖子：“你为什么不带你老婆来这里啊？”

朱院长叹了口气：“我呀！对她早就没有什么感情了，也就在你这儿能感受到一刻的轻松啊。”

美女一皱眉：“每次你都这么说，我给你当了五年的书记员，也给你当了五年的外室，真不知道什么时候才能转正。”

朱院长呵呵一笑，在美女脸上香了一口：“再等等吧，现在是多事之秋啊，等过了这风头我就离婚。”

“你啊，什么时候能有句实话？”

“嘿嘿嘿！我说的都是实话！”朱院长笑着把美女压在了身下，嘴唇凑了上去。

当当当！有人敲门！

美女有些不悦：“谁啊？”

门外有人喊道：“是景天先生家吗？您宴宾楼的菜到了！

美女盈盈一笑，从朱院长身下逃了出来，披上了搭在沙发上的一件睡袍：“这个景总还真是体贴入微啊。”

朱院长眉毛一皱：“哪有我体贴入微啊。”

美女哼了一声，去开门了，朱院长赶紧背对着沙发坐下，根本不想露面。

门开了，快递员的帽檐压得很低，“这是您点的菜！”

美女接过热腾腾的包裹，刚想签收，朱院长有些郁闷地说道：“这屋子里也没有条狗。”

美女诧异道：“要狗干什么？”

只听门口的快递员冷冷地回答道：“放心吧，这菜里没有毒，对付你这样的人，我觉得需要直接点的方式。”

朱院长听着声音耳熟，转头一看，倒吸了一口凉气："是你？"

高润的额头微微有些见汗，他一边喝着酒，一边嘀咕。

景天拍了拍高润的肩膀："兄弟，怕什么啊？生死金就算有天大的本事，也不敢跑到我这儿来把你们杀了！"

高润此时心烦意乱，往常那种干练劲儿荡然无存，眼前的他不过是个颓废的中年男性，人顿时显得老了不少："景总，他们在暗，我们在明，是不是先给他们一百万，您先帮我垫上，就算给兄弟救救急。"

莫豪举起酒杯："高总，你连生死金就是个骗局都看不出来吗？"

高润苦笑两声："我混迹商场这么多年，怎么会看不出来，但这些骗子丧心病狂，他们可真敢杀人。咱们能拿钱消灾的事，干吗要跟他们硬磕？"

莫豪摇了摇头："就算你给了他一百万，买了生，但是别忘了，有人还可以继续买你的死，而且我怀疑生和死在后台都是可以操控的，他们可以随便就把生换成死，谁知道是不是那个买凶人给的钱，你看林英明，给了一百万，怎样？不还是被干了？所以，就等着他来，看看他们能把咱兄弟怎么样？"

景天拍拍莫豪的肩膀："你看看莫大状这胆色。"

高润又喝了一口："景总，我跟您闯荡江湖也不是一天两天了，大风大浪我也见过不少，按说我不该怕，但您不觉得这次生死金就是冲着我们来的吗？"

景天哈哈大笑起来："那帮傻缺条子都有所察觉了，我怎么会没有察觉。生死金的出现肯定和垭口村的案子有关。"

"会不会是那帮村民凑钱想要整我们？"

莫豪摇着头："肯定不是！在那个网页上买凶，虽说现在只要十万块，可垭口村人均年收入才几千元。他们上访是为了要钱，不是花钱。"

“那个王静不是挺有钱的吗？”

景天笑道：“王静那几家饭店年入百万不假，但是说要让她花几百万买凶杀人，那可是要倾家荡产的。”

莫豪像是在思索着什么：“那个王静好像也上榜了，不过我从公安部里的人那儿打听到，尸体还没找到。”

景天“嗯”了一声，“这个事确实不寻常啊。”

高润晃动着脑袋：“怎么？”

莫豪点燃了一根雪茄：“上榜的人，十有八九都是这个案子的当事人，有咱们这头的，还有垭口村那头的。你说像什么？”

高润想了想：“像个套子！”

景天笑道：“对！像个套子！所以，别管这是谁设的套子，咱都没必要往里边钻。”

莫豪突然像是想起了什么：“对了，听说老朱也上榜了。”

景天点了点头：“这老东西，躲在我给他的那间别墅里正跟他的书记员腻歪呢。”

听到朱子文也上榜了，高润的恐慌情绪一下子又涌了上来：“老朱是司法系统的人，生死金真的连他都敢动？”

景天叹口气，其实他也觉得这个生死金很棘手，只是没在二人面前表现出来：“不管这个组织是真是假，里边有几个好手是不争的事实，他们能从警方的严密监控下，杀了黄涛的儿子再从医院从容逃走，就挺可怕的。”

高润有些着急：“景总，可别不当回事，老朱那儿有警察保护？”

“条子怎么可能靠得住，其实我本打算把他也叫到这儿来，咱们四个人正好凑一桌麻将，谁知道他死活不干，今晚非要到别墅去，所以我派了三爷和小胡过去，在别墅外的车里守一夜，老朱的安全没问题。当然如果生死金还是杀了老朱的话，我也没有办法。那是他的命！”

莫豪嘿嘿一笑，“景总，朱子文的死活是跟咱没啥关系，可这地方安全吗？”

“呵呵，你们放心！这是我的秘密会馆，谁也不知道。而且我这屋子，只要把这门锁上，就算是弄个机枪来都打不开。”说着，景天按动了遥控器，所有的大门前又自动掀起了一道防盗门。

听到这儿，高润和莫豪的表情轻松了不少。

景天突然问道：“对了，找到景伦没有？”

高润摇了摇头：“还在找，不过一点消息都没有。”

景天叹了口气：“这臭小子不知道又去哪疯了。”

莫豪直给景天打气，“怕什么，景总，少爷是个聪明人，再说他也没牵扯到这案子里。”

“你把事想简单了，我是什么都不怕，我就怕……算了，不提了。”说着，景天把红酒杯端了起来。

“来！干一个。”说着，莫豪再次端起了红酒杯。

莫豪和高润刚把酒杯举到半空，却又同时把酒杯摔在了地上。

景天再看时，高润和莫豪各自捂着肚子，倒在地上打滚，景天再去看时，两个人已经口吐白沫，两只手已经开始不住地抽搐，很明显是中毒了。

景天粗粗地喘着气，掐了掐自己的喉咙，发现自己好像还没有中毒，他仔细回忆刚才自己的行为，吃的喝的都和莫豪和高润无异，这儿为什么只有他们俩中毒呢？又过了大约一分钟，两个人彻底不动了，景天知道，这会儿恐怕送到医院也晚了。他点燃了一根烟，只用了五六分钟的时间，便让自己完全冷静了下来。思索再三，他拿起电话：“喂！110吗，我要报案，我的两个朋友突然毒发，他们都是上了生死金榜单的人。”

3. 深谋

时间：2016 年 9 月 9 日 19：00

地点：T 市公安局网络监控室

虽然中央空调不断输送着凉爽，但是几十台电脑同时运转时的嗡嗡声似乎宣告空调已经败下阵来，机器的热度正浸染着屋子中的每个人，让人心情烦躁。

陆晓媛嘴里叼着棒棒糖，糜昊面无表情地看着屏幕。

陆晓媛突然用力拽了拽旁边糜昊的衣角："你看看啊，有人买生了，还不只是一个，生死竞价开始了。"

糜昊有些烦，抽回了衣角，没好气地说道："别拉我，我看见了！"

"德行！"陆晓媛白了他一眼，一扭脸继续盯着屏幕上不断刷新的数据。

看着气定神闲的二人，张涛却急得直跺脚："我说这位小爷和这位小姑奶奶，我就关心，你们什么时候能把生死金的老窝给我端了？"

糜昊冷冷地道："快了！"

张涛皱着眉头："快了是什么时候？"

糜昊翻了翻白眼："三天内保准帮你搞定。"

张涛气得差点没骂街："三天？中国要是能坚持断网三天，信不信，就你们这帮 90 后一大半都得到天安门上访去。"

陆晓媛把棒棒糖从嘴里拔出来，拍了拍糜昊的肩膀：“扎心了，老铁！”

张涛头摇晃得跟拨浪鼓一样：“不行！就给你们一天时间！”

陆晓媛有些不耐烦：“张局，这是最快的速度了，要不您找别人来试试？”

张涛气得鼓鼓的，却又不好发作，真说点气话让他们走，怕这三个小混球还真不会含糊，这时候他觉得局里也只有胡玉言能镇得住他们，看来自己是白当了这么多年的局长，现在想想自己除了和稀泥，好像从来都没有什么领袖气质。胡玉言就不一样，哪怕是亦正亦邪、三观不正的人，都跟他合得来，哪怕是他连打带骂，这些人也都心甘情愿地为他卖命，从这点上看，自己确实是该退休了。

正在发愁的时候，一直沉默的鲁镜突然一拍桌子，吓了旁边三人一跳：“我终于知道公安部为什么要断网了……藏得够深的！放心吧，张局，如果把搜查范围缩小到T市的话，其实一天就差不多了。”鲁镜毕竟是三个人的头目，做事也成熟稳重一些，他大滴大滴的汗珠挂在额头，给人一种实干派的感觉。

“你真的觉得生死金的老窝会在咱T市？”

鲁镜笑道：“张局，我相信胡队的判断，虽然生死金在全国像流感一样爆发了，但是如果它的服务器终端在咱们T市的话，我们的范围就缩小到了万分之一，况且现在这些上榜的人已经开始疯狂地投入资金购买自己的生存权，我们完全有机会锁定这个终极目标。”

糜昊突然昂起了头，将电脑屏幕切换到了大屏幕上：“现在上榜的174人已经有94人选择了支付100万元，看来都是些有钱人啊。”

陆晓媛笑道：“我在这些已经支付的计算机终端做了手脚，如果他们再度支付，我就可以发现蛛丝马迹。”

张涛皱着眉头：“不能一下子就搞定吗？”

陆晓媛摇了摇头："哪有这么容易，生死金的终端服务器，一直在迷惑性地更改 IP 地址，现在能查到的地址都在国外，必须通过大量的运算才能确定大概的位置。"

鲁镜用袖子抹了抹额头的汗："但是只要能找到那几个转换 IP 的服务器位置，我们就能再次植入木马程序，那样即便他无限制地转换服务器，我也能通过大数据计算，最终确定那个隐藏最深的点。"

张涛心里没底，谁知道这帮小兔崽子说得有准没准。忽然，他的手机震动起来，是报警中心打来的："喂！张局吗？出事了！"

时近深夜，天色看上去更加阴郁，伴随着一阵紧似一阵的大风，似乎一场久违的大雨将会驱散这眼前的闷热。

林玲开着车，眼前除了远光灯照射的范围，周围漆黑一片，不知道前方还有多少迷茫和黑暗在等着他们，似乎有些人，总是在迷茫中前行，至少她和胡玉言都是这样的人，面对不明的方向，却总是选择勇往直前。

副驾驶空着，胡玉言和景伦都坐在后排。胡玉言的表情阴郁，似乎还没从邢振誉遇袭的悲伤情绪中解脱出来，他反复想着自己说的那些名为激励，实为想要邢振誉为自己卖命的话，还有那些不停许下的至今无法实现的空头支票，又回忆起了这么多年为了保护王勇而故意打压他的种种，越想就越觉得不是滋味。他的右手挂着手铐，另外一边跟景伦的左手连接在了一起，而景伦正若无其事地用右手拨动着手机。

林玲看着后视镜，奇怪地问道："臭小子，你看什么呢？"

"生死金啊！"景伦故作高深地说道。

"不是断网了吗，你怎么还能看？"

胡玉言似乎并不奇怪，低声哼了一声："能上网的不止他一个！现在上面应该乱成一团了吧。"

景伦笑道："是很热闹，这里边不少人都支付了一百万的赎金。"

林玲吃了一惊，车子也跟着抖了一下："他们是怎么做到的？"

胡玉言身心极度疲惫，却怎么也睡不着，只能把身体蜷缩了起来，闭着眼说道："这有何难？中国断网了，但是国外并没有啊，只要通过国外的服务器汇款就可以了。"

虽然，他相信中国人一向是上有政策下有对策，但是林玲实在想不通，怎么在全国断网的状态下，还有人正在用手机上网："可这小子在中国啊，他是怎么上网的？"

"林姐，我用的是美国的手机卡。"

林玲吃了一惊："国外的手机卡在中国断网的情况下也可以正常使用？"

景伦嘿嘿一笑："林姐，您 OUT 了吧！为了实现通信属地化，两个不同国家的运营商之间必须要先签署双边漫游协议，允许本运营商的用户到有签署协议的国外运营商的网络那里漫游，同时也允许有签署协议的运营商到本运营商的网络中漫游。所以如果一个国外手机卡来到中国漫游，进行像打电话、上网、收发短彩信等业务也是主要使用中国运营商的网络来进行的，这个双边协议里肯定有相应的条款，除非不可抗力之情况，不能强制取消国外用户的网络使用权，否则将会支付大笔的违约金，所以，这些美国手机卡都还能上网。"

"咱们被恐怖组织盯上了，这还不叫不可抗力因素啊？"

胡玉言眯着眼睛："就算能切断，我觉得也完全没有必要。"

"你什么意思？"

胡玉言缓缓说道："古代攻城略地，讲究三面围攻，留下一道生门，为的是好让守城之人退逃，待守城之人逃遁之后，再用伏兵拦截，这才是兵法的诡道。"

林玲噘着嘴："你的意思是说公安部是故意留下的这道生门？"

“这次是我低估公安部了，不过这也不能完全赖我，由于刘处长的失踪，造成了我们跟公安部没有了接头人，所以我们掌握的信息和上面并不对等，虽然公安部不可能在一日内调查出这些来自全国各地、职业各异的上榜人的行踪，但是他们完全可以调查出这些上榜人的背景和职业，然后经过分析后做出行动。我猜测这次上榜的人，大部分都是富豪，完全拿得出一百万来。”

“也就是说公安部这一招不是臭棋喽？”林玲用颇为奚落的语气质问胡玉言。

“不光不是臭棋，恐怕这还是一招逆转乾坤的神来之笔啊。”

“神来之笔？”

胡玉言面对林玲的十万个为什么，也有点烦：“这个是个很专业的问题，让他跟你说吧！”

景伦笑道：“其实解释起来也很简单。这就是所谓的大数据分析，公安部先从大数据中确定了这些人的身份，然后关闭了网络，他们之所以会这么做，是料定会有人通过国外的网络参与生死金的竞价，这样的话其实 IP 的搜寻范围就变小了，完全有可能通过监测来获得网络数据。”

胡玉言扶了扶发胀的脑袋：“只是可惜啊，公安部仍旧没有采纳我的建议，没有把重点放在 T 市，当然他们的判断恐怕是这样的，既然断网了，但是生死金却仍然在运行，这至少说明，服务器不在国内。所以，他们就把所有的调查重点放在了国外。”

林玲迟钝了一下，才说道：“可是这个逻辑也没有问题啊！生死金不可能只用一部插了美国电话卡的手机或电脑就完成这么大规模的交易吧？再说了，臭小子，你这样玩一天手机要花多少钱？”

景伦不以为意：“一小时也就三四百块钱，小意思！能帮胡队长破案花多少钱都无所谓，呵呵。”

胡玉言叹了口气：“确实……通过移动网络交换数据费用太高了，

没听说用哪个服务器用移动数据带动的，所以说生死金一定是预留了某条专线给自己，而你要知道预留的专线都是公安部特批的。”

“我觉得越来越不可思议了。”

“所以，我一直都怀疑公安部内部有问题。”

“你怀疑谁？”

“刘静生有问题！”

“刘处长？”

“嗯，如果是我人微言轻也就算了，但是刘处长是上海来的，他的话可是有分量的，就算公安部那些官老爷们要大牌，派个人打个电话过问一下总不算过分吧，但是你们何时听到他打过一个电话，又或是跟那边通过话？”

“所以，你怀疑这个刘静生一定跟生死金有着某种联系。”

“失踪的那几个大兵都曾经是刘的手下，我怀疑，王勇的失踪恐怕跟刘静生有着莫大的关系，他恐怕是听到或看到他不该看到的了。”

景伦突然有些兴奋地喊道：“耶！有人已经开始反竞价了，再次有人买了死，按照这个规则就更好玩了。”

胡玉言像是刚充了电，顿时来了精神：“这次竞价买死的人，是需要十万还是一百万？”

“这个我也不知道，因为规则上并没有明确。不如我们试试？”景伦坏笑道。

胡玉言摇了摇头：“不管是多少钱，都是被庄家操盘的，所以没有什么意义。”

“你们看，又有变化了，看来真有人上当啊。哇塞，你们看，已经有人被杀了。好像是一个别墅里，这个我看着怎么眼熟呢？胡队，你看看，这是谁？”

“朱院长！”胡玉言看到一个胸口上插了一把匕首，全身如同血泼一样的人半坐在地上，正是朱子文，他瞬间觉得眼睛有些发花，有几只小鸟在头顶乱转。

此时，张涛的电话同时打了过来：“小胡！”

“张局，您是想告诉我朱子文被害了吗？”

张涛在电话那头沉默了一会儿，发着颤音说道：“你怎么知道的？”

“没时间解释这些了，尸体在哪被发现的？”

“在城南的一个别墅里，现在已经确定莫豪、高润和朱子文都已经死亡。”

胡玉言激动得挥起右臂，没想到手铐把景伦的左手也提了起来，景伦吃着痛大叫起来。

“小胡，你身边还有谁啊？”

胡玉言狠狠瞪了景伦一眼：“除了我和林记者，没有别人了，我们一直在听广播！

“你们现在去哪？”

“怎么说我也要去一趟垭口村，一来为了找王勇，二来是收集一些被害人的信息，案发现场那头……”

“案发现场你不用担心，你现在已经停职了，出现场可能会授人以柄的，再说反正人都死了，也就是个例行的勘察而已，何玉华和小敏已经兵分两路过去了，你就做你想干的事吧。”张涛的话里听不出是无奈还是鼓励，不过看得出这位老局长已经彻底被现实打垮了。

4. 荒村

时间：2016 年 9 月 9 日 20：30

地点：垭口村

月黑风高，没有一丝灯光的垭口村在皎洁的月光的映射下，犹如一具惨白的枯骨，阴森恐怖。

警车的远光灯照在一道土坯的院墙上，上面印着“计划生育，国家大计”八字标语，像是把时代又拉回到了几十年前的模样，这里好像从来就没有进步过，一直封闭在那个蛮荒的时代里。

“你看！”林玲指着不远处，一辆吉普车孤零零地斜靠在院墙旁边。

“是刘静生开走的那辆车，看来他已经在村子里了。”胡玉言使劲儿晃动着手机，“这儿怎么没信号呢，也不知道特警什么时候才能到。”

三人下了车，山风空洞，林玲有点冷，抱着肩膀说道：“这才晚上八点多，怎么会一片死寂呢？”

景伦终于把手机放在了口袋里，认真地说道：“农村人没有夜生活，兴许都睡得早。”

胡玉言把一根烟叼在了嘴里，但是并没有点燃：“不对！即便是那样，难道连一声狗吠都没有吗？这村子静默得不太正常，再说，这儿下午发生过枪击案，这村子就算没有派出所，也得有两个联防队员吧？就算都没有，村民们也该报个警吧？”

景伦点了点头：“嗯，好像是这么回事儿。”

胡玉言走到另外一辆警车前，一拉车门，车门竟然没有锁：“车钥匙还在，刘处长应该没有走远。”

“要不我们也进去看看？”景伦笑道。

胡玉言没有回话，而是带着景伦走到了那辆车的副驾驶，他打开手抠，从里边掏出了一把军用五四式手枪。

景伦一惊：“这里边还有这玩意儿啊？”

“工勇的习惯，把枪放在这里！只有我知道。”胡玉言将枪别在腰间。

林玲突然指了指远处：“你们看，那儿有灯光。”

顺着林玲的手指看去，不远的山坡上几点灯光忽隐忽现，由于山上繁星点点，这灯光不太显眼，只是今日有风，那林木摇曳起来，才能看清楚，那确实是灯光。

胡玉言看了看手表：“也不知道特警什么时候才能到，兵贵神速，我得去看看。”

“不行！太危险了！”林玲急了，“连王勇这么强的人，都被他们暗算了，你只身前去，不是送死吗？”

景伦一拍胸脯：“林姐，还有我呢，我跟胡队长一起去。”

“歇着吧，你！”林玲没好气地甩了一句，“不管怎么说，都要等特警来了再说。”

突然，在远方的山上传出来一声清晰的枪声。

景伦缩了缩身子，显得很害怕的样子：“怎么回事儿？”

“不能再等了，我得过去！”胡玉言斩钉截铁地说道。

林玲想要阻止，但是她太了解眼前这个男人了，只要他决定的事，就算九头牛也拉不回来。

“胡警官，我跟你去，你放心，我练过跆拳道的……哎哎哎，您干什么啊？”景伦一边喊一边被胡玉言拉回了车里。

胡玉言把手铐解开，把套在自己手腕上的一端，又锁在了车的门把手上，把景伦推进了车里。然后，他打开了后备厢，从里边拿出来一条甩棍和一个手电筒交给了林玲：“这是警用电棍，我把保险都拉开了，只要按这个按钮就行。还有如果有人围攻，这条甩棍能起点作用，这手机信号不行，如果有情况，就直接按喇叭，记着，车别熄火。”

景伦摇动着手臂：“我说，胡队！你给林姐这些家伙，她也不会用，还不如给我呢。”

胡玉言转身走了，林玲没阻拦，因为她知道自己从来不是这个男人畏惧前行的因素。

“胡队，这兵荒马乱的，你就把我们留在这儿啊……”景伦无力地嘶吼着……

垭口村确实已经是一座死村，胡玉言强烈地感觉到这个村子已经至少有几个月没人住了，因为有人的地方，即便是死气沉沉的，也总会有一种新鲜的气息，可是他在这座荒村中却丝毫捕捉不到任何可以称之为生气的东西，他没有过多地在村落中纠缠，而是直奔枪响之处的后山。

胡玉言常年深夜工作，让他的心脏出现过一些状况，所以他已经多年没有站在抓捕的第一线了。生死金一下子让他失去了所有的下属，而所谓的外援又都无法让自己完全信任，所以他只能硬着头皮向前而行。走到了半山腰，他才看到，山上竟然屹立着一座高大的别墅，只不过在高大的树木遮盖下，白天不容易发现而已，若不是晚上的点点灯光，他也不可能轻易发现深山中还隐藏着这么一间别墅。

胡玉言从腰间掏出五四手枪，摸到了别墅的大门前，这是一间足有两百多平方米的小院，铁院门没有锁，胡玉言一跨，便迈入了院子。

他穿过庭院，小心翼翼地向前移动着，一片秋麒麟草和葡萄藤的绿植迤逦在两边，中间形成了一条狭小的通道，这种奇特的布局显示了主人的品位，他尽量不让衣服和植物碰撞，但衣角还是不免蹭了几下，发出了沙沙的声响。

自从踏进这个庭院，他就感觉有些不对劲，特别是那条布满花草的小巷，充满了一种凌乱感，这是一个警察最可靠的直觉，就是这么个微小的细节，让他有了一种不祥的预感。

此时，胡玉言已经踏进了别墅正厅门口的阶梯，看到房门是半敞开的，里边黑乎乎的一片，他感觉到全身的脏器都不太舒服了，太久没有参加过如此刺激的行动，令他兴奋得连膝盖都有些发软。他用脚轻轻地踢开门，一个快步冲了进去，他隐约嗅到了一股血腥味。

这时他的脑海里顿时闪过那一声枪响，怕是自己来晚了！他的内心也在不停地折磨着自己，最终强烈的正义感还是战胜了刚刚的疑惑和恐惧，他拉动了枪栓，将手指扣在扳机上，准备好随时开枪。

“咔嚓”一声，他又打开了微型手电筒，虽然只是一道微弱的光，但足以帮助他仔细查看前方的情形。

地板上突然出现了一串清晰的鞋印，是沾着血踩的，胡玉言的心情忐忑，他谨慎地随着鞋印向室内走去，第一间房很普通，除了墙上的几幅油画外，基本上没有什么装潢，看起来就像是一条深邃的走廊，每个方向上都有一个房间。

尽管血脚印是朝着一个方向走的，但是胡玉言还是仔细搜查了走廊旁的每个房间，但是每个房间里都空空如也，他按动了墙面上的开关，也不见电灯亮，整个屋子透出了一股诡异的气息。

久疏战阵的胡玉言觉得背脊发凉，为了分散自己的注意力，他把手枪和手电筒交叉地放在胸前，做出最安全的攻击姿势。查看完了左右两边的诸个房间后，他又沿着楼梯朝上走，不久便又被一道门挡住。

这扇门仍然没有上锁，虚掩着露出了一道缝隙，一道光顺着门缝射了出来，从山下看到的点点灯光，好像就是从这里射出来的。

突然，屋里的灯光熄灭了。

难道……胡玉言迅速冲了进去，并以最快的速度举起了枪瞄准，这个房间是跨层的结构，连接着一座巨型厅堂，那血脚印正是从这里延伸而出的，这令这位资深刑警都有些骇然，脚下一阵哆嗦。

屋里漆黑一片，突然胡玉言的注意力被一阵嘈杂的声音分散了，好像有什么东西正冲着他喘气，他举起枪，瞄准了声音来源的方向。

走到跟前，在电筒的照射下，就在一侧的墙边，两个人正倒在血泊之中，他走近一看，半卧在墙边的人正是王勇，还有一个趴在地上的男人，从身形上判断正是刘静生。

“王勇！刘处长！”他喊了两声，两个人没有回答。

他们死了吗？他刚想要上前施救，又冷静下来，理智占据了上风。这个现场充满了诡异，如果是杀完人再逃走或隐藏，那么血脚印应该是冲外才对，可尸体却在屋内，顺着血脚印才找到了这两个人。这说明什么？

这是个局，是有人故意把他引到这里的！

作为一名警察，被钉在耻辱柱上的事就是受到凶手骗局的愚弄，显然胡玉言并不是那种可以轻易被愚弄的对象，他举着枪继续搜索着屋子中的可疑之处。

胡玉言正在想是不是要去通知警察，突然他听到了一阵扑腾的声音，就像是一只大鸟在拍打着翅膀。

胡玉言本能地举起枪，此时，一个黑影从他的头顶掠过，那是一个一直躲避在黑暗中的人。他坚硬的鞋底重重踹在胡玉言的脊背上，胡玉言应声倒地，全身麻木，手枪也跟着摔了出去。

黑暗中的人渐渐清晰，胡玉言挣扎着用手电照了照，眼前却是一张恐怖得让人终生难忘的脸，他戴着一张黑色的面具，遮住了自己的鼻子、脸颊和额头。

面具男没有说话，他手里擒着一条棒球棍，慢慢朝胡玉言走来。

胡玉言拼尽全力，朝着自己的手枪爬去，却被面具男一杆把手枪打到了边上。

说也奇怪，面对这样九死一生的场面胡玉言反倒完全放松下来："这两个人是你杀的？"

面具男看了看旁边的二人，没有回答。

突然胡玉言来了个鲤鱼打挺，直接扑向了面具男，动作简单实用，毫不拖拉。

没想到面具男的手更快，他用球棒一掀，胡玉言便再次躺在了地上。

接着，面具男再未留手，而是高高举起了球杆，准备解决眼前的警察。

虽然嘴硬，但胡玉言刚才那一击已经用尽了全力，长期没有参加过有氧运动的他，觉得双目发花，大口喘着粗气，他知道自己的大限已到，干脆闭上了眼睛。

突然，一个黑影冒了出来，当啷一声，那个人用一根铁棒挡住了球杆，蹦得火星四溅。紧接着，那个面具男突然一阵乱舞，慢慢倒在了地上。

"是你们！"胡玉言定睛一看，兴奋地喊道。

此时，林玲正摇动着胳膊，刚才她拼尽全力用甩棍迎了那重重的一击，虽然甩棍没有撒手，但她双臂麻木得让自己有种错觉，胳膊已经不是她自己的了。

黑暗中景伦把电棍在手中晃了晃，随即哈哈大笑："胡队长，别怕！小爷来了！"说着，景伦上去就要摘下面具人的面具。

可话还没说完，那面具人突然一个扫堂腿，将景伦扫倒在地。

“他怎么会？”林玲刚想问为什么电棍没有放倒他。

“不许动！”胡玉言用手枪瞄准了面具人。

没想到面具人的手中也多了一把手枪，胡玉言看到手枪才知道，原来刚才听到的枪声是从这里发出来的。

景伦双腿前后一弓，做出了个乌龙盘打的姿势，但一看就知道多半是花架子。

林玲则向后一侧身，手中的甩棍也横了起来，她双目死死锁定着对面的面具人，生怕他胆怯开溜。

胡玉言则直接瞄准了面具人的后背。

三人组成了一个无法破解的包围圈。面具人看似只能做困兽之斗，但他却不慌不忙地将棒球棍扛在肩膀上，做出了一个使用武士刀的动作，可谓有恃无恐。

手枪的命中率不高，但刑警自有调整准星的办法，胡玉言把脚尖对准了面具人，而枪口和脚尖的方向完全一致。

胡玉言一看面具人便知他是个玩枪如摆弄玩具一般的老兵，而且多半是动了杀机，所以故意大喊道：“外边已经被特警包围了，你跑不了了，赶快放弃抵抗吧！”

面具人听后哈哈大笑：“当年老子在云南对付上百毒贩，尚且可以全身而退，几个特警能奈我何？”

景伦突然说道：“就算你今天能跑又能怎么样？你明天就会上通缉令？对吗，齐向东？”

面具人止住了笑声，“你怎么知道我的名字？”

“哼哼，看来是没错了，是你跟那个叫高晓斌的去了长荣分局。”

“你怎么知道是我？”

“我查了高晓斌的特勤资料，顺带着查出了你们的军籍资料，里面显示你曾经荣获一等功两次，其中一次你因为在执行任务时高空坠落摔断了右腿，所以你的右腿现在还有点跛。”

“右腿负伤的军人何止一个，你怎么知道是我？”

“生死金的杀手组，至少有五个人，他们都来自垭口村，并曾经服役于一个连队，在医院里杀害黄浩并逃走的，应该是你们的另外一组人，也就是高云翔、聂涛、李元里的两个人。你和高晓斌到长荣分局刺杀刘健，任务失败后，高晓斌被击毙，而你活了下来。这些资料叠加在一起，很快就能判定你的身份了。”

面具人沉默了片刻，才开口说道：“本来我只想给你们几个人打昏即可，但今天为了垭口村的乡亲们也只有大开杀戒了。”说着，面具人举起了手枪。

只听得砰砰两声，林玲吓得闭上了眼睛。当她睁开眼睛时，面具人晃晃荡荡倒在了地上，紧接着一排穿着黑色特战服的特警冲了进来，所有枪口都对准了面具人。

胡玉言把众多特警挡在了身后：“投降吧！你已经跑不了了。”

只见面具人撒开了棒球棍，将面具摘了下来，他三十多岁的模样，面目英俊，嘴里喘着粗气，显然，刚才那两枪并不致命，此时他把手枪顶在了自己的太阳穴上：“你们不要逆天而行了，生死金是神的旨意！”说着，齐向东扣动了扳机。

◆第九章　悲怆迷情

1. 拼接

时间：2016 年 9 月 10 日 8：30AM

地点：T 市公安局会议室

张涛有些耳鸣，整个会议室里静谧肃穆，幻灯片上不停变幻的数据，让人看得眼花缭乱。何玉华、张敏、鲁镜……坐在这间屋子里的人全都一夜未眠，但是从他们的眼睛里却捕捉不到丝毫困意。

此时，糜昊拉开门，跑进了会议室：“张局，所有的网络都已经恢复了。”说完，他把一份报告放在鲁镜面前，又匆匆离开了会议室。

鲁镜拖着胖胖的下巴，翻看着报告，良久才说道：“各位，可以开始汇报了吗？”

张涛闭上了眼睛，微微颔首。

鲁镜拖动着鼠标，充当了讲解者的角色：“从昨天生死金促销开始，共有 174 人上榜，其中三人死亡，死者全部出现在 T 市，另外 171 人购买了自己的生存权，其中有四个人还买了两次。也就是说这一轮促销过后，生死金的总收入超过了 2 亿元。”

“两个亿？这么多？”张涛睁开眼睛，右手的手指抖动着，像是在掐算着什么。

鲁镜又打开了下一页幻灯片，是一页银行的流水账单：“这个我要特别说明一下，虽然这次促销买凶的金额只有十万元，但是已经确定无论再次买生或是买死，都要再付一百万元，这么一滚动，这个数字就很恐怖了。”

“这么大数额的交易，你们应该已经追踪到服务器的源头了吧？”

鲁镜面无表情地翻开了一年前的资料：“是的，确实如胡队长所料，服务器就在咱们市。”

张涛兴奋地拍了下桌子：“哦？太好了，在哪？我马上派人去端了他们的老窝。”

“不用去了，服务器的位置就在垭口村！”

张涛眉毛一挑：“垭口村？”

鲁镜点了点头：“胡队从垭口村发现了若干台疑似服务器的电脑，但是没有想到……那个服务器，只是个转换器。”

张涛心里一沉，皱着眉头说道：“转换器是什么意思？”

鲁镜吞吞吐吐地说道：“嗯……简单地说就是我们中计了！生死金用这个服务器交换着大量冗繁的数据，吸引了我们的注意力，事实上他们利用了另外一个服务器做着生死金的财务交易。”

张涛突然有一种竹篮打水——一场空的感觉，他朝后一躺，整个人都倚在靠背上：“那生死金的服务器到底在哪？”

鲁镜拨动一下鼠标，幻灯片的屏幕上标注着无法显示该网页的字样：“现在生死金的网站和APP都已经上不去了，说明他们关闭了服务器。也就是说……”

张涛一拍脑袋：“钱到手了，没有不跑路的道理，生死金本来就是个骗局，我早该想到的！”

全屋的人都没敢吱声，只有鲁镜轻描淡写地说道：“生死金背后确实有一个非常厉害的网络高手在操盘，合我们三人之力都无法制服他，看来我们还是不适合干网警……张局，那个什么选调手续，我看你还是别费事了……”

只听“嘭”的一声，门开了，一个中等身材的男人站在门口。

“屁话！要是遇到点挫折，就都喊着不干了，这公安局里怕是剩不下几个人了！”胡玉言推门走进了会议室，他两只眼睛布满了血丝，整个人都瘦了一圈，再加上胡子没刮，显得更加颓废。

“胡队！”鲁镜有些感动地喊道。

张涛也像是抓住救命稻草一般：“小胡！你终于回来了！医院那头怎么样？”

“王勇还在昏迷中，不过医生说没什么大碍，刘处长已经醒了，现在正在严密监控中。”

张涛点了点头：“我们没有权利审问他，下午公安部会派人过来的。案件已经很明了了，我们也可以正式把我们所掌握的情况交给公安部处理了。”

“没有这么简单！”胡玉言坐在座位上拧开了一瓶矿泉水，咕咚咕咚地喝起来。

张涛有些不悦地说道：“生死金的真相已经昭然若揭了。”

胡玉言冷笑着说：“现在这个时候，我们还不配谈真相。杀害邱蓉的凶手是谁？朱院长、高润和莫豪到底是怎么死的？是谁杀了他们？至少还有两名悍匪没有落网，他们现在在哪？我们是不是有责任给担惊受怕了这么久的市民们一个交代！”

张涛的咽喉里像是卡着一根鱼刺：“老胡啊……我觉得，咱们……这些事还是交给公安部接手好……”

“张局！据我的调查，生死金不只是一个骗钱的网站这么简单，它和垭口村六个月前的污染侵害的诉讼有着千丝万缕的联系，这可不是一桩简单的诈骗案和谋杀案这么简单。”

张涛一皱眉：“什么意思？”

“已经确定，这次骗局的参与者，全部都是跟垭口村有关的人，而被害人大多是在这起诉讼中得利的人。就在我们的眼皮子底下，出现了如此庞大的犯罪集团，闹出了这么多条人命，造成了两个多亿的财产损失，如果就这么交给公安部，张局恐怕你那个安全退休的梦想也只能是个梦想了。”

张涛咽了口唾沫，顿时转变了态度：“垭口村的人呢？传唤村主任，抓紧审问。”

“全村一共四十多户人家，一百多人都莫名其妙地失踪了，而且从村里各户人家来看，至少已经走了几个月了。”

张涛点燃了一根香烟，又扔给了胡玉言一根：“也就是说，生死金是他们几个月前就开始策划的喽？可是不可能啊，这些村民怎么可能策划了这么大的一个局？”

胡玉言把香烟点燃，深深地吸了一口：“您难道不奇怪吗？全国都断网了，为什么垭口村的服务器还可以运行？”

张涛使劲儿摇了摇头，“我现在脑袋蒙蒙的，你就说吧，别卖关子了！”

胡玉言叹口气：“您肯定想不到，这条线来自T市大学的天河计算机中心，是由那里引到垭口村的一条分线。”

张涛瞪大了眼睛，“天河计算机中心？”

胡玉言点了点头：“嗯，国家的重点实验室，专为国家做基础数据研究和网络分析，所以，国家断网并不会影响到那里的网络。”

“这么机密的国家实验室，怎么会给垭口村一条分路呢？”

“因为有一个叫刘健的大学生，是这个实验室的高级研究员，别看这家伙年纪不大，却负责天河所有线路的铺设。”

张涛转了转眼珠：“刘健？长荣分局逃走的那个刘健？”

“对！开始时，我们怀疑他为了报父仇，利用生死金杀了黄浩，后又拒绝付款，才被生死金追杀的，但是从现在的证据来看，远没有我们想象中那么简单，因为他曾是第一名死者邱蓉的前男友。”

张涛一拍脑门：“邱蓉是垭口村的人，这样看来很多碎片都拼接起来了，也就是说，刘健知道自己迟早会进入警方的严密监控，但又必须脱离警方的监控主持大局，所以他才联合悍匪来了个金蝉脱壳，制作了一个自己避祸出逃的假象，其实他就是生死金的幕后人？”

胡玉言把烟掐灭在烟灰缸里：“刚才鲁镜说的那个网络大咖十有八九就是他，不过说他是幕后主谋为时尚早。”

“哦？”张涛似乎觉得胡玉言的分析越来越有意思了。

“垭口村这么穷的村庄里竟然有一座超级豪华的别墅，现在可以确认在断网前，这里就是生死金的秘密基地，这个别墅可不是刘健造的。”

张涛点了点头：“别墅的主人是谁？”

“王静！是从垭口村走出去的一个富豪，后来挣了钱，就在垭口村的半山腰盖了一套四层别墅，这个人后来也上了生死金的榜单，不过并没有发现尸体。现在看来跟刘健一样，也是生死金布下的障眼法，她很可能也是生死金的策划人之一。不过，王静只是个商人，也不像是这个案件的主导人物。”

张涛“嗯”了一声：“王静提供资金和场地，刘健提供网络技术，似乎还缺一个灵魂人物。”

“多条线索都显示，T 市公安局乃至公安部的内部肯定有生死金的内鬼。”

张涛唏嘘了一声：“你是说刘静生就是生死金的灵魂人物……”

坐在一旁，一直沉默的张敏突然有些哽咽地说道：“刘处长不可能是坏人，你们不要怀疑他。”

此时，何玉华拍了拍张敏的后背：“小敏，别着急，谁也没说刘处长有问题……”

“可是刚才张大大和胡大大明显在怀疑刘处长。”张敏眼泪夺眶而出，“不可能是刘处长，不可能是刘处长，你们不要冤枉人。”说完，她趴在桌子上闷闷哭起来。

胡玉言走到了张敏的身边安慰道：“小敏，别哭了，是不是刘处长，还有待调查，但是在咱们市里给生死金通风报信的人绝不是他！”

张涛：“什么意思？”

听闻此言，张敏哽咽着坐直了身子，抹了抹眼泪。

胡玉言镇定地说道：“我们之所以怀疑刘处长，是因为他和已经死亡的两名悍匪关系匪浅，但是生死金案件并非是刘处长来T市之后才发生的，而我们T市跟这两名悍匪一起扛过枪的可不只有刘处长一个人啊，况且那个人也和垭口村有着直接的联系。”

张涛突然转了转眼珠：“……你是说，那个人……”

胡玉言站了起来，在白板上连写带画足有五分钟，把原来已经写在白板上的人物又重新做了串联，结果一幅完整的人物关系图便呈现在了所有人面前。

生死金嫌疑人：刘健（邱蓉前男友，和黄浩有杀父之仇）、王静（垭口村富豪）、刘静生（曾做过悍匪的连长）、高晓斌（悍匪之一）、齐向东（悍匪之一）

直接被害人：邱蓉（罹患癌症）、黄浩（害死刘健父亲的人）、林英明（垭口村化工厂负责人）、朱子文（垭口村案件主审法官）、莫豪（垭口村案件辩护律师）、高润（景天集团总经理）

生死不明者：王石秒（化工厂工人）、杨程（化工厂工人）、李浩（化工厂工人）、王链（垭口村案件的专家证人）

怀疑是悍匪：高云翔（悍匪之一）、聂涛（悍匪之一）、李元里（悍匪之一）

最后，胡玉言把所有人都指向了中间，然后画了一个大大的问号。

张涛有些惆怅地说道：“这张大网背后，到底谁才是那只盘卧在中央的毒蜘蛛呢？”

“对了，我还忘了两个人！”胡玉言说着就在问号旁边又写下了两个人的名字。

“景天父子？”张涛问道。

“嗯！景伦这个人我一直觉得他很可疑，但是却找不到任何的证据，所以我才一直把他留在警局里。至于景天……我一直都不明白，他才是垭口村化工厂真正的幕后老板，生死金杀了这么多人，干吗不把他一起干掉？而且费了这么大周章，当着他的面，杀了他的左膀右臂。”

何玉华把两份报告放在了胡玉言的面前“看看吧，这是朱子文凶案现场和莫豪、高润凶案现场的调查报告。”

胡玉言拿起报告一边翻着，一边冲着张涛问道：“景天现在在哪？”

“就在局里的审讯室，这案子太大了，我以协助调查为由，扣着呢！”

胡玉言“哼”了一声：“既然公安部的人下午才到，利用这段时间，我去会会这位让T市闻之色变的景总。”

2. 父子

时间：2016 年 9 月 10 日 9：00AM

地点：T 市公安局审讯室

景天低着头，靠在审讯室的座椅上打着瞌睡，他的睡姿优雅到让西装仍旧保持着笔挺的样子，丝毫也没有褶皱。

胡玉言坐在他的对面，凝视了好一会儿，可是景天却丝毫没有受到影响，鼻子里发出微微的鼾声，直到胡玉言故意敲了敲桌子，他才缓缓醒来。

“嗯？天亮了？”景天一边眯着眼睛，一边伸了伸懒腰。

胡玉言故意咳嗽了两声：“景总真是心大啊，和死神擦肩而过，却仍能如此酣睡。”

景天睁开眼左右瞅瞅：“怎么换人了？你们警察真好，能倒倒班，不像我们协助调查的这么命苦，四十八小时都得在这儿坐着。”

胡玉言没有理会景天的冷言冷语，板着脸说道：“景总，您在这儿睡了一宿了，要不要洗洗脸，清醒一下？”

“我很清醒！”景天呵呵一笑，冲着胡玉言上下端详起来，“这位兄弟，看着好生眼熟啊，莫不就是号称 T 市神探的胡队长？”

胡玉言点了点头：“景总好眼力，在下正是胡玉言。景总是 T 市乃至全省商界的翘楚，一直闻名，却无缘相见，没想到今天你我会有这样的际遇。”

景天笑着点了点头：“缘起缘灭，都是造化。”

“我真是很佩服景总啊，折了左膀右臂，竟然还能谈笑风生。”

景天的面容渐渐冷漠下来，他把双手合十在胸前：“人生死有命，按照佛教密宗的说法，不过都是轮回而已，我悲他二人命短，但也为他二人欢喜，因为脱离了尘世的疾苦，也是一种造化。”

“行了，景总，我慧根不深，也听不懂你讲的高深佛法，我只想问你，你知道为什么你和莫豪、高润喝酒，却只有你活了下来吗？”

景天一脸冷峻的模样：“听胡队长的口气，是希望我也去死喽？”

胡玉言冷笑道：“我可没这么说，我只想问问你是如何解释这件事的。”

景天思索了一会儿：“生死金一定是在我们的酒里做过什么手脚。”

胡玉言把一份报告放在了景天的面前：“您的预料没错，酒里确实有一种高纯度的过氧化物，这种物质本身并没有什么毒素。”

景天眨了眨眼睛：“那问题出在哪？”

“酒杯！您的酒杯应该是特制的吧？”胡玉言指着报告中一个银制底托的酒杯说道。

景天点了点头：“对！我的酒杯是把从意大利进口的水晶，送到德国一家银器加工厂，费了很多道工序才打造而成的，我平时喝红酒都用这个。”

“在莫豪和高润的酒杯中都发现内壁中涂了一层碱性物质，这些物质和酒杯中的过氧化物融在一起，便产生了剧毒。”

景天瞪大了眼睛：“你是说我的酒杯里没有这种碱？”

胡玉言点了点头：“除了您的那个酒杯外，我们在屋子中的所有高脚杯里都发现了这种碱。”

景天眉毛一挑：“有内奸！一定是有内奸！胡队长，你一定要帮我彻查，把这个生死金的内奸揪出来。”

“可据说您的那个会所，知道的人少之又少，每次都用那个酒杯的习惯，又有几个人知道呢？”胡玉言说完，两只眼眼睛直勾勾盯着景天，在观察他的反应。

景天翻了翻白眼：“你什么意思吧？怀疑我，用这种方式杀了我两个手下？”

胡玉言笑着摇头道：“我确实怀疑过你，因为生死金是一场需要巨额资金运作的犯罪，而且生死金的上榜者全部都是六个月前埡口村诉讼案的参与人员，这其实很像是一宗杀人灭口的案件，但是后来我就放弃了，我认为你没有资格做生死金的主谋。”

景天一阵冷笑：“胡队长你看不起我吗？”

胡玉言点了点头，直截了当地说道：“对！就是看不起你，因为我很快就否定了你是生死金主谋的想法。”

“哦？你是怎么确定的呢？”

“一来，埡口村案件的控辩双方，细算下来，被告方的人员损失相当惨重，而埡口村一方虽然在一定程度上也多有上榜死亡的人，但是发现尸体的不多，很像是一群人为了报复另外一群人所做的障眼法。”

“我相信这不是最重要的理由。”

胡玉言笑道：“第二是犯罪动机，所有的埡口村案件的当事人，对你形不成任何的威胁，你是个商人，商人图财，不到万不得已不会害命，所以我找不到你杀他们的动机。”

“是不是还有第三个理由？”

胡玉言点点头，给自己也点上了一根烟：“这起犯罪属于高科技犯罪，而你的公司仍旧属于传统企业，靠的是背景和资金实力，这起犯罪跟你的经历和性格完全不符，也就是说你的经验和背景，根本不可能给这起犯罪起到任何指导性的作用，所以我只能把你排除在外了。”

景天摸了摸脑袋："叨咕了这么半天，胡队长不是就为了排除我的嫌疑吧？"

"这是朱子文院长的尸检资料，你看看！"胡玉言叼着烟，把另外一份资料塞了过去，"一中院的朱子文院长发现被杀害于一座别墅内，而这座别墅的产权七绕八绕的，竟然算是你们全景集团的产业。而且在别墅外，还发现了你的两个保镖。"

景天眼睛竖了起来："他们两个怎么样了？"

"被人打昏了！现在没什么危险。"

景天瞬间松了口气："这两个人是在特警部队退伍的，早年练自由散打，无声无息就能打昏这两个人的，身手可是不一般啊。对了，屋子里不会只有朱子文一个人吧？"

"没错，有两个人，还有一个女的。"

"应该是朱院长的书记员，叫戚彤，也是他的情妇之一，她也被打昏了吗？"

胡玉言摇了摇头："她也被刺死了！"

景天在这个屋子里第一次不淡定起来："她也被刺死了？可是她……"他翻开档案的下一页，看到戚彤穿着睡衣，半裸着身子坐在地上，两只眼睛凸在外边，嘴里淌着血，左边的乳房上插着一把匕首。

胡玉言闭上了眼睛："没错，她并没有上榜！但是也同样被杀害了，所以这违背了生死金的原则。也是生死金第一次违背原则。"

"顺我者昌逆我者亡，生死金杀害阻碍他们的人，这我觉得也很正常。"

"那你怎么会好端端地坐在这儿？还有你那两个保镖不是更大的障碍吗？"

景天陷入了沉默："是啊，生死金费尽心机，杀了莫豪和高润，却留下了我的性命，其实就是在彰显他们的规则，我想他们不会轻易突破这种规则的。杀害戚彤，肯定有他的原因，比如……"

胡玉言把烟掐灭在烟灰缸中："英雄所见略同，戚彤是从外省来的，在T市并没有什么亲戚，跟生死金更没什么关系，一个弱女子，就算是朱院长的情妇，也没有被杀的理由啊。所以杀她很可能是个意外。"

"你是说她认出来了杀手？"

"有这个可能！而且你不觉得奇怪吗？"胡玉言指了指朱院长被杀的照片，"生死金办事向来干净利落，不追求血腥场面，可是你看这场面，是不是有点太……"

景天叹了口气："看这朱院长，最少也中了十几刀啊，这是深仇大恨啊！"

胡玉言点了点头："生死金一直没有留下什么破绽，但是朱院长的案子可谓是破漏百出，这是为什么呢？"

景天思索了一会儿，冲着胡玉言说道："来根烟！"

"我这烟，估计你抽不惯！"胡玉言从烟盒里掏出来两根烟，自己点上了一根，另外一根扔给景天，旁边负责记录的刑警帮着景天把烟点上。

"我是抽着恒大、18、大前门这些烟长起来的，你这玉溪就算不错了，没有什么抽不惯的，挺好，挺好！"景天美滋滋地嘬了一口，"你刚才的意思我明白，杀害朱院长的人，恐怕他认识。戚彤也认识，所以才会被杀人灭口。"

胡玉言伸出了大拇指："景总这脑子就是快。"

"可是，我就不明白了，胡队长！这跟我有什么关系，我只是个报案人，我的下属被杀了，仅此而已，生死金和我没有任何关系，我跟别人也没有任何仇恨。"

胡玉言笑道："你觉得生死金的杀戮会到此为止吗？"

景天摇摇头："我不知道。"

胡玉言笑道："虽然在法律层面上找不到你和垭口村化工厂的关

联证据，但是谁都知道那是你的产业，而且虽然你并不承认，但朱子文收受你的贿赂十有八九是事实。”

景天摇摇头：“胡队长，我确实不知道这是什么意思。”

胡玉言突然一拍桌子：“别来这一套，景天。在莫豪和高润中毒身亡后，你本可以从容地离开现场，变得跟这件事毫无关系，但是你为什么会主动报案，跟这件事扯上关系，为什么？因为你想得到警方庇护，你心里跟明镜一样，你将会是生死金下一个目标。”

景天猛抽了几口烟，朝着胡玉言吼道：“你当我景天是什么人？老子在刀尖上走了这么多年，怕过谁？我怕死吗？再说，你们警局就安全？黄浩怎么死的？长荣分局被两个悍匪搅了个天翻地覆，你们警察当时在干什么？我靠你们保护，我傻啊！我就想做个良好市民，帮你们把威胁市民的生死金端了，这也有错？”

胡玉言看着景天的眼神似曾相识，他大半辈子都在跟罪犯打交道，什么人在虚张声势，什么人暗含杀气，他一看便知。景天的眼睛里此时冒出了一股凶光，那绝对是一种敢杀人的眼神，他心中一凛，定了定心神：“景总果然手眼通天，警局里发生的事你都清清楚楚，不过，不知道你知道不知道，就是被你贬得一文不值的警察，还在为你保护着一个人。”

“谁？”

“你儿子，景伦！”

“我儿子在你手上？他也跟生死金有关？”

胡玉言点了点头：“我怀疑，他是生死金的买凶者之一，邱蓉和黄浩都是他买凶杀害的。”

“不可能，我儿子是学法律的，他怎么会杀人呢？”说着，景天把烟头在手指中掐灭，他的手指上瞬间发出了刺啦刺啦的响声。

“景伦好奇心强，什么都想试试，他这个年纪的孩子干什么事都不意外。不过，景总放心，这一切不过都是我的猜测，现在并没有实质性的证据证明这一点。”

“我能不能见见我儿子？”

胡玉言把第二支烟掐灭在烟灰缸中：“如果你不怕死的话，现在就可以把他领走了！”说完，胡玉言便拉开了审讯室的门。

景伦从门外走进来，不屑一顾地看了看景天，景伦的长相和景天有八九分相似，只是气质上却相差甚远，总体来说缺乏了一种野性，而正是这种反差才显得景伦多了几分儒雅之气。

景天的脸上顿时泛出了一丝喜悦，却又突然掩盖在他那副冰冷的嘴脸下。

“现在你们爷俩都可以走了！”胡玉言敞开了大门。

景天有点奇怪：“放我们走？”

“你们的嫌疑现在都被洗清了，为什么不走？我们这里可不管饭。”

景天此时镇定地问道：“生死金的调查怎么样了？警方的进展如何？”

“我唯一可以告诉你的是现在生死金已经下线了，剩下的一律无可奉告。”

景天微笑着站了起来：“也就是说暂时没有风险喽？”

胡玉言耸了耸肩膀：“这个世界上，无论你干什么都会有风险，但是现在来看，生死金想要达到的目的都已经达到了，至于他们为什么没有惩治你这个罪魁祸首，我没法回答。”

景伦此时没好气地问道：“胡队，我跟他不同路，我先走了。”说着，景伦转身便走。

景天此时似乎想要追上去，却又被理智打乱了思维，他犹豫了一下：“你给我回来，等等我！”

胡玉言看着这对貌合神离的父子，心中那个结感觉越系越紧了。

3. 情怨

时间：六个月前（深夜）

地点：市立大学老校区

月明星稀，夜空似一条无止境的黑绸缎，几颗耀眼的星辰恰如钻石般点缀其上。新校区内几处豪华气派的教学楼灯火通明，广场前的灯池里打着五彩斑斓的光束，即便在茫茫的夜色之下，也还是那么生机盎然。

与之形成鲜明对比的是老校区内的一片死寂，静谧的气氛和破败的楼宇，再加上昏黄的灯光，让人一下子联想到十几年前的命案，幽怨的气氛里透着那么一股诡异劲儿。

邱蓉和刘健一前一后在老校区里散步，两个人的脸上都弥漫着一层黑色的阴霾。

刘健突然拉住了邱蓉的手："蓉蓉，你爸妈的病，别担心，咱们一起承担。"

邱蓉冷着脸，甩开了刘健的手，背对着刘健说道："刘健，有些话，我早该对你说了，但是我就是一直开不了口。"

刘健像是预感到了某种不祥："什么……"

邱蓉回过头，平静地说道："咱们分手吧。"

刘健吓了一跳，“为什么？为什么要分手？”

“咱们不合适！”

刘健急眼了：“有什么不合适的？你爸妈的事我不介意。”

邱蓉摇了摇头：“你不介意，我介意！而且，就算你不在乎我爸妈，那我弟弟呢？你也不在乎吗？而且我们村的女人生的孩子，百分之九十都有问题，这你也不在乎？就算你不在乎，你的父母也会不在乎？”

这几句抢白，惊得刘健半天没说出一句话来。

邱蓉看到他迟疑的样子，心头一紧，突然剧烈地咳嗽起来。

刘健上来扶着邱蓉，却又被吓到了，原来她刚刚捂着嘴的右手竟然露出了殷红的鲜血：“血！蓉蓉，你……”

邱蓉赶紧又捂起了嘴，扬起左手，把刘健一把推开：“没事，老毛病了，村里人都有这种病，只是最近比较严重而已。”

刘健傻傻地待在原地，不知道如何是好。

邱蓉一阵冷笑：“你现在还说自己不介意吗？”

“你得去治病！”刘健加重了语气。

“治病？想得美！哪来的钱？本以为这次的诉讼能赢，拿回治病的钱，可以给乡亲们治病，谁知道……咳！咳！咳！”邱蓉此时咳嗽得更厉害了，像是要把肺叶都咳出来一般。

刘健扶着邱蓉，也是一阵叹息，正当他不知道怎么安慰邱蓉的时候，他的手机突然狂响起来，急促的音乐让他的心顿时揪了起来：“喂，妈！”

“刘健！你爸出事了。”电话那头传来了刘健母亲的哭诉声。

“妈，您别着急，出什么事了？”

“你爸上班时被车给撞了！”

“啊？他人呢？严重吗？”

“送到医院的抢救室了，大夫说人已经……”此时，电话那头已经泣不成声。

刘健赶紧喊道：“妈！你别着急，在哪个医院？”

“三中心……刘健，你赶快过来吧！”电话那头已经换作了一个男人的声音，刘健听得出来，是他舅舅！

挂了电话，刘健木然僵硬。

邱蓉问道：“怎么了？”

“我爸出事了……”

……

当刘健和邱蓉赶到的医院的时候，走廊里站满了自己的亲戚，女眷们全都默默哭泣，男人们唉声叹气，刘健的父亲是当场死亡的，在救护车上就已经没有生命迹象了。

当医生把刘健领进冰冷的太平间时，那股医院中特有的悲伤情绪一下子涌上了这个只有二十岁的大男孩的心头。

刘健从来都没有想过，这个世界上那个最疼自己的父亲真的离开时的样子。刘健生在一个并不富裕的家庭中，父母都没有什么特殊的技能，母亲在三十多岁时就和工厂解除了劳动合同，成了自谋职业的一员，而父亲则是环卫局的一名清洁工，不过他并没有编制，为了能让刘健过上更好的生活，刘健的父亲比别人多承包了三个街区，但也只还是那一点点微薄的收入而已。

但是，父亲从来就没有亏待过刘健，没有让他干过粗活儿，没有让他在经济上受过一点委屈，哪怕是每天工作到很晚，都会对他报以一个温馨的微笑。刘健上大学后，在天河的实验室中有了一份兼职，收入不菲，但是父亲每次见到他，还是会握着他的手笑着问他，钱够不够用，不够用就说话，别亏待自己。

但是，这种微笑，他再也见不到了，父亲的尸体冰冷地躺在那里，额头上还有一处干涸的血迹，听到刚才亲戚们哭着对他说，据说父亲的内脏大出血，骨头都被撞碎了。

刘健哭不出来，也不知道该说什么，当陪同的医生将白布盖在了他父亲的头上时，他觉得脚下发软，将身体伏在了墙面上……

刘健茫然走出太平间，看着早已哭昏多次的母亲，他不知道该说什么。

此时刘健的舅舅走了过来："刘健，你现在就是家里的男人了，你得拿个主意啊。"

此时，邱蓉站在走廊里观察着刘健的一举一动，似乎在考察着什么。

刘健摇了摇头："舅舅，我有点乱，让我想想！你能不能先把我妈送回去？"

刘健的舅舅点了点头，和另外几个女眷扶着刘健的母亲走出了医院的走廊。

此时，几名警察就站在门口，他们磨叽了半天，最后一个上了点年纪的警察走了过来："小伙子，我是交通队的，这是一起交通肇事事故，没办法，肇事者说，愿意支付你们赔偿金，所以还请你在这张协议上签个字。"

刘健眼睛泛红，用一双冰冷的眼神盯着老警察，盯得他有点发毛："我爸是谁撞死的？"

"兄弟……先节哀顺变吧。"老警察用有些愧疚的眼神看着刘健。

刘健突然暴怒，大声嚷道："我爸到底是被谁撞死的？"

这话说得很硬气，周围所有的亲戚都对几个警员怒目而视，邱蓉继续靠在墙上冷眼观看着这一切。

"肇事人已经被抓住了，现在就在交通队里等候处理！"

"等候处理？这是犯罪！应该让他进监狱！"刘健再也难以抑制愤怒的情绪。

"你别激动，这事到底是主责还是次责，都还没有判定，所以没这么快，但是肇事人愿意承担赔偿责任，所以我觉得这钱你们还是先拿着。”说着，老警察又把协议推了过来，就要塞在刘健手里。

刘健仿佛被人敲响了一记大铜锣，震得整个头脑嗡嗡作响：“我爸一个环卫工，他能是主责？你们是不是想包庇肇事人？”

“哎，你这不是狗咬吕洞宾吗？”老警察的语气突然变得严厉起来，声音高了八度，“别敬酒不吃吃罚酒！我劝你，人死不能复生，别管怎么着，先把钱拿到手再说，你就算不顾虑自己，也要想想你妈吧，她年岁大了。出了这事，只要你们答应就此算了，肇事人也愿意多出钱。这事发生了，谁都不想的。”

刘健愣着半晌没说话，最后他缓缓地用力点头：“钱是一定要赔的！”

老警察满脸含笑：“那就好！钱多少可以慢慢商量，只要你有这个态度就行。你看，这上面的钱数合适吗？”

刘健哼了一声：“出了这种事，光赔钱就算完了？我要这个肇事者坐牢！”

老警察一皱眉：“你还是大学生，很多事你不明白！算了，你爸尸骨未寒，今天就说到这儿吧，想通了，打电话给我！”说完，他把一张名片塞给了刘健。

刘健把名片团在手里，已经变成了一个纸团：“我想要看看，那地段的监控录像。”

“不可能！这是国家机密，不可能随便给人看的。你先想想赔偿的事吧！”老警察说完，转头就走，“你，好自为之吧！”

“不送。”刘健咬着牙说道。

刘健呆呆地坐在走廊的椅子上，心中似乎在盘算着什么，此时已然将近凌晨四点，外面的天气冷得透骨，亲戚们已经走得差不多了，医院的走廊里只剩下刘健和邱蓉两个人。

邱蓉一边咳嗽一边说道：“这事你打算怎么办？”

刘健坚定地说道：“打官司，打到底！”

邱蓉冷笑了一声："打官司？埡口村的村民们就是个例子，赢不了的。你没听刚才那个警察说吗，当时地段的录像他不可能给你，也就是说，这起案件摆明了是在徇私枉法，在他们那里你父亲很可能会负主要责任。"

刘健静默了一会儿："那你说该怎么办？"

"只有依靠我们自己的力量，去复仇！"

"你别开玩笑了，复仇？难不成我们要去杀人不成？"

邱蓉冷笑一声："那又怎么样？再说你这是杀父之仇，不得不报！"

刘健心中一惊："难道解决不了问题就要去复仇？算了，我想我能找到肇事者的证据。"

"你太天真了！没用的！嗨，我也是，劝你干吗？哼哼，我说咱们不合适吧！根本就不是同道中人。"

"邱蓉，给我一些时间好吗？"

邱蓉冷笑一声："我劝你还是把他们说的那个赔偿协议签了吧！"

"为什么？"

"你听我的！你打不赢这场官司的，不如赶紧拿点赔偿，后作他图，否则就是人财两空。"说完，邱蓉捂着嘴，快步走出了医院的走廊……

未来的几天，刘健一边张罗着父亲的丧事，一边收集当时的证据，但是，无论怎么去找警方核实，也总是被告知一句无可奉告，甚至连肇事人的姓名，警方也没有告知。

当然，他很快就从一个亲戚那里打听到，肇事人叫黄浩，受了重伤，就住在武警医院里，正在被警方严密监控着，刘健本想去找他理论，却被守卫的武警告知无法进入。

无奈之下，刘健利用自己是天河计算中心研究员的身份，黑进了当时交管局的监控系统，没想到，那段事发路段的录像一片空白。这段录像难道已经被人做了手脚？可是谁有这么大的胆子，敢做这种手脚？

刘健又开始搜寻这个路段的延伸路段，和周围路段不同时间段的监控，终于发现了蛛丝马迹，原来这条公路上上演过一场车赛，而他监控到了除了黄浩外，另外一辆赛车的车牌号，他的主人叫景伦，T市大学法律系的学生。

刘健翻看着附近的录像，真相渐渐浮出水面，是因为景伦和黄浩赛车才酿成的惨剧，而景伦驾驶的汽车在发生车祸后，不但没有停下车对刘健的父亲进行救助，事后也没有对这件事有过任何的表示。

刘健一气之下，把这份录像交给了警方，但是这份录像却被警方质问，是怎么来的。刘健被问得哑口无言，因为这些录像确实是他盗录的。那个接待他的老警察告诉他，这证据是非法取得的，不能作为证据，不追究他法律责任就不错了，让他赶紧回家去张罗他父亲的丧事。

刘健开始渐渐相信了邱蓉的话，接着几天，刘健家的门口总是出现不三不四的人，来找他和他母亲的麻烦，而他家的另外一侧停了辆110警车，几个警察在车外抽烟，像保护，又像是监视。

最让刘健气愤的是，当有一天他回家的时候，母亲正在家里垂泪，桌子上摆着一张协议书，协议书上母亲已经签了字。

刘健冲着母亲大喊道："妈，你糊涂啊，干吗签这东西啊？"

老太太哭诉道："儿子，我实在受不了，咱们不跟他们斗了。"

"难道我爸爸白死了？"刘健摇着头，但是他看到眼神早已失去光泽的母亲，顿时又平静了下来，"好吧！妈！这钱打在哪？"

母亲哭着说道："我没有银行卡，就让他们打在你教学费的那张卡上了。"

"这钱咱们先拿着，但是我不会放过他们的！"刘健的牙齿在口中咬得咔咔直响，"您知道吗，我爸是被两个人害死的！怎么只有黄浩一家人来？"

老太太摇头道："儿啊，不管是谁，咱都不争了，就让你爸爸安息吧。"

“不行！我爸的仇必须报！”此时，刘健的眼神中只剩下仇恨……

令刘健没有想到的是本该漫长的刑事诉讼程序，竟然风驰电掣般开始了，黄浩和景伦同时被送上了法庭，但是诉讼很快便结束了，景伦无罪释放，黄浩也只是有期徒刑3个月而已，刘健看到一脸含笑、大摇大摆走出来的景伦，两只拳头握得紧紧的。

此时，邱蓉走到了他的旁边：“怎么样？这次想好了吗？”

“邱蓉，不管怎么样，我要复仇！”

“你真的想好了？”

“我想好了，这次复仇不只是为了我父亲，还为了垭口村的乡亲们，还有你！”

邱蓉从后边拉住了刘健的手：“你愿意前行，我便随你而去。”

邱蓉从老教学区的楼顶缓缓飘下，她的眼角眉梢带着笑意！

只听“嘭”的一声，血从地面漫开了……

刘健坐直了身子，大口大口喘着粗气，他揉了揉眼睛，看着床头邱蓉的照片，斯人已逝，刚才不过是一场梦！也许一切都该从头开始了，他打开客厅的门，这里边横七竖八地摆了八九台电脑。

刘健将其中一台电脑开机，随后用双手熟练地敲击着键盘，一串源代码在黑色屏幕中间疯狂地闪动着，一切似乎都预示更大的风暴即将降临，最后他重重地敲击了一下回车键。

此时，刘健嘴角里露出了一丝奸笑：“蓉蓉，你看着吧，这场复仇才刚刚开始！”

4. 重启

时间：2016 年 9 月 10 日 16：00

地点：景伦公寓内

金玲玲坐在景伦身上，翘动着臀部，胸前的两团肉随着这节奏疯狂地摇动着，弄得床晃晃荡荡要散架了一般。高潮时，金玲玲伏到了景伦身上，嘴唇对准了他的双唇，硬生生地想把舌尖塞进他的嘴里。

景伦却没有多做迎合，两片唇闭得紧紧的，双手也没有任何动作，他闭着眼睛，像是一个泥胎，整个过程都像是金玲玲的独角戏。

金玲玲突然停止了亲吻，直接从床上滚下来，拾起地上的衣服便要穿上。

景伦有些诧异地说道：“你有病啊，怎么了？”

金玲玲没好气地说道：“连干这事都没激情了，看来我是多余的了。”

“这不挺有激情的吗？”景伦低下头，指了指自己说道。

金玲玲啐了一口：“呸！男人对女人有没有激情，这玩意儿说了不算，女人才最权威！”

景伦摆了摆手：“好吧，我承认我刚才走神了。”说着，景伦拿起了一瓶饮料，扔给了金玲玲，然后自己也拿起一瓶，咕咚咕咚喝了起来。

金玲玲喝了一口，干巴巴地笑了一声：“在局子里待了几天，是不是看上哪个女警了，趁机上了没有啊？”

景伦一愣，随即哈哈大笑：“女人啊，是没有多大格局的，脑子里说到底还是争风吃醋这点儿破事儿！”

“我就是个小女人，小格局，怎么了？我就吃醋了，怎么了？”听到景伦这么说，金玲玲重新坐回到床边，显然气已经消了一半。

景伦一阵坏笑：“放心吧！我暂时对别的女人没兴趣，不过说实话，现在我对你也没什么兴趣。”

金玲玲拿起枕头甩向了景伦，把脸一横，又要出门。

“真要走？”景伦赶紧扯着嗓子喊道。

金玲玲大声吼道：“我想走，谁也拦不住。”

“呵呵，你走出这个房间，谁保护你呢？”景伦坐在床边点燃了一根烟。

金玲玲一瞪眼：“我用得着你保护？想保护我的人多你一个不多，少你一个不少。”

“呵呵！你呀，典型的念完经文就打和尚，可别忘了，是谁帮你掩饰了买凶杀人的罪行。”

金玲玲觉得有些可笑，反口讥讽道：“没错，主意是我出的，但是钱可是你付的，买凶杀人你也有份！怎么？健忘了？”

景伦一脸轻松：“呵呵，谁证明？”

金玲玲被问愣了，但是转念一想，自己干脆豁出去了：“大不了我去自首，把你也供出来！”

景伦斜眼瞪了一眼金玲玲，扑哧一声笑了出来：“呵呵，你不敢！”

“你看我敢不敢？”金玲玲虽然嘴里这么说，也多半觉得景伦在跟她开玩笑，干脆重新躺回到了床上。

景伦一把搂住了金玲玲：“你难道就没有想过，警察为什么把我放回来了，而你却连协助调查都没有吗？”

金玲玲咬了咬嘴唇，回想多日来，除了警察主动找上门那一趟外，好像还真的没有再骚扰过她，景伦预料到了所有的事，包括警察会问什么，都精确无误。还有，虽然不知道什么用意，但是景伦让她去找景天，景天会问到什么，包括什么表情，景伦都做过预测，事实证明，一切都如景伦所料。如此轻易化险为夷，她却至今不知道景伦到底在谋划着什么，她转过头，终于忍不住问了一句：“你是怎么做到的？”

“当然是做了很多事！有你知道的，有你不知道的。”

“我不知道的你也不会告诉，我知道的，我也不知道你为什么要这么做，我现在觉得你挺可怕的，就像个魔术师，让人永远也摸不透。”

“魔术师吗？这个形容不恰当！魔术都是假的，而我是懂得如何运用妖术的人，你应该叫我巫师才对。”说完，景伦嘎嘎嘎地一阵坏笑。

金玲玲有些担心地说道：“我不知道你是怎么做到的，但是我知道你这么玩下去很危险，因为你在跟警方和杀手集团做猫鼠游戏，你即便会什么妖法，也不可能同时玩转这两拨人。”

“猫鼠游戏？这个词用得不错！”景伦咯咯笑起来。

金玲玲冷笑一声：“你还真以为自己是孙猴子啊？就算你是，孙猴子也被如来佛压在过五行山下，也被各路神仙妖怪整得团团转。”

景伦吐了一口烟圈：“所以，小爷才需要你帮我把那张符咒揭掉啊！”

“对不起，本姑娘不是唐僧。”

“可你已经成功地帮咱俩洗脱了嫌疑，你演技超棒的！”

金玲玲摇了摇头：“你觉得这样戏弄别人特别有意思吗？”

“你不懂这里边的乐趣，生死金、警方都是高智商的代表，而我暗藏在其中，警方怀疑我买凶却没有证据，生死金一直想要置我于死地，可我躲到了全市最聪明的警察身后，他们拿我没辙，你说这多刺激啊！”

金玲玲睁大了眼睛：“生死金想弄死你？”

“你还不知道吧，生死金创立的目的应该是向我爸爸报仇。”

“景总？”金玲玲睁大了眼睛，似乎这里边还真有许多她不知道的隐情。

“生死金看似是一个杀人网站，但据我推测，它的真实目的并不是为了赚钱，而是报复，而且目标就是我爸爸。”

“这太可怕了！到底是为了什么？而且要报仇，直接来找你爸不就完了吗，干吗费这么大的周章？”

“有些事，跟你一两句也说不清楚！总之生死金是由垭口村为中心爆发的犯罪事件，包括你想要买凶杀害邱蓉，其实都是经过生死金设计的故事，为的就是想要把我引入这个圈套中，可是他们都没有想到我自己钻入了警察局，得以避世！正因为如此，生死金启动了更为庞大的计划，在警方和生死金的缠斗中，警方付出了极大的代价，而生死金吸收了几个亿黑金，虽然暂时下线了，但是却获得了巨大的收益，而我在这场缠斗中，坐山观虎斗，不仅排除了警方对我们的怀疑，还把火苗直接引向了另外一位嫌疑人。”

“另外一个嫌疑人？对，我记得你说过的……”

“他叫刘健，是邱蓉的男朋友，也是被黄浩撞死的那个清洁工的儿子……而邱蓉就来自于垭口村……”

“刘健？计算机系的那个刘健？”金玲玲的表情有些复杂。

“你认识他？”

“不！不！不！我只是知道邱蓉有个男朋友在计算机系……”金玲玲吞吞吐吐的，当她听到这个名字时，内心突然觉得五味杂陈，勾起了一番她的小心思。

“我怀疑刘健就是生死金的幕后主使，生死金完全就是他创造出来的阴谋，为的就是给垭口村的村民报仇。”

“警方信了？”

“一开始警方其实并没有怀疑他，正是我的引导，才让他进入了警方的视线。而他作为这起犯罪的总指挥，是无法在警方的监控下完成犯罪的，结果他就自编自导自演了一出长荣分局的追杀好戏，虽然成功脱离了警方的控制，但是也正式列入嫌疑人的行列。”

“今天晚上我有门重要的课要去上，不跟你说了！”说着，金玲玲突然挣脱了景伦，坐直了身子，下了床，她从来没有如此迫切地想要返回校园，去了解一些事情。

景伦一副无所谓的样子：“走还是不走，随你，但是有一件事我可以告诉你，除非我要放弃你，否则你不可能能离开我。”

金玲玲一瞪眼：“本姑娘是自由的！你难道还想非法拘禁？”

“根本不用拘禁，只要我在生死金上写上你的名字，你的生死就握在了我的手里，如果你敢离开我，我就不替你支付那一百万买生存权的赎金。”景伦的笑意里带着一种难以名状的诡异。

金玲玲冷笑了一声：“你在警察那儿待傻了吧，生死金已经下线了。”

景伦一阵狂笑：“你太天真了！犯罪就像毒品一样会上瘾的，一旦开始就不会轻易停下来的！”

“这是……”金玲玲拨开手机，刚想反驳，却发现生死金的APP竟然又重新开始上线了。

“呵呵，我给你看一样东西！”说着，景伦拿起手机，给金玲玲看了看。

“你……”金玲玲吓得芳容失色，看到生死金上的名字时差点瘫倒。

“是啊，我把你的名字写上了！现在你如果离开我，我真的无法保障你的安全哦！”

金玲玲大怒道：“你以为我是你的奴隶吗？我告诉你，我不是，就算死，我也不会屈从于威胁的！”

“你知道我为什么看到生死金后如此兴奋吗？”景伦眯着眼，看着金玲玲惊恐的表情，哈哈大笑，“生死金早晚会脱离原来的轨道，成为最负盛名的犯罪怪兽，而这只怪兽必将控制在富人的手中，成为统治的工具，而我是未来可以掌握世界的人。”说着，景伦站在床上，张开了双臂，全身一丝不挂，样子十分野性。

“变态！”金玲玲蹬上了门口的高跟鞋，狠狠地摔门而去。

景伦赤裸着身子，摔在床上，看着空荡荡的房间，突然发出一阵得意的笑声，似乎一切都在他的掌握之中。

但这笑声却被他手机的短信声打断了，景伦掏出手机，眼睛一下子瞪了起来，里边出现了一条令他无法相信的信息。

他赶紧打开了 APP，核实了一下，原来景伦这个名字已经出现在了被害人的名单中，而且在生死金页面上也出现了新的规则链接。

景伦用迷离的眼神读完了规则，脸上一股怅然若失的表情，正在此时，门外响起了急促的敲门声。

◆第十章　死亡倒计时

1. 内奸

时间：2016 年 9 月 10 日 16：00

地点：T 市医院特护病房

负责审讯刘静生的督察，年龄五十多岁，挂一级警督衔，满脸横亘着沧桑的沟壑，一看便知是个阅历丰富的侦缉者，而与他搭档的青年干警，也十分干练，虽然只有三十多岁，却已经是二级警督，他两只警觉的眼睛不停地在观察着刘静生的一举一动。

刘静生头上缠着绷带，半卧在床头，面无表情地看着窗外，像是在思索着什么。

老督查走到窗边，遮住了刘静生的视线，冲之和蔼一笑："静生啊，你也别紧张，这不是正式的问询，T 市出了这么大的事，我们只是想了解一下情况。"

刘静生冷笑一声："韩老！大家都是自己人，何必绕弯子，有话您直说。"

"好吧，我们大老远地从北京赶来，自然是为了生死金案件。静生你知道多少，都可以跟我们说说嘛。"

刘静生眉毛一松："我的报告里写得很清楚了，韩老这么问，说明你们根本就没有认真读过我的报告。"

韩老摆了摆手："此言差矣，如果不是看了你的报告，我们怎么会千里迢迢地跑到T市来呢？"

刘静生轻轻一叹："哼！韩老的诱供技巧真是已经炉火纯青了！你们是怀疑我是公安部的内奸，所以才来调查我的，对吗？"

年轻的警官眉头一皱，眼睛转了转。

韩老哈哈大笑起来："刘处长这是哪里话？公安部派我们来，一来是重视刘处长的报告，二来是觉得刘处长因公受伤，所以特来慰问，绝没有别的意思。"

"呵呵，你们骗我有什么用？公安部就算再后知后觉，这会儿恐怕也该查出来，这次生死金爆发的中心，就是T市，而公安部有内奸也是不争的事实。"

韩老苦笑着摇了摇头："有内奸不假，不过，我可没说刘处长就是啊……"

刘静生突然扶着头："既然不是，那二位就请先离开吧，我这头还是有点疼，需要休息。"

年轻的警官终于按捺不住："我说刘处长，我们大老远从北京赶来，可不是陪您养病的，还是请您如实交代下您的问题！"

"韩老，我觉得还是年轻人好交流啊，一是一，二是二。"刘静生的语速十分缓慢，丝毫没有受到情绪的影响。

韩老有些尴尬，斜眼瞪了一眼旁边的年轻警官，只好赔笑道："静生啊，我们真的只是来了解一下情况。"

"那好，既然不是审问，我不想跟你们说，找一个人来！"

两人一阵唏嘘，韩老有些迟疑："谁？"

"胡玉言！有些话，我只对他说！"

韩老脸有难色：“嗯，这不合规矩。”

“除了他，我对谁也不会说。”

年轻的警官刚想发作，韩警司一把按住了他。

刘静生依旧很平静：“您刚才不说，这不是组织审查吗？我跟朋友谈谈心总可以吧？”

韩老思索了半天，终于说道：“好吧！本来也不是什么组织调查，找个朋友进来跟你谈谈心也不错。”

“如果我没猜错的话，他是跟你们一起来的吧？恐怕这会儿就在门口。”刘静生说这话时，表情平静极了。

年轻的警官有些不耐烦：“见的话，也必须得有我们俩在场。”

“我说过，这是朋友在聊天。”

韩老有些为难：“静生啊，虽然不是问询，但是也要有我们专案组的人在场……”

还没等韩老说完，刘静生抢白道：“张敏应该也在门外吧？她也是专案组的人，我和胡队长的谈话，她可以全程在场，你们也可以全程录像或是录音。”

年轻的警官一皱眉：“这和我们在场有什么区别吗？”

“我刘静生脾气倔！这会儿不想跟你们说话。再说你们如果有什么手续就拿出来，不用拿这些话来诈我。”

年轻的警官顿时大怒道：“我们怎么诈你了？你说清楚。”

“陆警官，你是一九八三年出生的吧？”

“一九八三年七月！”

刘静生点了点头，“三十三岁！我三十三岁的时候，就是个副科级的刑警队副队长，可你已经副处长了！年轻有为啊！”

陆警官似乎觉得这话里有刺：“这跟问话有什么关系？”

“你离着处长的职位只差一步之遥，所以，一年多来你拼命寻找外派的机会。生死金的机会终于让你抓住，本以为自己可以崭露头角，没想到案件却跟你的预判大相径庭，最后当所有的疑点都归于我身上的时候，你又主动请缨，想从我身上得到什么有用的情报，这样你就可以有升职的跳板了，对吗？年轻人！我最讨厌这种想要踩着同僚上位，抓个蛤蟆就想捏出来一把尿的人！”刘静生突然变得言辞恳切起来。

“你……我……”陆警官运着气，但这话却又正好碰到了他的真实想法，让他一时理屈词穷。

“我是不会跟你一个名利心如此重的人去探讨案情的，哪怕我是你们眼中的内奸，我也会把我所知道的交给我能托付的人，还有请你把口袋里的录音笔拿出来吧，大大方方地放在这儿就可以了。”

陆警官恼羞成怒，刚想发作，却被韩警司一把拦住：“好吧！我答应你！张敏和胡玉言确实就在门外。行了，小陆，我们出去，让胡队长进来跟刘处长聊吧。”

说完，韩督察搡了陆警官一把，陆警官从口袋里掏出了一个U盘大小的录音笔，放在了刘静生面前，转身和韩警司离开了病房。

此时，张敏第一个从门外跑了进来，关切地趴在刘静生面前，大哭起来：“大叔，你没事吧？”

刘静生笑着摇了摇头：“傻丫头，做警察的，天天都有危险！这点伤小意思。”

“大叔，他们怀疑你……说你是内奸。”

刘静生笑道：“谁啊？这么坏？”

张敏朝后边看了一眼，此时胡玉言已经站在了张敏身后，对刘静生冷眼相望。

“怎么？胡队长，干吗用这种眼神看着我，难道你真认为我是内奸？”

胡玉言把一兜子水果放在了刘静生的床前：“有些事，等你伤好之后再说吧！”

“生死金的嫌犯要么死了，要么跑了，我们现在连一个嫌疑人都没有抓到，你还要等我？别跟公安部的那些官僚一样，开门见山吧！”

“我确实是怀疑过你！”

刘静生笑道：“哦？说出理由吧！”

“既然你想听，我就说说！第一，这么大的公安部，为什么只有你重视我那份报告？”

刘静生笑着摇了摇头：“这有什么不对吗？”

胡玉言摇摇头：“开始时，我对那份报告很自信，但是，后来我调换了一下角度想了想，如果我是公安部的人，我看到这份报告会是什么想法？在不了解T市情况的条件下，我可能也会做出跟公安部同样的判断，认为这份报告是在异想天开，因为这份报告里，充满了我的主观臆断，没有任何的证据和数据支撑。可为什么你却要跑来，说我这份报告有理呢？这显然太奇怪了。”

“胡队长啊，我觉得你是又犯了主观臆断的毛病了。”

“呵呵，我倒不这么认为，我个人觉得是因为刘处长非常了解T市的情况，才做出的这种判断，但是跟T市没有过任何交集的刘处长是从哪里了解的T市呢？”说完，胡玉言瞅了瞅张敏。

刘静生和张敏面面相觑。

“当然不是张敏，她已经离开T市多年了，所以你应该是从另外一个渠道了解到了T市的情况。当然，这仍然是刘处长所说的主观臆断，不过，我很快又有了第二个主观臆断。”

刘静生此时，算是来了精神，想要下床来，他突然一晃，张敏一下子上去扶住了他。

“胡大大，你先不要说了，等刘大大好了再说。”

刘静生冲着张敏摆了摆手：“不碍事，胡队长，你继续说。”

“已经确定被击毙的两名悍匪，齐向东和高晓斌，都曾经与你服役于一个连队，你当时是他们的连长，而另外三名悍匪嫌疑人高云翔、聂涛和李元里也曾经是你的手下，从这点上来说，不能不让我怀疑你。”

刘静生点了点头：“嗯，虽然是主观臆断，但是这条倒是有些道理，还有没有别的？”

“第三，也是最重要的，自从你来之后，T市刑警队遭受到重大损失。去过垭口村的人，王勇也罢，邢振誉也好，现在都还在昏迷之中，只有你有惊无险，能够全身而退，如果说你跟垭口村没有关系，谁也不信！”

刘静生满意地点了点头：“嗯，可是你也说了，这一切都是你的臆断。”

“对，都是我的臆断，生死金到现在为止，警方并没掌握什么实质性的证据，否则刚才那两位督察，就不可能对你这么客气了。”

“自从我来到T市，你也没有真正信任过我，今天能这样坦诚相见，我觉得挺好。”

胡玉言冷笑了一声：“难道刘处长就对我坦诚过？”

刘静生突然不说话了，在一旁的张敏的眼神里却闪烁着一种难以名状的迷惑。

刘静生大约沉默了半分钟，突然笑道：“是，我是隐瞒了你一件事，但是我也是来到T市之后才知道的，我确实并不想跟你隐瞒什么，只是我也没有证实这件事。”

“现在你应该已经证实了吧？”

刘静生眼睛顿时失去了光泽，他懊悔地闭上了眼睛：“证实了！但是却晚了。”

“看来这一次我们的想法不谋而合了。”

“胡队长，我们两个最大的区别就在于，你是假设派，利用你天才般的嗅觉，先确定怀疑对象，然后再去找证据，而我不是这个思路，我在没有找到证据之前，所有人都是我的怀疑对象，从这点上来说，你我这次确实是殊途同归，但是没想到，当我们解开这个疑惑多时的谜团时，却发现我们之前都错了。”

张敏摸了摸脑袋：“大叔，胡大大，你们是在猜哑谜吗？我怎么一句也听不懂。”

胡玉言并没有理会张敏的疑问：“我们都忽略了一个人，你是因为信任，而我根本没有理由怀疑他……你的战友柳长庆，才是生死金的内奸，对吗？”

刘静生再次陷入了沉默，张敏睁大了眼睛，满脸惊恐，似乎觉得眼前这两个男人讨论的事情是个可怕的噩梦。

胡玉言终于松了一口气：“看来我最后的臆断变成事实了。”

“你是怎么想到会是柳长庆的？”

“很简单，现在已经查实，生死金是从垭口村污染案中引发的恶性事件，我从你的简历中，没有发现跟垭口村有什么焦点，从这点上来说，你不可能跟生死金有过直接的联系，所以，我就找到了另外一个和所有的事件有联系的人，而唯一符合认识那几个悍匪，而且既跟垭口村案件有关，又跟你有关的人，只是柳长庆，所以我就锁定他了。”

“长庆是我连队的政委！也是垭口村案件的检察官，我早该想到的。”

“你是无意中把公安部的秘密泄露给柳长庆的吧？”

刘静生缓缓点了点头：“开始时，我并没有想到是他，而是在怀疑你！因为你那份报告写得太真实了。你记得我们来的那天晚上，我们在一起喝酒吗？我试探着问了你很多关于案件的问题。”

“我的回答让你对我产生了更多的怀疑。”

刘静生点了点头：“确实，因为你隐瞒了很多案件中的细节，所以让我对你的怀疑更深了，当晚我就找柳长庆了解情况。”

“嗯，泄密的事，应该就是那天晚上发生的吧？”

刘静生深深地叹口气："那天晚上我们长谈了一夜，我还当他是年轻时一起拼命的兄弟，借着酒劲儿，就把该告诉他的和不该告诉他的，都说了，是我违反了组织纪律。"

"你是什么时候发觉他有问题的？"

"因为你并没有告诉我长荣分局的事，当我看到了高晓斌尸体的时候，我才隐约觉得这事不正常，因为高晓斌和柳长庆的关系非常好，当初他入特勤也是柳长庆一手操办的。而接二连三出现的案件，也让我突然之中有了一种危机感，可能是我泄密了，后来生死金加快了行凶的节奏。所以，我才要去垭口村探查，而在那儿，我遇到了……那些所谓的车匪路霸。"

"大叔，那天我记得，王大大是抽了一根烟迷晕的，而我被那些村民围上来，直接绑走了，而大叔你……"

"小敏，谢谢你，一直为我隐瞒了当天的事。我是束手就擒被他们绑走的。因为，那些村民里的其中一个我认识。"

"是齐向东对吗？是当初你们特务连的一员干将。"

"嗯！其实，我早就认出了他！但我没有说破，直到他们凶相毕露。而他的出现更加确定了我的怀疑，柳长庆跟本案有关。"

"你第一次被俘，他们没跟你说过什么吗？"

刘静生摇摇头："没有，估计他们也没有想到我会在那辆车上，所以我就被一直关在那间屋子里，没有人来见我。直到我听到了枪声，到门边一推，才发现那扇门的锁已经被人打开了。"

"那你逃脱后，为什么没有主动把这些事说出来？"

"因为我还是不相信会是他！所以我又去找了柳长庆，但电话打不通，问他单位里的人，却被告知他请了几天年假。柳长庆在T市早已无亲无故，他能去哪呢？"

"所以，你又孤身去了垭口村！想要找找线索。"

“对！这次我查到了那间别墅，但是当我走进那间别墅后，就被……打昏了，这就是这几天发生在我身上的全部故事。”

胡玉言点了点头：“刘处长，这次我相信你说的都是真的！”

刘静生点了点头：“谢谢！谢谢你的信任。”

“不过，你的问题，还是请你自行向组织汇报吧，我帮不了你。”

“我的问题我会用书面材料给组织上报的，之所以这些话只跟你说，是因为能扑灭生死金这股毒火的，只有你。”

“小敏，照顾好刘处长。”胡玉言拿起录音笔，按了下开关键。

刘静生强撑起了身子：“胡队长，我觉得柳长庆也未必是生死金的首脑，他恐怕只是一个帮凶而已。”

“这我很清楚，我还很清楚，生死金不会这么轻易就放手的，犯罪就像毒品，会上瘾的，我要在他们偏离轨道之前，彻底剿灭这伙恐怖分子。”说完，胡玉言转身离开了病房。

2. 加注

时间：2016 年 9 月 10 日 17：00

地点：T 市公安局刑警大队 IT 办公室

林玲打开了 APP，焦急地冲着刚刚进门的胡玉言说道：“生死金又上线了。”

“什么时候的事儿？”胡玉言快步走到鲁镜跟前。

鲁镜一边操作着电脑，一边焦急地答道：“四点钟准时上线的。”

胡玉言看了看手表：“正好是一个小时前，有人上榜了吗？”

“有两个……金玲玲和景伦。”说完，鲁镜点了一下鼠标，在主屏幕上，出现了金玲玲和景伦的名字，后边附带着倒计时。

这两个人上榜好像早就在胡玉言的预料之内，他的脸上丝毫没有惊恐之色，注意力完全集中在了那一秒秒减少的倒计时上：“这倒计时是……怎么回事儿？”

林玲拨动着手机页面：“生死金发布了最新的规则，为了最大限度地保障上榜人的利益，网站推出了倒计时功能，也就是说不到最后一秒，上榜者都不会被杀害，这就给上榜人充分的时间筹集款项，挽救自己的性命。”

“王勇、小邢……”胡玉言喊到一半才想起自己的得力助手还在医院，他下意识地捂着自己的公文包，叹了口气。

林玲把手放在了胡玉言的肩膀上：“我知道你现在很难，但生死金极其凶残，至今还未失手过，这次景伦能不能逃脱魔爪，就要看你的了，所以你必须要冷静。”

胡玉言左手搭在了林玲的手上，右手把那个公文包攥得更紧了。

此时，糜昊突然喊道：“胡队，有人买景伦的生存权了。”

“什么？”胡玉言死死地盯着屏幕，景伦后边的死字已经改成了生字。

一秒钟后，陆晓媛大喊道：“又有人买了他的死！”

果然，倒计时后那个字又改成了死字。

话音未落，鲁镜又道：“胡队，有人为景伦加注了一百万，买了生。”

接着糜昊站起来指着大屏幕，大声惊呼：“买死的又加注了。”

陆晓媛嘴中的棒棒糖掉落下来，她也浑然不知，兴奋地喊道：“哇塞，胡队，又有人加注买了生。”

“你们看！你们看！又加注了！又加注了！”鲁镜三人齐声喊道。

林玲紧张地攥着拳头：“还在加注，真是世纪大血拼啊！”

陆晓媛捂着头，不停地摇晃起来：“我的天哪，已经加了三百万买生了。”

胡玉言皱着眉：“景伦中计了，他可能有危险。”

虽然出身豪门，林玲看到这样的场面也有些心惊肉跳：“是谁这么恨景伦，非要置他于死地？”

“还看不出来吗？这次生死金上线是个不折不扣的圈套，为的就是圈钱。”

林玲惊道：“啊？景伦那小子是不是中计了？”

胡玉言摇头道：“不应该啊！那小子一向很冷静的，就算是支付赎金，也不急于这一时啊，除非……他被生死金绑架了，是被迫汇款的。”

“被生死金绑架？”林玲的疑问，同时引得屋子中的所有人望向了胡玉言。

“十有八九，你们想啊，既然生死金敢把死亡时间延伸到最后一秒，那他们要怎么才能做到如此精确呢？”

林玲恍然大悟：“只有事先把人绑走。”

胡玉言点了点头。

林玲使劲儿地摇晃着胡玉言的胳膊：“得赶紧找到景伦啊，可是他现在在哪？”

鲁镜答道：“应该是在金玲玲的公寓！”

林玲奇道：“你怎么知道的？”

“监控上看到的。”

林玲埋怨道：“我说鲁胖子，你还有这爱好啊？”

“生死金下线那会儿，胡队也不让回家，无聊呗！”

林玲没好气地说：“你最后看到景伦是在什么时候？”

“下午两点多吧！景伦和俺们学校的那个校花金玲玲一起走进公寓的，不过进了房间他们干什么，我就看不见了。”鲁镜将两只手摊开，做出了一个无可奈何的姿势。

“少贫嘴！”林玲转过头，冲着胡玉言说道，“老胡，赶快派人去景伦家里啊，兴许是你猜错了呢！”

胡玉言叹了口气，终于从公文包中取出了三份文件交给了林玲，林玲拿过三份文件，简直是越看脸色越难看。此时，胡玉言拨通了手机，“喂！是韩老吗？”

电话那头传来了韩督察的声音：“小胡啊……”

胡玉言“嗯”了一声，把景伦公寓的地址告诉了韩督察，然后便挂了电话。

林玲把三份文件还给了胡玉言，她终于明白了胡玉言的尴尬所在，原来两名督察不仅从北京带来一队人马，还带来了三份省厅的红头文件，第一份文件中显示张涛被免去了T市公安局局长职务，第二份文件中严令所有T市警员，不得参与生死金的侦破工作。但同时，第三份却是一道很奇怪的任命函，认命胡玉言为T市公安局代理局长，公安部专案组归胡玉言调遣，而且文件中还特别提到了鲁镜三人可以作为公安部的协办人员参与案件侦办。

林玲安慰道："你也别担心了，好在那两个督察已经带人过去了。"

"晚了！金玲玲和景伦恐怕都已经被绑走了。"

鲁镜大喊道："现在景伦已经花了1000万买生了，不过有人又花了一百万买他死。"

糜昊等了一会儿冲着屏幕上说："好像停住了。"

果然，生死金在一场血拼后，恢复了平静，没有人再为景伦的生死埋单。

陆晓媛抚了抚心脏的位置，稍稍恢复了一些心神："太刺激了！有钱人玩的游戏真是让我们这些穷学生心塞啊。"

胡玉言斩钉截铁地说道："景伦的钱应该已经被榨干了。"

林玲急道："也就是说，他可能要等着被执行死刑了。"

胡玉言的眼睛盯着屏幕，眼神中闪烁着一股狡黠的目光："哪会这么容易，儿子没钱了，可老子还在呢。"

林玲思索了片刻："可是景天不是被你关起来了吗？"

"他巴不得让警察保护他呢，可我们没有义务做他的私人保镖，他和生死金并无关系，所以已经被释放了。"

"你是说，景天肯为他儿子继续支付赎金？"

"生死金的终极目标从一开始就是景天，只是没有想到最后落脚点会放在这个层面上，至于景天会不会中招，我就不知道了。"

林玲点了点头："豪门的事确实不好妄断，我估计督察队那些人也是扑空，就算景天肯为景伦继续支付赎金，我们的时间也不多了，关键是你要怎么破案呢？”

胡玉言冷笑一声：“也该我放出撒手锏了！我之前跟你借的那一百万，该派上用场了。”

林玲瞪大了眼睛，心中有种不祥的预感，所以大声呵斥道：“你要干什么？”

突然，鲁镜、陆晓媛和糜昊同时转头看着胡玉言，林玲不明所以地盯着大屏幕，原来大屏幕上，出现了一个新的名字——胡玉言。

此时，胡玉言从口袋里掏出了手机，原来他一早就进行了操作，只是在等最后一刻确认罢了。

3. 碰撞

时间：2016 年 9 月 10 日 17：30

地点：T 市金湾花园公寓 B 座

天色将晚，多辆警车和几辆黑色奔驰，堵得整个金湾花园公寓水泄不通，还不断有下班回家的车辆想要涌进小区，却被一排特警拦住。明亮的警灯和各种车辆的远光灯交织在昏暗的夜空中，再加上喇叭乱响，顿时让人有种紧张感。

这种阵势吓得小区保安赶紧通知物业经理，物业经理也不知道来的都是何方神圣，赶紧给派出所所长打电话，却被告知派出所管不了，你们也什么都别管！

陆警督带着一队满腹武装的特警堵在了门口，而十几个穿着黑色西服的壮汉们则站在了另外一边。

两拨人在门前对峙了半天，眼神中都透着一股杀气。

陆警督上前一指："你们是什么人？竟敢阻挠警方办案。"

此时，特警们已经端起了枪，将漆黑的枪口对准了黑衣人。

黑衣人中为首之人，不过三十多岁的年纪，他面无惧色，把墨镜摘了下去，满脸赔笑道："我是全景集团的保安部长秦少波，没想到少爷的事惊动警方了，谢谢你们保护我们家少爷，景先生让我们来把少爷接回去。”

血气方刚的陆警督，一股蛮劲儿上来，冲着秦少波喊道：“我们也是来找景伦的，现在是公安部办案，你们退后！”

此时，韩督察将陆警督推开，让所有的特警把枪放下：“听说景总的公子上了生死金，我们是来保护他的。”

秦少波一笑，吊儿郎当地说道：“警官先生，公安局就算再厉害，也不如贴身保护吧。谢谢两位警官费心，你们的任务结束了，回头景总会送个锦旗表扬你们尽忠职守。”

陆警督把眼一瞪：“放肆，你说我们这么多警察还保护不了一个市民？”

秦少波一笑：“呵呵，众位警官难道忘了？前两天一个叫黄浩的，有那么多警察保护，不也被生死金给杀了，还有两名悍匪闯入长荣分局，造成多名警察受伤，景总可不敢再相信你们了！”

韩督察眼边的皱纹舒展了一些：“警察有用也好，没用也罢，我们是在执行任务，请你们配合。”

秦少波冷笑一声，丝毫不肯相让：“对不起！二位，我不管你们是谁，景总有命令，让我们把少爷带回去。”

两拨人正在针锋相对，一个染着金发的女孩，突然出现在了门口，正是金玲玲。

“发生了什么事？”金玲玲用惊恐的眼光看着众人。

秦少波惊讶地叫道：“金玲玲？”

陆警督吓了一跳：“你就是金玲玲啊？景伦在吗？”

金玲玲惊道：“景伦？一个多小时前，被两个警察带走了啊！”

韩、陆两名警官和秦少波面面相觑，迟疑了大约了两秒钟，两个人各自呼唤着各自的人，要向门里冲，而秦少波和一众黑衣人，很快被特警压制住，挡在了公寓门外。

当特警们冲入景伦的公寓时，才发现，这里早已空无一人。

“保护现场，屋里所有的物品全部都是证物，赶快通知鉴定人员。”韩警督歇斯底里地喊道。

此时，秦少波的表情异常严峻起来，他考虑了一会儿，拨通了景天的电话：“景总，少爷出事了。”

韩督察一指审讯室：“人就在里边呢！胡局，你主审？我给你做记录！”

“有劳了！”胡玉言点了点头，拉开了审讯室的大门。

金玲玲坐在审讯室里神色慌张，对面胡玉言和韩督察全都面无表情坐在她的对面。

胡玉言先开了口：“金玲玲小姐，我是T市公安局代理局长胡玉言，这位是公安部的特派员韩督察，我们两个对你进行例行的问话，请你最好不要有隐瞒，也不要撒谎，因为你的每一句言行，都会被我们记录在案。”

金玲玲郑重地点了点头。

胡玉言和蔼地笑了笑：“金小姐，我想你应该知道我们今天请你来的目的。”

金玲玲的眼珠一直在转，使劲儿地摇头。

“不知道？”胡玉言呵呵一笑，“那我换一个问法，你是不是曾经在生死金网站上投注过一个人的生死？”

由于这一次没有景伦事先指导，金玲玲顿了一下，赶紧摇了摇头。

“不对吧！我帮你回忆一下。”胡玉言拿出了一张邱蓉的照片，放在了金玲玲面前，“认识这个女孩吗？”

金玲玲微微点点头：“她叫邱蓉，我们都是一个大学的。”

“嗯，她前两天被这个叫生死金的网站给杀了，这事你应该知道吧？”

金玲玲没说话，只是点了点头。

“你和邱蓉好像不同系吧！”

金玲玲有些心虚：“对，她是化学系的！”

“其实我有点不明白，你和邱蓉属于不同的院系，而且根本找不到什么交集，你们到底是怎么认识的？”

金玲玲吞吞吐吐地说道：“我们曾经因为一点小事起过争执。”

胡玉言哼了一声，“可是，据我所知，你们可不是因为这点小争执才认识的。之前，我的两个同事去找你，也只是例行公事而已，因为我们也没有想到有人会为了那么点鸡毛蒜皮的争执杀人，直到我们找到了你和邱蓉真正的焦点。刘健和邱蓉曾经是恋人关系，而你也曾经疯狂地追求过刘健，这才是你买凶杀人的真正原因，对吗？”胡玉言的双目如电，狠狠地拍了一下桌子，刚才的慈祥早已不复存在，换上的是一张狰狞的面孔。

金玲玲顿时呆了，半天才缓过神来：“警官，邱蓉真不是我杀的。”

韩督察“呵呵”了一声：“小姑娘，我们在你男朋友的公寓里找到了一台电脑，技术人员已经分析过了，那里边保留着生死金的完整付款记录，而付款的账户显示是你的，你是无法抵赖的。”

金玲玲顿时急了，突然站起来说道：“我不是故意要杀她的，我当时就是赌了一口气，再说那一百万是景伦付的，不是我！”刚说完这话，她才发现胡玉言和韩督察正在笑呵呵地瞅着她，她这才意识到自己恐怕是中了对方的计谋，景伦是电脑高手，怎么会没有处理好电脑中的痕迹，轻易被警方查出来，她坐回到椅子上，精神防线一下子崩塌了。

“好了，买凶杀人的事都说了，就别憋着了，说说你跟刘健的关系吧！别告诉我，你不认识他啊。”

金玲玲的眼泪突然夺眶而出，大约哭了两分钟才抽泣着说道：“刘健是我们学校最帅气、最有才的男生，是我们所有女生的偶像。我追过他，却没有成功，没想到他最后跟一个乡下丫头好上了。你说我的心里能好受吗？”

胡玉言笑道：“我还以为你就喜欢景伦这种富二代呢？”

金玲玲觉得自己招供，多少有些对不起景伦：“景伦是另外一种类型的男生，他也很优秀，但不如刘健那么有魅力！”

胡玉言顿了顿：“我今天不是在跟你谈论你到底喜欢什么样的男生，我想听听你为什么动了杀邱蓉的念头。”

金玲玲点点头：“有一天，我在外边玩得太晚了，抄近路从老校区回宿舍，后来正巧碰到邱蓉和刘健，他们在谈分手的事。我以为自己有机会了，就去跟刘健说，我还是想当他的女朋友。”

“他拒绝你了？”

“嗯！拒绝得很干脆！说我不是她喜欢的类型，还说我太物质了，他满足不了我。他喜欢邱蓉那样淳朴、聪明的女孩，叫我死了心……自从那天之后，我就总想着要找个机会报复那个邱蓉，包括那次在舞蹈房的争执，其实也是想报复她。但是，我真的没想杀她，生死金出现后，我只不过想诅咒一下她罢了，谁知道这鬼网站来真的。”

“那天晚上，你在老校区里还听到他们说什么？”

“我好像听刘健一直在劝她什么，后来邱蓉就哭了，由于离得太远了，所以我也没听得太清楚……不过，我好像听到什么垭口村，还有报仇，就这么多……”

“金小姐，我现在可以告诉你一些很有意思的事，不知道你知不知道，生死金可能是刘健一手策划的，而他的目的就是给邱蓉的父母报仇。”

金玲玲再次陷入了沉默，好一会儿才答道：“这件事，我一点也不知道。”

韩督察把手中的笔停下：“小姑娘你何苦呢？刚才替景伦隐瞒完，

现在又要替刘健隐瞒，今天警方既然在这种地方跟你谈，就是掌握了十足的证据，你还是有一说一得好。比如你下午为什么急匆匆地从景伦公寓出来去了学校的宿舍去找刘健？”

“我……”

“说吧！是不是景伦跟你说了什么？”胡玉言的双目中射出了一道寒光。

金玲玲咬了咬嘴唇，点头道：“他说刘健是生死金的幕后主谋！我不相信，就想去问问他。”

“你的名字也是景伦写在生死金上的吧？”

“是！他说想用这种方法，不让我离开他。”

“上了生死金的人都跑不了，你不害怕吗？”

“这个我倒不是很担心，不瞒你说，我的账户上，也有几百万！如果真到了万不得已的时候，我可以买生存权的。”

“几百万？”胡玉言有些诧异，但顿时又觉得这样一位周旋于有钱人之间的交际花，似乎拥有这样的财富并不特别困难。

金玲玲叹了口气：“这可能就是刘健不喜欢我的原因吧。”

胡玉言和韩督察对望了一眼，连这样的细节都交代了，说明金玲玲已经彻底敞开了心扉，“景伦随后也上榜的事，你知道吗？”

金玲玲点了点头：“我当时懒得搭理他，就想去找刘健，可我刚出门，生死金网站的提示就跳出来了，我这才知道景伦上榜了，我当时犹豫要不要回去，可我发现有一辆警车停在了门口，过了一会儿，我就看见两名警察带着景伦出去了。我心说，这家伙终于知道怕了，知道报警寻求庇护。”

胡玉言点了点头：“如果生死金这时打着警方的名义把景伦带走，还真是很难被识破……但你不觉得有点奇怪吗？”

“嗯，也觉得有些奇怪，警察为什么会来得这么快，不过，我转念想一想，景伦在警局待了这么久，恐怕早已被盯上了也说不定，警方也许早就埋伏在公寓附近了。”

胡玉言点了点头，其实这个不自然跟自己所想差异很大，不过既然从金玲玲这里得不到自己想要的解释，说明她根本不知道这件事，也就没必要再做赘言了，他只得继续问道：“之后呢？”

“……之后我就又去找刘健，想亲口问问他到底是不是生死金的幕后真凶，但是他的室友们说，已经一个多月没见过他来学校了。”

“最后一个问题，你觉得是谁把景伦的名字写在生死金榜单上的？”

“景伦生性狂傲，很爱得罪人，而且他的父亲景天也……所以，要置他于死地的人，很多。”

胡玉言点了点头：“金小姐，感谢你的配合，由于你也上榜了，所以我们有义务保证你的安全。”

“我想问问，景伦和刘健会不会被判死刑？”

“你们的罪与罚都要交给法院去判定，不过我们会向检察机关如实汇报你的情况，争取能够宽大处理。”

金玲玲点了点头，便被两名女警带出了房间……

韩督察和胡玉言坐在张涛的办公室内，张涛满脸愁容：“外边情况怎么样？”

韩督察叹了一口气：“百姓们人心惶惶，可不是一般的混乱啊，现在所有媒体都在指责警方的无能。”

张涛苦笑道：“所以你们免了我是正确的，总得有个人背锅不是？”

“老哥，你可千万别这么想，组织上绝对是相信你的！”

张涛摆着手：“我在公安一线干了一辈子了，该歇歇了，也是时候让小胡这样的青年才俊上去顶顶喽。”

韩督察摇了摇头，又看了看旁边颇为平静的胡玉言：“咱们都是党员，适当的时候，就需要这种牺牲精神。不过若比起牺牲来，咱们这些老家伙，可比不上这些年轻人。”

张涛有些担心地问道：“小胡，听说你把自己的名字写在生死金上了？你知不知道这样做很危险？”

胡玉言冷冷地说道：“不入虎穴焉得虎子！”

韩督察拍了拍胡玉言的肩膀：“小胡啊，虽然我不同意你这么做，不过自古以来求生者死，求死者生，唯有破釜沉舟，才能勇往直前。我欣赏你这种精神，不过，上面要求咱们限期破案，这可是死命令。”

张涛此时拿出了一份文件：“顺着柳长庆这条线，那个在监狱里给黄浩通风报信的狱警已经被控制了，也间接证实了柳长庆跟本案有关。而另外一条线索显示，刘健有十多个发明专利，半年前，他一次性出售了所有的专利，获利一千多万，这笔钱恐怕就是生死金的启动资金。这是我下岗前，最后能做的了。”

胡玉言欣慰地点了点头：“张局，这两项调查结果太及时了，打消了我多天来的疑问，看来这案子离真相越来越近了。”

韩督察用坚定的语气说道：“能做的，张局都给你做了，破案的事，我不在行，能给你的唯有信任，公安部是相信你的能力的，千钧重担可就都落在你的肩上了。”

胡玉言看了看眼前的两位老人：“请组织放心，保证完成任务。”

4. 暗战

时间：2016 年 9 月 10 日 19：15

地点：T 市公安局刑警大队 IT 办公室

胡玉言凝视着不断转换的屏幕，眉头紧锁："那辆警车怎么会凭空消失呢？"

鲁镜手中的鼠标不停地点击："见了鬼了，出了这个路口，车就再也没从别的路口出现过，绑匪可能是在摄像头的某个视觉盲点上换了别的车辆。"

胡玉言摇了摇头："不可能，就算是临时换了车，那交警也早该找到被丢弃的警车了。"

林玲把两只手抱在胸前，歪着头看着屏幕："会不会又有人在摄像头上做了什么手脚？"

糜昊回答道："摄像头运转一切正常。"

陆晓媛把嘴中的棒棒糖拔了出来："大叔，我怎么觉得有点不对劲儿啊，但是又说不好是哪不对劲儿。"

胡玉言"嗯"了一声，屏幕上显示的是景伦被带上警车的画面，他又命令鲁镜切换了几个画面，又摇了摇头："是有点不对劲儿，但是我也说不上来哪不对劲儿。"

林玲端详了半天："我没觉得有什么奇怪啊。"

胡玉言叹了口气："现在没时间猜来猜去的，还是要先找到这辆丢失了的警车。"

此时，一个警员急匆匆地冲了进来："胡队……不！胡局，那个景天带人闯进来了。"

胡玉言苦笑一声："山人掐指一算，他也该到了！"

景天带着几个黑衣人气冲冲地闯入刑警队，几名警察强行拦阻，两边的人差点发生摩擦，气氛十分紧张。

胡玉言从旁门里走入了会议大厅："外边吵吵什么呢？"

见胡玉言出现，两边的人才渐渐散开，景天一脸严肃："胡队长，犬子失踪的事，你可知道了？"

胡玉言点了点头："我们正在全力营救。"

景天叹了口气："胡队长，时间紧迫，咱们打开天窗说亮话，我今天带来了一千万，只要你帮我找到我儿子，这些钱就都归你们了。"

说着，几个黑衣人把十个黑箱子放在了警局的会议桌上，挨个儿打开，每个里边都装满了红色的人民币。

林玲开始还站在角落里冷目相望，看到这些箱子终于按捺不住呛了两句："景叔叔，你真是走到哪，铜臭味就带到哪啊。"

景天一皱眉："林小姐？你也在啊！"

林玲嫣然一笑："景叔叔，你用这一千万，直接投到生死金里，买你儿子的性命不得了？"

景天咬了咬牙："我儿子傻乎乎地付了一千万了，怎么样？还不是打了水漂，生死金就是个彻头彻尾的圈套，我儿子现在就是个任人宰割的肉票。"

胡玉言和林玲对视一眼，表情严峻。

"胡队长，我儿子刚失踪两个多小时，这是营救的黄金时间，你现在把警力都派出去，把全市的道路都封了，挨家挨户搜，他们飞不出T市。”景天用命令的口气说道。

胡玉言思索了一会儿，才对景天说道：“景总，你的心情我能理解，但刑警队是国家机关，不是你的私人武装，人我们会尽力找的，但是警察办案是有程序的，不可能听从你的指挥。”

“你们刑警队就这样置人生命于不顾吗？我可以到上面去告你，告你们刑警队草菅人命。”景天冲着胡玉言咆哮道。

林玲急了，大声呵斥道：“草菅人命？这话你也好意思质问别人，你应该心里比谁都明白，如果不是你的化工厂污染了垭口村的河流，垭口村的村民们怎么会那么多人生病？如果不是你买通了朱院长判村民们败诉，生死金会出现吗？到底是谁在草菅人命？你这是搬起石头砸自己的脚！”

胡玉言把有些激动的林玲拉到身后，也对景天强硬起来：“景总，如果你再在这里无理取闹的话，我有权拘捕你。”

此时的景天已经有些疯狂，他把头发往后一捋，举起双手，等着胡玉言来铐：“好啊。来吧！”说这话时，他眼神中露出了一股杀气。

景天的出现也惊动了还在局长办公室里的张涛、韩督察和陆警督三人，陆警督见状大怒道：“你当你是谁？刑警队是你们家开的啊，敢在这儿撒野。”

此时，张涛和韩督查也从办公室走出来，冲着景天怒目而视。

景天行走江湖多年，他认得张涛，张涛既然对这两位毕恭毕敬，想必是北京派来的，所以他也没敢造次，双眼盯着胡玉言等着他的回复。

胡玉言突然一笑：“既然景总来了，不妨多留您一会儿！我们正在调取录像，希望能找到线索，尽快找到令公子。”

景天突然一拍桌子：“那些监控我已经替你们查过了，有人动了手脚，这你们都没有发现吗？”

胡玉言的后背有些发凉："你什么意思？我们已经查过了所有的摄像头，没有问题啊。"

"你们这些警察真没用！那些摄像头，虽然没有被弄坏，但是你们没有发现吗，它们被轻微调整了角度，这些摄像头的视觉死角叠加起来，就形成了一个盲区的通道，所以这辆车成功地在你们的视线下消失了。"

胡玉言和林玲对视了一眼，没错，这就是刚才他们所说的那个不自然，他终于试探地问道："景总，你觉得生死金最终目的到底是什么？"

"是我！或者说是我的钱！我终于知道他们当初为什么能杀了我，却留了我一条命，就是为了这个时候，现在我儿子的钱都花光了，他们想要更多的钱，就必须让我儿子消失，目的是想把接力棒传到我的手上，这套路太深了。"

"理解得透彻！"胡玉言挑起了大拇指，"景总，姜还是老的辣，跟我到IT室去吧，兴许你真的帮得上忙。"

胡玉言等人移步到了IT室，胡玉言把有人微调过摄像头角度的事告诉了鲁镜等三人，鲁镜一拍大腿，连连称妙："谁想出来的？高，实在是高！"

"有没有可能是黑客再次入侵到天眼系统？"

陆晓媛点了点头："完全有可能！而且每个摄像头都是微调，不太容易被发现。"

"能不能把这些摄像头的角度恢复原状，然后找到那辆假警车的逃跑路线？"

糜昊轻轻吹了口气："可以试试，但是需要一点时间，因为每个摄像头都是公安部门自行调整过的，需要初始数据才行。"

景天从口袋中拿出了一个U盘，交给了三人："这里边所有摄像头的原始数据都有，请你们快一点儿。"

胡玉言瞪了景天一眼，他没有要求景天解释这些数据到底是怎么来的，这一次他终于知道了景天背后势力的强大，他有种想要比生死金更早一点拔掉这颗毒瘤的冲动了。

鲁镜接过U盘，开始复原起了数据，很快电脑屏幕切换到了一张地图，地图上规划出了一条警车的逃跑路线。

胡玉言拿起了对讲机喊道："各部门注意，现在从金湾花园公寓开始，路经瑶环路、柳霞路、石钟街……沿线进行寻找，发现可疑车辆和人员立即查扣，如果遇到抵抗，可以开枪，但一定要保障人质的安全！"

陆晓媛突然喊道："胡队，有情况，生死金正在播放一段视频。"

"还等什么，切进来！"

此时，屏幕上出现了一个昏暗的房间，一道光束射在了景伦的脸上，景伦闭着眼，看不清楚是死是活。

此时，景天、胡玉言、林玲，还有刚刚跟进来的张涛、韩督察、陆警督等人全都不敢说话了，气氛紧张得令人窒息。

视频里突然出现了拍手的声音，景伦慢慢醒转了过来："我这是在哪？谁来救救我？"

黑暗中传来了一个低沉的男性声音："别像个娘们儿一样乱叫，这里不会有人听见的。"

景伦强作镇静："你吃了熊心豹子胆。你知道你这样做是什么后果吗？我爸爸是不会放过你的！"

黑暗中那人说道："放心，我也没打算让他放过我。"

"你是刘健对吗？我知道你想为垭口村的村民们报仇，完成邱蓉的遗愿，可邱蓉已经死了，你犯不着为她犯罪，要多少钱，我爸爸都会给你的。只要你放了我，咱们之间的事就一笔勾销。"

"一笔勾销？你觉得什么事都可以一笔勾销吗？比如，你之前跟黄浩飙车，造成了一名清洁工死亡。”

“你父亲的死是一场意外。”

“好吧，你的死可能也会是一个意外，谁知道呢？哈哈哈！”

“你到底想怎么样？咱们可以谈判的，对吧？我们应该坐下来解决问题。”

黑暗中的人把一台笔记本电脑放在了景伦的跟前，镜头一转，电脑屏幕上正是生死金的界面，景伦的名字后的倒计时在一秒秒地流逝。

“你杀了我有什么用？不如你把我放了，你要多少钱我都给你！”

“我做生死金，不只是为了钱，更重要的就是想让你们这些有钱人知道，不是什么事都能用钱买到的。哈哈哈！”

直播到此结束，播放器上顿时变成黑屏。

“能确定位置吗？”胡玉言问道。

鲁镜、縻昊和陆晓媛三人同时摇了摇头。

胡玉言走到景天身边：“景总，虽然我说这话有些不合适，但是你也要预备一些现金以便随时转账，为的是能为我们拖延一下时间。”

景天没有了刚才的急躁，显得异常冷静起来：“生死金既然出现了倒计时功能，也就是说倒计时结束前，都是有效的，我先不给他们汇钱，等最后一秒钟时，给他一百万，以最低廉的成本，救出我的儿子！”

鲁镜张大嘴巴，身上的肥肉发颤：“大叔，你儿子的命在人家手上，你可真沉得住气。”

胡玉言摇了摇头，无言以对，林玲却“切”了一声，低声嘟囔了一句：“奸商本色！”

◆最终章　新世界

1. 暗夜

时间：2016 年 9 月 10 日 20：00

地点：未知

景伦的两只手被反铐在一根铁柱上，看着电脑显示屏上纹丝不动的数据，眼神中充满了恐惧和迷茫，不住地唉声叹气。

屋子中除了电脑屏幕的光线外，漆黑一片，黑暗深处再次传来了那个声音："怎么，在感叹你父亲的无情吗？"

景伦突然开始奋力挣脱着，边挣脱边喊道："别折磨人了，要杀要剐你给小爷来个痛快的。"

"呵呵，杀你？我干吗要杀你？只要你父亲的酬金支付的比那个想杀你的人多，我就放了你！"

景伦冷笑一声："你以为我父亲会付钱给你吗？他可是有名的奸商，赔本的事他可不会干的。"

"'可怜天下父母心'这句话听过吗？为了别人肯定不会，但是你不同，就算你这个儿子再混蛋，他也会不遗余力地救你的。"

"上次那一轮差不多有两个亿入账了，还不够吗？你们就不怕警察抓住你们判你们死刑？收手吧，这个杀人游戏该结束了。”

黑暗中传来了一阵狂笑声：“这话你应该问问你爸爸，赚了那么多黑心钱难道还不够吗？最后连埡口村村民那么点儿可怜的赔偿都不愿意拿出来，宁可送给法官一套豪宅，也不愿意救济那些罹患绝症的百姓！再说杀人游戏难道你没有份吗？别忘了，你和你那个姘头，买凶杀了两个人。”

景伦瞬间哑口无言。

“我也觉得这个游戏太无味了，不过还好，现在你父亲代替你加入了这个游戏，我觉得会好玩一点的。”

景伦身子一抖：“有本事你杀了小爷，别磨磨唧唧的像个娘们儿！”

黑暗中的那个人发出了几声怪笑：“小子，可以啊，这时候，还敢如此嚣张，可是你自己最清楚，你的内心远比你的外表脆弱得多，你看似毫不在乎，连人命都可以看得很轻，但实际上你的内心只剩下惧怕。”

景伦随即转成了一副哭丧脸：“大哥，我求求你放了我，我不想待在这种暗无天日的地方。”

“如果生死金最后判定你生，我就放了你！如果你父亲的财富也斗不过那些想杀你的人的怨念，那么我就没有办法了。”

“你也说了我爸爸在最后一定会救我的，他为了我多少钱都愿意付的，你到时候一定要守约。”

黑暗中又听到那人呵呵一笑：“在你们的眼中，是不是什么事都可以用金钱来衡量，你们认为什么事都是金钱可以买到的？”

“对啊，有钱人都是这么想的，要不你干吗创立生死金，说到底还不是为了钱吗？”

“创立生死金，并不是让我成为你这样的人，而是让你这样的人对生命充满敬畏。”

“这么说的话，你的实验貌似已经失败了。”说完，景伦突然哈哈大笑起来，是憋不住笑出来的，原来刚才的又哭又闹不过是在演戏。

“我想跟你谈一个案子，你可能就笑不出来了！”

景伦收住了笑：“什么？”

“你曾经杀了一个无辜的清洁工，却轻易逃脱了法律制裁，正是那个清洁工的儿子买了你的死。”

“刘健？他那个穷小子哪来这么多的钱，让我猜猜啊，对了，他恐怕跟你是一伙的吧！所以他可以在后台随意改变我的生死。”景伦的表情又突然变得严峻起来，但谁也不知道这表情是真情流露，还是虚妄表演，“他恨我有什么用，他爸爸又不是我撞死的，是黄浩撞死的。”

“到现在你还不承认，我觉得咱们的对话已经没有什么意义了。”

景伦突然平静下来：“你到底是谁？”

“既然你这么想知道我是谁，那我就让你知道好了，不过你知道一个被绑架的人如果看到绑匪的真面目会是什么下场吗？”

“撕票呗，那样正合我意。”景伦的嘴角流露出了一股奸邪的笑容。

随着轻轻地脚步声，那个人从黑暗里现出了原形。

“是你！”景伦张大了嘴巴，他之前的表演很夸张，但这次却是真实的，因为这个人是他在整个案件中唯一算漏的一个人……

胡玉言和景天两个人对坐在IT会议室中，四目相对了很久，却谁也不肯说话，像是两个武林高手在比拼内功。

最后，还是景天先叹了口气，“这是我第二次跟胡队长如此对坐了，胡队长你就不能说句话安慰一下我这个人质的家属吗？”

胡玉言颇为平静地说道：“该说的我都说了！现在只有等！”

“已经过去四个多小时了，还没有什么进展吗？胡队长，我可真要怀疑你们警方的办案能力了。”

“现在所有的线索都断了，只能等我们的外勤先找到那辆失踪的警车。”

“我的人也在找，T 市能有多大？肯定会找到的！”

“景总，我有个疑问。”

“我是怎么想到那些摄像头被人做过手脚的？”

“对！虽然景总你绝世聪明，但是我不相信，你会想到这一层。”

“是我儿子给我发的短信！”说完，景天掏出手机放在了胡玉言面前。

胡玉言并没有多惊奇，他拿过手机，见短信上有一行字：

“爸！我可能被人绑架了，赶快查 TG4380 的牌照，千万别打电话给我。”

“我开始还以为是骗子，就等了等，大概两分钟后，我又接到了第二条短信。”

胡玉言照着短信念道：“我听他们说沿途的摄像头被微调了，警察根本找不到这辆车。”

景天点了点头：“后来我再联系他，他没回，我换了个手下的电话给他打，关机了。我赶紧找交管局的朋友查了这辆车，是套牌车，而且从景伦公寓出来后，就没有发现这辆车的任何痕迹。”

“景伦被绑，还能发短信，这本身就很蹊跷啊！”

“我那个儿子是个戏精，有见人说人话，见鬼说鬼话的本事，他那脑子，估计早发现了什么地方不对劲儿，所以一直将计就计去，趁乱发个短信也不是不可能。”

“景总，不知道你知道不知道，金玲玲这次也上榜了。”

景天一摆手：“她也被绑了？”

胡玉言摇了摇头：“没有！她就在市局呢。”

“她的安危你们警局负责，我可不管支付她的赎金。”

“放心，人家早就把自己的赎金准备好了。”胡玉言冷笑着摇摇头，“我是想跟你说，金玲玲给我们提供了一条很重要的线索。”

“什么？”

“你儿子景伦也参与了生死金的买凶杀人！而且据金玲玲交代，她曾经对你把此事和盘托出。”

景天的表情没有什么变化：“那又怎么样？这姑娘之前是找过我，说我儿子和她合伙买凶杀了两个人，但是因为她之前骗我说她怀了景家的孩子，我发了通火就把她轰走了！怎么又到你这儿，跟你编了这么一段？”

“呵呵，景总，天也这么晚了，我觉得，咱也没有必要在这儿打什么哑谜。如果你对你儿子的罪行有所隐瞒的话，也是在犯罪。”

“胡队！首先，我们不能只听一家之言就认为我儿子杀了人吧？还有中国的法律规定，即便我儿子真的杀了人，做父亲的也可以不到法庭上作证，这叫亲亲相隐不为罪。”

胡玉言的眉头一紧：“那你贿赂朱院长算不算犯罪呢？你的化工厂弄得整个垭口村村民个个儿重病，算不算犯罪？”

“胡队长，证据呢？办案和定罪讲究的都是证据。没错，朱院长是死在我公司名下的公寓里，但是作为朋友给他住两天而已，这不叫贿赂吧？还有垭口村化工厂跟我没有任何关系，我也不是法人，法院已经做出了公正的裁决，所以这两个锅我不背。”

胡玉言点燃了一根烟，然后朝着景天晃了晃：“嫌不嫌我烟不好？”

“再低档的也抽过！”

胡玉言把烟和打火机从桌上滑了过去。

景天也点了一根，狠狠地吸了一口。

胡玉言努力压抑着自己的情绪：“没错，你可以把自己推得一干二净，但是有用吗？你不要忘了，生死金的所有焦点都集中在你一个人身上，这么大的一个局，死了这么多人，就是为了报复你，你不觉得很可怕吗？其实邪恶一点说，我一直都特别想看看你在生死金之下的结局。”

“哈哈哈，我景天纵横江湖几十年，不是被吓大的！胡队长，恐怕要让你失望了，无论是法律还是生死金都一样，怎奈我何啊？说实话，人有钱了就特别喜欢这种能奈我何的感觉。”

胡玉言又猛吸了一口，才说道：“那是你的世界，我的世界不是这样的，我会不遗余力地帮你找到儿子，然后让法律给你们最公正的制裁。”

“好了，胡队长，我和我儿子是否有罪就交给法官去裁决吧，眼下你有什么想法吗？不能就干坐在这儿守株待兔吧？”

胡玉言也觉得多说无益，干脆转换了话题：“调查的方向很多，比如抓到杀害朱院长的人，杀害邱蓉和黄浩的人，绑架景伦的人，只要抓住其中之一，这案子就破了。”

“废话，这不都是一拨人吗？”

胡玉言摇了摇头：“从作案手法上来看，这绝不是一拨人。邱蓉和黄浩的作案充满了设计感，而杀害朱院长的现场凌乱不堪，而且还出现了一个没有上生死金的无辜被害人，这太奇怪了。”

“你的意思是，有人借生死金之名杀了朱院长？”

“有这个可能性，但也有一种可能就是，生死金派出了另外的杀手，这个人的杀人手法可能还不纯熟，好在他已经进入了我们的视线。”

“谁？”

“初步怀疑是市检察院的检察官柳长庆，据可靠证据，他也是生死金的一员。”

“我认识他！垭口村案件和景伦的交通肇事案，他都是检察官。”

“现在已经证实，他就是生死金潜伏在司法系统内的奸细。”

景天把烟掐死，若有所思："可是生死金会派这么高级的卧底直接动手？"

"我们这几天基本上把生死金的脉络搞清楚了，生死金完全是以垭口村事件为爆发点，以垭口村村民和相关关系人为纽带的组织，他们的分工极其明确，为生死金提供财源的是从垭口村走出来的富豪王静和第一被害人邱蓉的男朋友刘健，刘健也就是被你儿子撞死的那个清洁工的儿子，同时他负责为生死金做网络维护。其中还有一些案件中的关键证人，和一些从垭口村走出去的村民，故意在生死金中上榜，由于他们分布在全国各地，最后以各种方式死亡或失踪，故意制造恐慌来迷惑警方，认为生死金是一个全国范围内的暗杀组织。对了，还有几个从垭口村出来的大兵，充当了杀手的角色。"

"柳长庆呢？他怎么会跟生死金搅和在一起？"

"有三点原因：一个是他恰巧是垭口村案件和刘健的案件的检察官，对这些被害人充满了同情，还有他和那几个垭口村出来的大兵曾经在一个连队服役，感情颇深，更为重要的一点就是，这个人疾恶如仇，对朱子文的几次判决十分不满，积怨已深。"

"你还是没解释他为什么会去杀朱子文。"

"本来柳长庆只负责收集警方和公安部的情报，但后期由于两名悍匪被击毙，垭口村剩下的都是些老弱病残，杀手这个部门几乎无人可用，所以杀害朱子文的工作，就只能由他去完成了。可能是由于当时朱子文的情妇认出了他，所以也遭到了杀害。"

景天点了点头："真是没想到啊，生死金竟然连这样的人都能收入麾下。"

"柳长庆的妻子前两年去世了，夫妻俩又没有孩子，两边的父母也早就去世了，他现在是真正的孤家寡人，人一旦失去了人生挚爱，就等于失去了奋斗的方向，就会把自我价值的实现定位到更高的目标上，一开始我还有点意外，但是后来想想，恐怕他是最容易拉拢的一个。”

景天哼了一声：“行了，等抓住他再听他讲自己犯罪的心路历程吧，我也不想听你胡扯了，我就想知道你什么时候能抓住这帮孙子。”

“等着吧！如果你困了就去旁边的屋子睡一会儿。”

“放屁，这夜里还指不定出什么变化，我得等着，等我儿子回来。”

“时间还早，我倒有个建议。”

“什么建议？”

“咱们去看看第一被害人邱蓉的父母。他们已经到了生命的最后阶段了，无法移动。”

“我不去！我要在这儿盯着！”

“这两位老人可是我现在唯一能联系上的与垭口村有关的人，而且你虽然不承认你做过的那些缺德事，但是我劝你还是去给自己积积公德也好啊。”

“非要大晚上的去啊？人家可能都睡了呢！”

“癌症晚期病人，根本睡不着觉！你就算替他们的女儿去看看他们，说不定有意外收获呢？”

景天似乎听出了胡玉言话中有话，只好勉强答应：“好吧！同去！同去！”

2. 死因

时间：2016 年 9 月 10 日 21：00

地点：T 市肿瘤医院

在一个双人病房里，两个骨瘦如柴的老人躺在床上，他们身上戴着氧气罩，若不是胸脯上还有略微的起伏，还以为是两具早已干涸的枯骨。

一个妇人正在为两个老人擦拭着身子，旁边还有一个孩子，傻傻地看着屋里的人。胡玉言和林玲站在床前，而景天则远远地站在一边冷目而视。

此时值班医生走了进来：“胡队长！您好！”

“您好，这么晚了还来叨扰，不好意思！”

医生疲倦的脸上，强挤出了几分笑容：“案比天大，理解，理解。”

林玲小声问道：“他们的病情怎么样？”

医生放低了声音：“都是癌症晚期，多发转移，应该活不过三个月了。”

林玲一指旁边的傻孩子：“那这孩子是？”

“老两口的儿子！生下来就是脑瘫，据说是污染造成的。”

林玲朝后瞪了一眼景天，景天像是没听见，仍然低着头，观察着生死金上的变化。

胡玉言继续问道："他们一直都是靠她女儿供应着住院费吗？"

"嗯！之前有个男孩常来，我听他说要帮着垫付医疗费，但是他们的闺女挺倔的，非不要，其实，住院费已经欠了很多了，上周我们已经下达了出院通知了，是他们女儿非不让走。"

林玲怒道："你们医生怎么这么没有人性，没钱了就把人轰出去？"

医生误以为林玲是位便衣女警，只得辩解道："哎，这位警官，我们也没有办法，一来救治这样的病人要花很多的钱，医院也没有这笔多余的经费，而且他们的病已经没有任何治疗的意义，不如让家属抬回家多做些临终关怀。"

胡玉言对林玲使了个眼色，冲着医生说道："那为什么没让他们搬出去？"

医生有些犹豫："一来，他们的女儿前几天自杀了，他们家也联系不上别的亲戚，挺惨的，我们总不能把两位老人扔在马路上吧。"

林玲白了一眼："算你们还有点人性。"

医生没有理会林玲的埋怨，继续说道："二来，昨天医院账户突然收到一笔钱，名目就是这两位老人的医疗费和日后的丧葬费。"

胡玉言奇道："一共多少钱？"

医生摇了摇头："我也不知道，财务那儿让保密，但估计不少，院长直接批准给二老用最好的药物维持治疗。"

胡玉言走到那个护工的身边，她满脸皱纹，眼睛中一点神采都没有："钱打得够多的，连护工都请来了？"

医生摇着手说道："她不是护工，昨天才来的，好像说是两位老人家的邻居。"

胡玉言、林玲对望了一眼，就连身后的景天也竖起了耳朵，警觉了起来。

胡玉言俯下身子：“老妈妈，您也是垭口村人？”

村妇显然没见过什么世面，只是点点头，然后又低下头，继续给两个老人擦身子。

胡玉言一指躺在床上的老两口：“你们村里得这种病的人多吗？”

村妇点了点头，然后撩开了自己的衣服，村妇没穿内衣，两个泛着褶皱的乳头下全是青紫色的血泡，显然已经溃烂，脓血往外直冒。

林玲捂住了嘴，就连景天看到这样可怖的场景也顿时睁大了眼睛，气息渐弱。

站在旁边的医生瞄了两眼，心中一凛，显然这位老妇的病也到了不可挽救的地步。

胡玉言沉默了半天，又走到了那个傻孩子旁边，握住了他的手，傻孩子冲着胡玉言傻笑起来：“这是邱蓉的弟弟？”

村妇点了点头。

“村里这样的孩子多吗？”

村妇又点了点头。

林玲的眼泪夺眶而出，她捂着嘴出了病房，门外隐约传来了抽泣声。

胡玉言又蹲下了身子，问道：“大妈，垭口村的村民们现在都在哪？”

村妇摇了摇头。

胡玉言叹了口气：“那是谁带你过来的？”

“蓉娃子！”村妇用带有乡土气息的方言，正式回答了胡玉言第一个问题。

“邱蓉？”

村妇了点了点头。

“大妈，您有印象吗？你们是怎么出的村子，是谁带你出的村子？”

“我们没有出过村子啊！邱蓉就找我来照顾她爸妈，后边的事我就不知道了。”

“邱蓉死了，你知道吗？”

村妇的眼睛中干涸得甚至没有泪水，但是能看得出她悲痛的样子，绝对比痛哭一场还要难受：“蓉娃子是个好孩子！她不该死！”

“她是被人买凶杀死的，您知道吗？能不能为我们提供一点儿线索？什么都行！您想起什么就说什么。”

“蓉娃子说她也得了绝症活不长了，如果她死了就让我来照顾她爸妈，她让我把这个交给来看望她爸妈的警察！”说着村妇从病床的床头摸出来一个日记本，还有一个小包。

胡玉言打开日记，里边密密麻麻记载着很多化学原子式，而那个包里边，放着十几个药瓶，里边盛着五颜六色的制剂。

“谢谢您！”说完，胡玉言从口袋中掏出二百元钱放在了村妇手里。

此时，景天从口袋里也掏出来一沓现金，数都没数，便扔在了床头。

“你的臭钱俺们不要！”说着，村妇把那一沓钱收起来，直接扔出了门外。

“臭……”景天恶语吐到一半，又咽了下去。

胡玉言冲着医生说道：“对不起，打扰了，请你们一定照顾好这两个老人。”说完，拉着景天便走出了病房，此时林玲的情绪也稳定了一些，看到被扔出来的钱和急匆匆的二人，便知道发生了什么。

景天看着脚下红色的百元大钞散落一地，呆在当场，眼神里充满了复杂的情绪。

胡玉言则掏出了电话，打给了鲁镜：“胖子，你尽快查一下T市所有医院和养老院的就诊记录，从昨天起有没有垭口村的村民就诊或住院的……所有的证件信息，找户籍科要，我马上给他们科长打电话，对，连夜办！刻不容缓。”

胡玉言挂了电话，又看了看手中邱蓉留下的笔记本和那箱子药瓶，又拨通了何玉华的电话：“何仙姑，张敏在你身边吗？那太好了，我交给你们一个任务，赶快到肿瘤医院来，我有样东西要给你们化验一下……嗯，来了你就知道了！”

胡玉言挂了电话，回过头问林玲：“要不要故地重游？去趟老校区？”

林玲何等聪明：“你怀疑邱蓉的死有问题？”

“当我第一眼看到那具尸体的时候，我就觉得不正常。”

“现在走？”

“等仙姑来了的吧！”胡玉言转过头，“景总，我们还有任务，你如果想要回家等也可以，回警局也可以，不过不管回到哪，请你一定要记住眼前的这一幕，反省一下自己。”

景天此时仍旧没有反应，站在原地发呆……

黑暗中，景伦终于认出了眼前的男人正是柳长庆，虽然在诉讼中，他曾经跟他打过多次照面，但是无论是调查还是庭审中，柳长庆都沉默寡言，所有的工作都是他的助手代劳，所以，他对黑暗中的声音并没有什么印象。

“是你创造了生死金？难道你杀了这么多人，就为了引我入局？”

柳长庆微微点了点头：“任何事，都有代价，出来混总要还的！”

“你跟我有什么区别？你也杀了跟自己毫无相关的人，满足的是你的欲望罢了。”

“别忘了，邱蓉的名字，是你写下的！”

“可是是你杀的！我也在想，如果当初我没有这么冲动，不支付一百万杀那个女孩的话，我是不是就落入不到你这个圈套里呢？”

“可能有一件事，你还不知道，邱蓉是自杀的。”

3. 真相

时间：2016年9月10日21：30

地点：T市大学老教学楼

胡玉言和林玲下了车，从入夜开始，T市便刮了大风，风里夹杂着潮湿的泥土气息，让人多少觉得闷热已经散尽，一场狂风暴雨即将迫近。

胡玉言走到教学楼楼下，五天前在这里拉上的警戒线还没有撤走，地上用白线标注的人形清晰可见，他站在教学楼前，长叹了一声："我今天终于知道了生死金的幕后主使到底是谁。"

林玲惊道："不是刘健和柳长庆吗？"

胡玉言摇了摇头："如果我没有猜错的话，生死金的真正创立者应该是邱蓉！"

"邱蓉？怎么可能呢？她不是……"

"别忘了，整个生死金事件就是从邱蓉在这里自杀开始的！"

"邱蓉是自杀的吗？"林玲有些怀疑地问道。

"你看看网上这张照片。"说着，胡玉言把手机里的几张照片拿给林玲看。

"怎么了？我没看出有什么问题。"

“邱蓉死亡的那一夜是农历初一，而你看这张照片里玻璃映射出的月亮却是满月。”

林玲惊得张口结舌：“这……”

“所以这张照片显然是在她死亡前的十五天左右拍的。”

“这怎么可能，这张照片死者的姿势和现场的姿势一样啊。”

“这也就解释了死者为什么会在盛夏，还穿着一件肥硕的大衣。邱蓉在自杀前，设想着自己死亡时的样子，摆拍了很多照片，希望有一张能和她死亡时的样子相近。由于怕肢体动作有差异，她故意穿了一件厚重的大衣。”

“这太可怕了，你是说邱蓉故意激怒了金玲玲，让金玲玲怂恿景伦到生死金买凶，然后她便自杀了，为的就是引景伦入局？”

“这和金玲玲之前说的正好对上了！”

“等等！这可能吗？就算邱蓉抱定了必死的决心，可是她怎么知道，金玲玲和景伦就一定会对生死金感兴趣？”

“鲁胖子说，在刚刚查获的景伦的电脑中确实发现了有木马程序植入，也就是说生死金特意推送了服务给景伦。”

“每天电脑中都会莫名其妙地跳出来各种广告网页，但是我们会每个都仔细看吗？再说就算邱蓉是个高才生，智商过人，但是她可能预料到她死后的变化吗？这显然不太合理。”

“所以，她找了刘健做搭档，所有后续的问题都是刘健和柳长庆帮她完成的。”

“生死金是个大布局的阴谋，而且错一步满盘皆输，刘健浑身是铁打得多少钉儿？而且景氏父子何等聪明，我不相信凭着邱蓉的遗计和刘健的操盘，就能完成这么个大动作，一定还有什么是咱们没有想到的。”

“你说的也有道理，或许……”胡玉言摇了摇头，“也许是我想多了……”

此时，鲁镜打来了电话，听筒里传来了他兴奋的叫声："胡局，好消息，已经发现了众多垭口村的村民住进了市里的多家医院，各派出所已经在进一步核查信息了。"

"命令各辖区立即对这些人进行控制，要特别提醒办案民警，这些人身患重病，派人去监视即可，不要打扰到他们的生活和治疗。"

挂了电话，胡玉言冲着林玲说道："对了，你那一百万……"

"虽然我不知道你这样做有何意义，但是你敢拿命去赌，我那一百万又算得了什么！"

胡玉言一把将林玲抱在怀里，两个人相拥了很久，风声似乎在这一刻凝固了。

"等一下再谈情说爱吧！"突然传来了一阵熟悉的声音，黑暗中走出了四个人来。

胡玉言定睛一看，其中一个正是刘健，另有三个大汉跟在他的身后，胡玉言似乎并不意外："我说嘛，我那一百万也不能白投！刘健，你也该出现了。"

"胡队长，刚才你的推理，我都听到了，百分之九十九都是正确的！"刘健苦笑道。

"还有百分之一呢？"

刘健摇了摇头："蓉蓉没告诉我，连我都不知道答案！"

"看来你承认生死金是邱蓉的作品喽？"

"这个时候了，大家没有必要遮遮掩掩了，没错，是邱蓉提出的想法和方案，由我设计的软件，后来我们召集了垭口村的村民和那些在诉讼中曾经帮助过我们的人共同商议了这件事，让我没想到的是那些人竟然都愿意帮助我们，这件看似很奇葩的事儿就这么开始实施了。生死金的网站，最初我并没有设计谁会去死，但是邱蓉说，如果没有人真的死去，就不会有人相信这个网站真的能买凶杀人。所以邱蓉打算牺牲自己，她央求我杀了她，但是我怎么可能下得去手，没想到她竟然……自己设计了自己的死法，临终前她把那些摆拍的照片都传给了我。我最爱的人，用自己的生命，为这场豪赌，下了第一笔赌注，赌博嘛，像我们这种穷人，能赌上的只有自己的性命。”

“哼，你们赌上的何止是自己的生命，还有国家对你们的期望和栽培！何苦啊！好了，别说废话了，你们打算怎么处理我这个上榜者？”

“说实话，蓉蓉自杀前把所有的事都预料到了，唯一没有料到的就是你！既然你自己买了自己的死亡，待遇就跟景伦一样，如果二十四小时内没有人买你的生存权，那么你会死得很惨，我们生死金一向是讲究公平的。”

胡玉言一阵冷笑：“那我只有束手就擒的份喽？”

“如果你想反抗，先问问他们！”刘健一指他们身后的三个大汉。

“这三位就是高云翔、聂涛和李元里吧？”

刘健点了点头：“你想找的人，除了柳检外，今天都在这儿了，如果老校区有埋伏的话，我们就被一网打尽了。”

“哈哈，既然还差一个，我就不怕再让你们做一次漏网之鱼。好吧，我跟你们走，但是放林记者回去！生死金上没有她的名字。”说着，胡玉言走了过去。

“把人带走！”刘健一声令下，三个大汉一拥而上。

林玲刚想发作，却被胡玉言拦住：“小玲你回去，记住，别再为我投注什么生死金了！我有句话一直都想告诉你。”

林玲的脸色惨得煞白：“什么？”

“如果我能活着回来，就娶你当老婆！”

林玲的脸色白里透出了红色，眼圈跟着红了：“谁要嫁给你啊！但你一定要回来！”说完，林玲突然全身一酸，原来是被其中一个大汉用一条手帕捂住了口鼻。

胡玉言用威严的口气说道：“请你把她送到安全的地方去！”

刘健点了点头：“放心吧，我们会报警，让警察来接她！”

胡玉言的头上被戴上了一个黑色的布袋，然后觉得全身被人搜摸了一遍，他瓮声瓮气地喊道：“没有什么追踪器。”

“还是小心点好！”刘健从大汉手里接过刚搜出来的手机，拨打了110，“喂！110吗？我是生死金……胡玉言现在在我们手上……”

……

柳长庆笑道：“你爸爸是个人物！真沉得住气！离处刑只有不到两个小时了，纹丝不动啊。”

景伦一笑：“你们这代人我是真看不懂！有代沟！”

柳长庆也跟着笑道：“你看得懂你自己这代人？”

景伦摇了摇头：“如果没有我父亲的事，我和刘健、邱蓉都可能成为朋友，我可以让他们到我爸的公司工作，凭他们的能力，未来几年，我爸退休了，他们一定是我的左膀右臂，我们会建立一个比我爸爸现在还厉害的金钱帝国。可是，我怎么也不会想到，他竟然用这样的方式来报复我爸爸，真的是太可笑了。”

柳长庆哈哈大笑起来：“你们有钱人真有意思，特别爱规划别人的人生。”

景伦没有笑，而是一脸严肃地说道：“我说的都是真心话。”

“收起你的真心话吧！倒计时一结束，如果还没有人给你加钱的话，我就杀了你！”

说完柳长庆重新走入了黑暗中……

陆督察和韩警督眉头紧锁，张涛气得直拍桌子：“堂堂的公安局局长被人绑了，哪都找不到，还有T市巴掌大的地方，竟然连一辆失踪的警车也找不到。”

此时，一个小警在外边把头伸了进来："张局，您得出去主持一下啊，景总那头都急了。"

"主持个屁！我现在已经退休了，让他爱找谁找谁去。"说完，张涛瞪了陆督查一眼。

陆督察叹了一口气："现在只有不到十分钟了，胡局长现在也生死未卜，您得拿个主意啊。"

张涛没回答，看到门口小警不肯离去，欲言又止，便问道："还有什么事？"

"张局！金玲玲说，她想投注自己的生存权，让咱把手机还给她！"小警有些郁闷地说道。

张涛少见地发起了牢骚："这不是添乱吗？！你告诉她，她的安全我们警方会全力保护的，不用她担心。"

突然，张涛的座机响了起来，张涛拿起电话，表情突然变得异常夸张："什么？金玲玲死了？"虽然已经不在其位，但是张涛脑袋还是嗡的一声，坐在他对面的两位督察，更是失态得同时碰倒了面前的茶杯。

张涛赶紧打开生死金的网页，金玲玲名字后的倒计时已经归零，死亡时间恰好是倒计时结束的那一刻……

电脑屏幕中的倒计时在一秒秒地流逝。最后十秒钟，十……九……八……七……六……五……四……三……二……一。突然，结果发生了转变，景伦被免除了死刑。

景伦满头大汗，随即哈哈大笑起来，看得出他很兴奋。

柳长庆再次从黑暗中走出来，嘿嘿一笑："你父亲真是个人物，敢在最后一刻下注，时间拿捏得恰到好处啊。不过，一百万就想挽救全景集团太子爷的性命，他也太吝啬了吧！"

景伦长舒了一口气：废话少说，现在该遵守承诺，放了我吧？"

柳长庆笑道："高手的对决，怎么可能这么快就结束呢？你再看看屏幕。"

原来电脑屏幕上的倒计时重新变回了一分钟。

景伦嘴巴张了老大："这……你作弊！"

"谁作弊了？这是国际上惯用的网上竞标规则啊，为了充分给予投注人公平的机会，如果在最后一分钟下注的，秒表会自动恢复到一分钟，直到无人再次下注为止。"

"你……"随后，听到了景伦怒吼般的咆哮声……

景天两只眼睛盯着大屏幕上恢复到了一分钟的计时器："这……这是怎么回事儿？"

一向沉稳的鲁镜此时手心也冒了汗，因为自己的每一次操作，都关乎着一个人的生死，他有些颤抖地说道："这好像是网络竞拍的规则，在最后一分钟竞拍中，如果有人投注的话，那么时间从一分钟开始重新计算，这个规则就是为了规避最后一刻抢投的机会主义者。"

如意算盘落空，景天坐了下来，等待这一分钟即将结束之时，再次输入密码，改变景伦的生死。但仅仅一秒钟后，电脑屏幕上再次出现了反转，而时间又恢复到了一分钟。

骑虎难下，景天发出了狮子般的咆哮声……

景伦怒道："你怎么能这样无耻？你买我死，根本就没用钱下注，后台轻松点一下，就让我爸爸多付出一百万。"

柳长庆笑道："这很公平，你父亲当初不也是这么做的吗？刘健的父亲含冤而死，而你却无罪释放，垭口村这么多乡亲患了绝症，而你父亲一分钱都不用赔偿。"

景伦叹了口气："你为了杀我，真是费尽心机啊。"

柳长庆摇了摇食指："能杀你的机会多的是，犯不着绕这么大一个圈子。"

"那你……就是为了吸光我父亲的钱……"

"果然是高才生，创立生死金最终的目的，就是让你父亲这样为富不仁的人，失去再作恶的资本。现在是考验你父亲有多爱你这个儿子了……”

景天再次输入了密码，按动了鼠标，等待着倒计时结束。

陆晓媛吐了吐舌头：“我靠！果然是大豪，已经投了一千万了，眼睛都没眨一下。”

此时，张涛、陆督察和韩警督都来到了IT室，胆战心惊地观看着这场金钱与生死的赛跑，作为一个警察来说，他们应该去制止这种行为，但是金玲玲莫名其妙地死了，如果景伦也因此而死，谁来负这个责任？所以他们都选择了沉默。

此时，屏幕上再次出现了变化，景天早已不再等到最后一秒，而是马上按动了鼠标，又投注了一百万。

糜昊吐了吐舌头：“我的天哪，好像西门吹雪和叶孤城顶着圆月，决战紫禁之巅啊！”

柳长庆的眼睛也有些发直：“我没有做过父亲，但是我能感觉到你父亲真的很疼你！现在已经一千万一千万地往里边投了。”

景伦闭上了眼睛：“他疯了。”

“对！他是疯了！他不是现在才疯的，当他成为商人的那一天起，他就疯了。”

景天再次输入了密码，但是这一次被系统提示余额不足。

景天拿出手机：“王总监，把公司里所有的流动资金都转到我的个人账户里来。”

电话那头：“景总……”

景天大声吼道：“快！用快捷支付，一分钟之内！不！半分钟！”

看到时间一次次变更，再加上不断更新的金额，柳长庆的额头也冒了汗：“乖乖，已经三个亿了。”

景伦低下了头，像是在谋划着什么。

“原来有钱人的竞拍这么激情。”

“你现在跑还来得及，警察一定会找到你的。”

“没错，他们肯定会找到我，但是已经无所谓了，我并不想求生，现在我们要做的就是怎么把你爸爸的钱全部转移到我们的账户上，所以能拖一会儿是一会儿。”

景伦的眼睛里闪烁出了一股难以名状的光芒来……

“景总，所有的钱都已经用上了，公司的流动资金已经全部用上了，我们没有钱了。”

景天的眼睛有些发红：“向银行贷款，找地下钱庄借高利贷，只有一分钟！只要能弄到钱，怎么都行，赶快！”

是电话那头率先挂了电话，谁都知道这是个不可能完成的任务。谁都知道，这次竞拍已经结束了。

陆晓媛把身子靠在靠背上，一身的虚汗：“一夜之间，四十七个亿蒸发了。”

糜浩看着人财两空的景天，颇为同情地说道：“他现在是个穷人了。”

鲁镜叹了口气：“可他现在还缺一百万救他的儿子。”

景天疯狂地打着电话：

“喂！刘总吗？借我点钱好吗？我要救我儿子。干吗挂电话？！”

“喂！王总！借我一百万好吗？就一百万！平常咱俩打牌也不止这个数啊！”

“靠！为什么关机！”

陆晓媛走过去，轻声安慰道：“大叔！大叔！别打了，计时器早就归零了。”

此时，景伦的名字后显示出了一个巨大的“死”字，景天狠狠地将手机摔在了地上，然后缓缓地瘫软在地上。

张涛和两名督查同时闭上了眼睛，承认了警方与生死金对决的失败。

突然，林玲跑了进来，指着手机的APP说道：“为什么不能再投注了，玉言的时间也快到了，为什么不能投注了啊？”

鲁镜此时疯狂地操作起了电脑：“好奇怪啊，所有的支付体系被冻结了。生死金网站突然撤掉了所有的防火墙，我现在追踪到他的位置了。”

张涛和两位督查同时冲到了鲁镜的跟前：“在哪？”

鲁镜一脸茫然：“就在景伦的公寓，他们好像是故意暴露的。”

此时，电脑屏幕中出现了视频直播连线，刘健出现在了大屏幕上。

刘健显得很平静：“你好，景总！我是刘健，是生死金的创立者，我们终于见面了。”

景天瞪着大眼睛：“我儿子在哪？”

刘健笑道：“放心，他暂时安全，鉴于您刚刚的慷慨，我们并没有立即执行死刑。”

景天松了一口气：“如果你敢伤我儿子一根汗毛，我就要你生不如死。”

“景总，你之前说这话，我会好害怕。而现在你什么都没有了，还有什么资格去威胁我，况且你儿子还在我的手里。”

“你到底为什么这么做？”

刘健冷笑一声：“明知故问，当然是为了给我爸爸报仇！”

“你为了给你父亲报仇，大可以来找我，干吗找我儿子？”

“如果只是简单的复仇，何必要设这么大一个局，其实除了为我父亲讨回一个公道外，还为了一个村子。景总，你真应该去垭口村看看那里的人，我觉得你一定会和我一样，被震撼到。”

景天想起病房里奄奄一息的两位老人和那个傻孩子，还有那个满身血泡的村妇，顿时有一种歉疚的感觉，只能勉强说道：“你杀了那么多人，就为了满足你的欲望，你跟我有什么区别？”

“我也曾试图找到更好的方法解决问题，但是现实给我这个机会了吗？垭口村一共找了二十二个证人，本以为案件会胜诉，但结果怎么样……”说着，刘健有些哽咽了。

这句话说得不只景天，在场的所有人都沉默了。

“蓉蓉说我太过于理想主义了，败诉后，所有的村民不再相信司法和政府，他们要采取激进的行动，是我一次又一次劝解他们，后来，我才知道是我自己太幼稚了，我父亲的案子让我的天真烟消云散，让我第一次觉得蓉蓉说得是对的。你们不是认为金钱可以买到一切吗？我偏偏要让你们知道，金钱有解决不了的问题，创造出生死金的不是我和邱蓉，而是你，你们！”刘健说着，情不自禁地回过头，抹了抹眼泪，转过头继续说道，“景总，吸干你的钱并非只是为了赔偿那些受害人，你失去了这些流动资金，你的工厂就会关门停业，这样的话，下游的百姓就可以喝上没有污染的水，呼吸到没有污染的空气了。你的儿子撞死了人，也就不会再逍遥法外了。”

景天瞬间平静了下来：“后生可畏啊，你赢了！我现在已经倾家荡产了，只有一个要求，把我儿子还给我！”

“你儿子的生死并不是由我决定的，而是另外一个人，我的任务已经完成了！景总，警察应该快到了，就到这里吧，再见！”说着，刘健拿出了一个绿色的小药瓶，扬起脖子喝了下去。

林玲突然说道：“这药瓶我见过！好像跟邱蓉遗物中的那种一模一样。”

此时，刘健突然口吐鲜血，渐渐倒下了，他把那个小药瓶攥在手中，蜷成一个心形，放在心脏上，口中喃喃道：“蓉蓉，我到那边去找你了，等我……”

屏幕一下子变黑了。

鲁镜突然道：“不好，生死金网站的所有数据都在被删除中。”

张涛立即命令道：“看看能不能挽救。”

陆晓媛满脸泪水，哭着说道：“别白费力气了，这是刘健大神的网站，咱们都没戏。”

谁听到这样的真相，还会去抓什么凶手，找什么证据呢，鲁镜和糜浩自然知道陆晓媛袒护刘健的真意，顿时放下了键盘和鼠标，走出了 IT 办公室。

4. 余晖

时间：2016 年 9 月 11 日 16：30

地点：T 市金湾花园公寓 B 座楼顶天台

胡玉言被人摘下了面罩，一场暴雨过后，他看到天空中一缕余晖正掠过天际，柳长庆一脸轻松地站在他的面前，而天台的护栏上坐着一个被反绑着的青年，正是景伦，他低着头，好像已经昏了过去。

“柳检，我们这是在哪？”胡玉言不慌不忙地问道。

“就在景伦公寓的顶层啊，景伦住在三层，而我们一个月前租了一个二层的房间，为的就是今天。”

此时，远处响起了警笛声，胡玉言一拍脑门：“灯下黑。”

“别装蒜了，胡局长！你恐怕早就推理出了我们会藏在这儿吧，只不过是你故意没有说破罢了。”

胡玉言面无表情：“我其实一直没想通，你们是怎么避开监控进到小区里的，刚才听到警笛声才突然明白，那辆假警车绑架了景伦后，沿着摄像头的盲点开了回来，然后跟着那些警车一起混进了小区，你们趁乱把这辆车停进了你们的私家车库，谁也不会想到，你们还敢把车开回来，所以调整摄像头角度什么的，不过是障眼法。警方一直在外线排查，却没有想到查一查小区的录像，当然查也是白查，恐怕录像也早已被刘健处理过了。”

“嗯，就是这么回事儿！邱蓉在自杀前布置的计划就是这样，没想到真的骗过了警方，当然这里不包括你。”

胡玉言语重心长地说道：“柳检，一切都结束了，跟我回警局吧，把一切都说出来！”

柳长庆摇了摇头：“我是不会跟你回去的，还有一点时间，还有什么不清楚的，赶紧问吧。”

“你是先杀了朱院长，再在生死金上写上了他的名字吧？”

柳长庆点了点头：“这点瞒不过你这个刑侦专家。因为当时我没有把握能杀他，而且人手也不够。”

“邱蓉跟您是什么关系？我不相信只是一场诉讼认识的，就可以跟她共谋这样的大事。”

柳长庆笑道：“她是我供养的一个贫困大学生，我无儿无女的，她就像我女儿一样。后来……你也知道了，她想让我帮她，我就同意了。”

“如果我告诉您，您的这个干女儿，创造生死金的目的远没有你想象的那么简单呢？”

“跟我已经没有任何关系了，景天的公司要关停了，乡亲们也会拿到应有的补偿。我给邱蓉的承诺就要完成了，她犯下的罪行已经以死相抵了，而我现在在这个世界上已经没有任何意义了。”

“为什么没有意义，所有的事情，都需要你亲自去澄清。”

“胡局，谢谢你的成全，但不需要了。你买的死，我已经自己花钱帮你改成了生，我现在做的最后一件事，就是带上他离开这个世界，兑现生死金的所有承诺。”说着，柳长庆跑向了景伦。

胡玉言叫嚷着想要阻止柳长庆，可当柳长庆极其靠近景伦时，却突然纵身闪过了景伦，纵身一跃，跳下了天台。

……

车子停在了埡口村的村口，此时一个邮递员骑着绿色的自行车扯着嗓子喊道：“大家的信，每一户都有！”

村民们纷纷走出院落，纷纷领走自家的信，所有村民开始边拆信边议论纷纷。

“这是什么东西？”

“银行卡！”

“银行卡是干什么的？”

“里边有钱，这是谁寄的啊？”

林玲坐在车里，看着村民们愉悦的表情，转头冲着胡玉言问道：“其实你从一开始就猜到景伦被关在自己的公寓里吧？你是想为这些村民们多争取一些时间。”

胡玉言不置可否，但是表情似乎已经承认了。

林玲看着远处的青山，怅然道：“你知道吗，鲁镜他们三人好像不打算当警察了。”

“真不该让他们在这个年纪就经历这样的大案，不过人各有志，不必强求！”

“我们付出的代价太大了，王勇和小邢虽然都已经脱离了危险，但是估计要歇很长一段时间才能恢复，刘处长被那两个督查带回北京了，估计会很麻烦。刘健临死前，销毁了所有的证据，自己一个人把整件事扛了下来。王静等二十二个参与人都陆续到案了，但是他们口径很一致，没有人承认跟生死金有关，从现有证据来说，也确实无法证明他们参与了这次犯罪，而赎金的去向也终于成了谜。现在所知的只有那三个悍匪在逃，若不是王勇和小邢，恐怕就连这三个人也早已逍遥法外了。”

胡玉言笑道：“近乎完美的犯罪，竟然出自几个还没有毕业的大学生之手，后生可畏啊！”

“对了，我还是有些事没搞明白，比如金玲玲到底是怎么死的？”

“还记得邱蓉留下的那几瓶药水和那个记录了原子式的小本吗？张敏做了细致的化验和分析，那是非常厉害的化工毒药，竟然可以精确到秒去杀人，是邱蓉的研究成果。黄浩中毒的成分和刘健自杀时的药水都查出了和几瓶药水相同的成分。金玲玲所喝的是紫色的那瓶，喝下去后，会在正好二十四小时的时候毒发。”

林玲倒吸了一口凉气：“邱蓉这个女孩越想越可怕啊。”

“关键是金玲玲一死，所有对于景伦的指控也都成了无根之水，恐怕他又要被释放了。”

“全景集团已经宣告破产，景天也被立案调查了，景伦就算无罪，又能怎么样？一个纨绔子弟罢了！”

“不要小看这个人！我记得你之前问过我，为什么他会上当，把邱蓉的名字写在生死金上，我一直都在想这个问题，好像没有特别合理的解释。”

“是啊！这点确实很奇怪，谁会轻易拿一百万去试验这件事呢？即便他是个败家子。”

“你想过这么个假设吗？如果生死金是邱蓉和景伦提前预谋好的呢？”

林玲倒吸了一口凉气：“他们俩怎么会有交集……这怎么可能？”

“景伦一开始就对我说过，他喜欢赢的感觉，这个世界上，可能只有他的父亲会给他挫败感，因为那座庞大的商业帝国，是他不可能轻易逾越的战果，所以就和同样想要打败他父亲的邱蓉一拍即合。”

林玲花容失色，心跳加速得厉害：“希望这只是你的假设。”

“不！我并不完全是猜的，比如到现在都没有查出来到底是谁给金玲玲下的毒。按照时间推测，她最后见的是景伦。按照逻辑分析，金玲玲一死，她所说的所有证供就成了死无对证，这对景伦来说无疑是最有利的。如果是这样的话，景伦的手里应该有那种毒药，可他是怎么得到的呢？只能是从邱蓉那里。”

“如果真像你想象的那样，景伦就太可怕了。”

“只可惜啊，这一切都无法查证了。我、柳长庆、刘静生、景天这些老江湖，都被这个毛头小子玩弄于股掌之间。我强烈地感觉到，这只不过是个开始，一场新的阴谋正在酝酿，只要他锁定了更强大的对手，他就会继续实施他的犯罪。”

……

景伦拉开一道卷帘门，打开墙壁上的开关，屋里顿时灯火通明。

这间仓库不知道何时被改造成了一间办公室，十多台电脑正在飞速地运转着。

景伦突然咯咯咯地笑起来，他不由自主地张开双臂，陶醉地大喊道：“开启吧，我的新世界，我将成为新世界的神！”

电脑屏幕上顿时出现了一行字——生死金重新上线！

（全文完）